당신은 자신의 훌륭한
보호자입니까?

당신은 자신의 훌륭한
보호자입니까?

초판 1쇄 인쇄일 2024년 9월 5일
초판 1쇄 발행일 2024년 9월 12일

지은이 권수민
펴낸이 양옥매
디자인 표지혜 송다희
교 정 조준경
마케팅 송용호

펴낸곳 도서출판 책과나무
출판등록 제2012-000376
주소 서울특별시 마포구 방울내로 79 이노빌딩 302호
대표전화 02.372.1537   팩스 02.372.1538
이메일 booknamu2007@naver.com
홈페이지 www.booknamu.com
ISBN 979-11-6752-527-7 (03800)

읽고 걷고 쓰며 스스로를 지켜 내다

당신은 자신의 훌륭한
보호자입니까?

권수민 지음

책과나무

산책과 명상 그리고 글쓰기

●

　나이를 의식하지 않고 살아온 세월이었다. 따라서 이루지 못한 꿈은 현재진행형. 그러다가 억지로 멈출 수밖에 없는 상황이 되었다. 나 혼자만이 아니었다. 지구촌 전체가 그렇게 되었다. 바로 코로나19 사태! 이제 내 나이를 의식해야 한다고 얼마나 마음을 다잡았는지 모른다. 그러자 선택의 기로에 서 있던 일들이 서서히 정리되기 시작했다. 역시 주제 파악은 중요하다.

　코로나19 사망자는 60대 이상 노령층이 대부분이었다. 이런 통계 발표가 연일 계속되니, 심리 상태도 갈수록 위축되었다. 하지만 기저 질환이 있었다고 해도 세계적 유행병이 돌지 않았다면 어땠을까? 치료를 받으며 정상적인 삶을 영위할 수 있지 않았을까? 낯모르는 이들의 희생이 억울했다. 나도 예외일 수만은 없는 연령대라 더 기운이 빠졌다. 그러나 모든 걸 인정해야 했다. 개개인의 여생은? 아무도 모른다.

　불안한 사회 분위기는 산책로에서도 감지되었다. 두문불출이 최선책이라고 다들 생각하고 있는 것일까? 사람을 볼 수 없는 날이 많앗다. 그래서인지 오전 10시경의 공원과 골목길은 적막감마저 감돌았다. 과분하게도 넓은 공간을 혼자 다 차지하고 있는 듯한 묘한 기분마저 들었다. 어느새 나의 도피처는 숲속이 되어 있었다. 얼마 안 가서 안식처가 되었지만. 숲속에서 정신이 정화된 것일까? 평소에 잘 떠오르지도 않던 과거의 일들이 빈번히 머릿속에서 맴돌았고, 눈앞에 아른거렸다. 세월이라는 약은 내 마음의 돌도 매끈하게 다듬어 놓은 것 같았다. 그래서인지 희로애락이 녹아 있는 과거사는 대체로 평온함을 견지하고 있었다.

철학자 루소[1]는 "매일 산책하며 보낸 여가 시간은 종종 유쾌한 명상으로 채워지곤 했다"[2]라고 말했다. 날마다 걸으니 정말 그랬다. 숲속에서 이루어지는 자연과의 교감은 시공을 초월하여 다가왔고, 옛 추억은 자주 입가에 미소를 피어오르게 했다. 과거의 잔영이 마음속에 보존되어 있고, 그 사실을 떠올리며 위안을 얻는다는 사실이 새삼 놀랍기도 했다. 기억에 침잠하니 때로는 돌아가신 엄마 목소리가 귓가에 흐르기도 했다. 그러나 과거로의 깊은 명상은 모호한 아쉬움을 적잖이 남기고 있었다.

그렇다. 무언가 변화가 필요했다. 이대로 가슴속 깊이 묵혀 둔다

1   장 자크 루소(Jean Jacques Rousseau, 1712-1778)는 프랑스의 작가·사상가·교육론자이며 인간의 본성을 자연 상태에서 파악하고자 하였다.
2   장 자크 루소, 『고독한 산책자의 몽상』, 문경자 옮김, 문학동네, 2016, 14면

면, 같이 달려온 세월이 망각 속으로 흘러가 버릴 것만 같았다. 현재의 삶도 무미건조하게 느껴질 것이 분명했다. 그렇다면 이 감정을 글로 담아내면 어떨까?

'글쓰기를 시작하자'고 마음먹은 날은 2020년 초반, 햇살이 눈부신 봄날 오전이었다. 나는 커다란 느티나무 아래에서 잠시 멍하니 서 있었다. 앞으로 어떻게 살아야 할까? 하던 일 중에서 무엇을 버리고, 무엇을 시작해야 할까? 무심히 떠오르는 상념에 젖어 나무 주변을 천천히 걸었다. 생각하면 할수록 나의 무기력함에 맥이 풀렸다. 마음속은 어둠 그 자체, 설상가상으로 코로나19 상황은 악화일로. 결국 기존에 꿔왔던 꿈은 모두 접어 두기로 했다. 그러자 미지의 세계가 희미하게 보이기 시작했다. 이렇게 에세이 집필이란 새로운 꿈은 위중한 시기 산책길에서 여명처럼 찾아왔다.

이실직고하면 극히 개인적 경험이겠지만, 칠순이 지나니 비로소 무거운 책임감의 굴레가 자연스럽게 벗겨짐을 체감했다. 진정한 정신적 자유를 획득한 것 같기도 했다. 마침 이런 생각이 전염병이 창궐한 이즈음 부쩍 들던 차였다. 그래서 사고의 대전환이 더 쉬웠는지도 모르겠다. 그럼에도 불구하고 인간이란 얼마나 나약하고 모순된 존재인가. 나에게는 여전히 보다 참신한 누군가의 격려가 계속 필요했으니 말이다.

고령의 철학자 김형석은 "인생의 황금기는 60에서 75세 사이이다. 정신적 성장과 인간적 성숙은 75세까지 가능하다"[3]라고 했다. 아, 안도감에 느긋해지기까지 했다. 그렇다면 내 인생의 황금기는 아직 7년이나 더 남았다는 말 아닌가? 아니, 개인차가 있을 테니 더 남아 있을지도 모른다. 희망이 보이니 용기도 샘솟았다. 그래, 의기소침한 상태로 마지막을 기다리는 사람처럼 살아서는 안 될 것이다. 오히려 자신의 순수한 의지를 지키기 위해서라도 끝까지 배우는 자세로 살아야 하지 않을까? 무언가에 쫓기듯 늘 바쁘게 살아온 자신에게 미안하지 않도록.

이제 책을 저술하는 일에 대한 다소 내밀한 개인적 의견을 밝혀야 할 것 같다. 달리 말하면 내가 바라보고 가야 할 등대의 역할과 나를 포함한 모든 이들이 지켜야 할 도리에 관한 것들이다. 언제부터였을까? 나에게 가장 어렵고 두려운 존재는 나 자신이 되어 있었다. 따라서 예절이라는 핵심어에 대한 해법을 찾기 위해서는 스스로를 격려하여 일으켜 세우는 일부터 시작해야 하지 않을까 생각했다.

처음 시작은 대부분 대동소이했던 것 같다. 막연한 두려움! 난생처음 만난 신종 코로나 바이러스 감염증 사태는 충격 그 자체였으니까. 그래서 21세기에 지구상에서 코로나19 유행을 겪었던 사람이라는 사실만으로도 글을 쓸 자격이 충분하다고 판단했다. 그리고

---

3   김형석, 『백년을 살아 보니』, 덴스토리, 2016, 233~234면

이 시국을 목도했던 누군가는 불특정 소수일지라도 소명감을 가지고, 개인의 심적 변화 등 소박한 기록물이라도 남겨야 한다고 생각했다. 불편함과 공포심은 곧 우리들의 일부였으므로.

미래는 불투명하다. 먼 훗날 더 강력한 신종 감염병이 인류에게 도전장을 내미는 일이 또 발생할지도 모른다. 그럴 경우 먼저 체험한 이들의 각종 효과적 대응 방법과 연구 결과는 뒷세대에게 전수되어 영향을 줄 것이다. 즉 선대가 남긴 결과물은 진리를 밝힐 한 가닥의 뚜렷한 불빛이 될 것이라고 믿는다.

돌이켜 보면 수많은 사람과 지속적으로 관계를 맺으며 살아온 세월이었다. 그들의 결은 제각각이었다. 인간적인 미덕이 깃들어 있는 이에게서는 맑은 기운이 온다는 것을 직감적으로 알았다. 바른 의식을 지닌 이가 좋았다. 거짓말을 하지 않는 이가 좋았다. 약속을 지키는 이가 좋았다. 현명한 선택을 하는 이가 좋았다. 잘못을 얼른 깨닫고, 고치는 이가 좋았다. 나는 그들과 긴 세월 호흡을 함께하며 소통했다. 그렇다. 나는 여기까지 홀로 오지 않았다. 어쩌다 들은 말 한마디에 감동을 받았고, 우연히 집어 든 책이 마음에 안착했고, 무심코 읽은 글귀에 위로를 받았다. 그저 고마울 따름이다. 이제 보답할 차례인 것 같다.

이 책에 대한 나의 바람은 세 가지다. 하나는 독자들의 마음 한끝에라도 이 책이 가닿아 자신의 삶을 돌아보는 계기가 되었으면 하는 마음이다. 나는 고루한 고착관념을 선호하지 않는다. 따라서 착각에 빠지지 않으려고 늘 의식적으로 마음을 써 왔다. 또한 좋은 견해는 받아들이면서 살리라 다짐도 했다. 그러므로 글에 녹아 있을 이러한 내 뜻이 독자들에게 오롯이 전해졌으면 한다.

또 다른 하나는 독자들이 고난을 극복할 수 있는 열쇠를 최대한 많이 찾았으면 하는 마음이다. 전염병, 기후변화, 인간관계, 경제 등으로 인한 어려움 속에서도 개개인이 스스로를 고귀하게 보호할 수 있는 길을 찾아 자신을 굳건히 지키고, 그 내공이 인류를 지키는 위대한 힘으로 작용하길 바란다.

마지막은 산책과 명상의 위력을 독자들과 공유하는 것이다. 에세이 작가는 원래 내 꿈이 아니었다. 그런데 코로나19 시기에 자연이 내 정신을 깨웠다. 나무숲, 산책길, 햇빛, 바람, 새들의 소리……. 그때 나에게 산책과 명상이 없었다면 어땠을까? 아마 마음의 안정도, 건강도, 글쓰기도 없었으리라. 따라서 각종 위기 상황에서 나를 지킬 수 있는 방법을 찾으려고 애쓰는 일도 없었을 것이다. 아무쪼록 기적 같은 일을 여러분과 함께 체험할 수 있었으면 한다.

2024년 봄
권수민 드림

차례

Part 1

팬데믹

선택할 줄 알라.
인생의 거의 전부가 이에 달려 있다.
거기에는 좋은 취향, 옳은 판단이 필요하다.
올바른 선택의 재능이야말로
가장 위대한 재능 가운데 하나이다.*

— 발타자르 그라시안**

- 발타자르 그라시안, 『세상을 보는 지혜』, 두행숙 옮김, 도서출판 둥지, 1993, 45면
- 발타자르 그라시안(Baltasar Gracián, 1601–1658) 은 스페인의 작가이자 철학자이다.

더 열심히 살아야 하는 이유

•

팬데믹과 인류가 원래 이렇게 밀접한 관계를 맺고 있었나? 그것도 초밀착 상태다. 어느 날 우리는 갑자기 전 세계적인 감염병 유행 시대를 만났다. 내가 이 질병의 정체에 대해 처음 알게 된 때는 2019년 12월이고, 후에 이 병은 코로나19(Corona Virus Disease 2019)로 불리게 되었다. 솔직히 대한민국 국민으로서 마음에 걸리는 이름이었다. 진원지로 오해를 받을 것만 같아서였다. 세계보건기구(WHO)도 2020년 3월 11일에야 팬데믹을 선언했는데, 이미 전 세계 119개국으로 퍼진 뒤였다.

이 불안감을 어찌해야 할까? 감염병 발발 초기에 가장 큰 난관은 미래에 대한 불확실성과 질병에 대한 두려움이었다. 언제까지 이렇게 살아야 할지 우리는 전혀 예단할 수 없었다. 물론 개인으로서 최대한 조심할 수는 있다. 그러나 세계 전체를 생각할 때 완벽한 예방과 조절이란 불가능해 보였다. 감염된 사람들이 중국 우한의 길거리에서 픽픽 쓰러지던 영상은 공포 그 자체였고, 또한 변이 바이러스에 대한 경고도 있어 무지한 상태에서의 불안감은 날로 증폭되고 있었다.

사망자가 속출함에 따라 삶의 짧고 덧없음에 대해 유난히 자주 생각하게 되는 것도 불안의 한 요인인 것 같았다. 게다가 완치된 사람들이 밝힌 갖가지 증상과 후유증은 불안하다 못해 무섭기까지 했다.

요즈음 우리나라는 사회적 거리두기와 비대면이 키워드가 된 나라로 변해 가고 있다. 그러니 개인의 활동 반경도 형편없이 축소되었다. 감염병 시대는 나에게서 무엇을 빼앗아 간 것일까? 내가 계획했던 일이나 하던 일들은 거의 멈춰 버렸고, 지구촌의 심각한 상황은 내 버킷 리스트에도 치명타를 가하고 있다. 모든 것이 기초부터 와르르 무너지는 느낌이랄까? 생활 리듬이 깨져 버리니 정신적 활동도 멈춘 듯하다. 각종 우울증을 유발할 수 있는 증상도 나타나고 있다. 모양도 없는 불안감은 아예 마음에 터를 잡았고, 억울한 감정과 비판적인 생각은 점점 강도가 세어지고 있고, 불만은 버섯처럼 번져 가고 있다. 이렇게 코로나19 유행은 개인의 평온한 마음까지 강탈해 가고 있다.

코로나19 사망자는 60대 이상 노령층이 대부분이다. 괴로움을 겪다가 갑자기 생을 마감한 분들의 희생이 남의 일 같지 않아 한없이 속이 먹먹해지는 요즘이다. 더구나 이런 통계 발표가 연일 계속되니, 심리 상태도 갈수록 위축되고 있다. '고령층 및 기저질환자'라는 말 앞에서는 죽었어도 말을 할 수 없게 만드는 사회 분위기가 암암리에 조성되고 있는 것 같아 영 불편하다. 당연히 죽을 사람이 죽은 것처럼 묵인하고 있는 것일까.

그러나 나이 들어감에 따라 대개 한두 가지의 병은 갖고 있지 않은가. 그래도 치료를 받으며 정상적인 삶을 영위하던 분들이었을 것이다. 젊어서 고생하시다가 이제 겨우 한숨 돌린 분들이 대부분일 테고. 인생의 노년기에 계신 분들이 조마조마한 마음으로 삶을 체념하듯이 살아간다면 얼마나 불행한 일인가.

팬데믹 시국인지라, 전 국민은 침묵하며 순종하고 있다. 대한민국의 위상에 어울리지 않게 마스크 부족 사태를 겪으면서도 묵묵히 기다린다. 날이 갈수록 경계의 눈초리는 강해지고 있고 태도는 더욱 조신해지고 있다고나 할까. 아, 모두 불쌍하다.

그렇다면 우리는 우선 무엇을 해야만 할까? 먼저 코로나에 감염되지 않아야 할 것이다. 이를테면 1일 3회, 10분씩 환기하는 방법은 중요한 예방법 중 하나다. 결국 깨끗한 공기와 관련이 있다. 그러니 내 몸으로 바이러스가 들어오지 않도록 늘 마스크를 쓰고, 수시로 손을 씻고, 가족끼리도 조심하고, 타인과의 악수도 삼가고, 서로 만나서 소통하고 식사하는 일도 가급적 피하고……. 결국 우리가 지금까지 자연스럽다고 생각했던 일들을 과감하게 바꾸어야 할 때가 온 것을 알고 실천해야 할 것이다.

그러면 우리는 어떤 마음가짐으로 살아야 할까? 지금 우리는 팬데믹 시대를 살아가고 있지만, 인류는 이것을 이겨 낼 것임을 역사는 증명하고 있다. 그러니 자신의 마음부터 굳건히 다잡아야 할 것 같다. 생각부터 긍정적으로 바꾸고, 시간만 죽이는 소모적인 감정은 버리고, 정서적 안정감을 유지하도록 노력해야 할 것이다. 이렇게 자신의 심신을 고귀하게 지키기 위해 모두 노력한다면 개개인의 희망이 모여서 위대한 힘으로 작용할 것이고, 이 위기를 슬기롭게 극복할 것이라고 믿는다.

팬데믹에서 더 빨리 벗어날 수 있는 길은 없을까? 80억이 넘는 세계인 각자가 전염병은 바로 내가 종식시킬 것이라는 마음으로 신경을 쓴다면 가능힐 것이다. 그러나 근본적으로 인산을 살리는 길은 깨끗한 자연환경과 연관이 있으리라는 생각을 떨쳐 버릴 수 없다. 이번 기회에 공기·물·땅부터 청정하게 살리면 좋겠다.

코로나19로 인한 팬데믹. 이런 어려운 상황에서도 우리 모두는 계속해서 부지런히 살아가야 한다. 그 이유는 무엇인가? 우두법을 발견한 에드워드 제너[1]는 천연두를 종식하는 데 큰 공을 세웠다. 그러나 사실 최초의 발견자는 그가 아니다. 정확한 기원은 알 수 없지만, 이 면역법은 이미 오래전부터 알려져 있었다. 그러므로 우두법은 시대와 나라를 초월한 불특정 다수의 노력이 전승되어 결실을 본 것이다.

결국 특정한 한 사람의 힘 못지않게 대중과 시간의 힘은 어마어마하다고 할 수 있다. 따라서 현재 성실히 살아가고 있는 사회 구성원

---

[1] 에드워드 제너(Edward Jenner, 1749-1823)는 영국의 의사로서 민간요법으로 알려진 천연두 예방법을 과학적 실험으로 입증했으며, 역사상 최초로 백신을 만들었다.

중에서 중요하지 않은 사람은 없다. 이러한 사실은 우리 각자가 더 열심히 살아야 하는 가장 큰 이유가 될 것이다. 모두 어려운 시기를 잘 이겨 냈으면 한다. 하루속히 팬데믹이 종식되길 바라며.

PS. 2023년 5월에 붙이는 말

분명 미래가 보이지 않던 단절의 시기였다. 그런데 어느 결에 꿈같은 일이 슬며시 다가왔다. 2023년 5월 5일, 세계보건기구가 3년 반에 걸친 코로나19 국제 공중보건 비상사태를 해제한 것이다. 이제 각자가 병에 걸리지 않도록 방역수칙 —마스크 착용, 손 씻기, 환기, 소독, 기침 예절 등— 을 알아서 지켜야 한다. 어떤 미래가 와도 위험에 빠지지 않도록.

인생이란…… 기다림

•

　2019년 여름, 크로아티아(Croatia)에서 경이로운 경험을 한 뒤로 자연은 내가 은혜를 갚아야 하는 특별한 존재가 되었다. 그것은 바로 지긋지긋하게도 나를 괴롭혀 오던 족저근막염 완치 경험이다. 이 일을 계기로 나에게 가장 좋은 운동 장소는 집에서 조금만 걸어 올라가면 나오는 공원의 산책로라는 사실도 알게 되었다. 그곳에는 공스장(공원과 헬스장의 합성어)도 곳곳에 있는 등 부족한 점이 별로 없었다. 아니, 오히려 소박한 매력으로 내 마음을 끌어당겼다. 뒤늦게 여러 이점을 알게 되었는데도 나는 주로 체육관에서 운동을 했다. 여럿이 하니 활기차고 안전하고 편리하기도 했으니까. 그런데 갑자기 타국에서 발생한 코로나19로 무난한 일상이 깨졌다. 그리고 얼마 안 가 불길한 미래를 예고하는 조짐이 국내에서도 일어나기 시작했다.

　나는 2020년 1월 말경 경기도 가평에 있는 아침고요수목원에 갔다. 그야말로 고요한 그곳에서 2시간 정도 지났을 무렵, 대형 버스에서 내린 중국인 관광객들이 무더기로 수목원에 들어왔다. 왁자지껄 그 자체였다. 물론 마스크도 착용하지 않았다. 기겁할 노릇이었다. 마스크를 끼고 있던 우리 일행은 그들을 피했다. 더 가관인 것은 그들의 태도였다. 우리의 동선을 따라 계속 쳐다보면서 손가락질하며 시시덕대더니 이내 사방으로 휘젓고 다니기 시작했다. 우리는 관망하다 포기하고, 수목원을 빠져나와 근처에 있는 축령산으로 갔다.

나는 상쾌한 공기를 마음껏 들이마시며 잣나무 숲속을 거닐었다. 당장 피톤치드 효과가 나타나는 것 같았다. 어쩌다 소수의 사람과 마주쳤지만 모두 마스크를 끼고 있었다. 다행히 외국인은 없었다. 좋은 선택이었다고 자화자찬하며 우리는 함께 웃었다. 그제야 엉킨 마음이 좀 풀렸다.

그러나 솔직히 외국인 관광객이 아무런 제재도 없이 여전히 떼로 몰려와 활개를 치고 다니는 모습을 직접 보고 나서야 나는 정신이 번쩍 났다. 국내에 전염병이 퍼지는 것도 시간문제라는 생각이 들었다. 그저 시국이 불안스러울 뿐이었다. 이제 스스로 자신을 지켜야 하는 상황이 온 것 같았다. 결단이 필요했다. 체육관의 회원권 유효기간이 아직 1년 이상 남아 있었지만 나는 연기 신청을 했다. 그런 후에야 비로소 나는 절대로 밀폐된 공간일 수 없는 인근 공원에 가서 매일 산책을 했다.

2020년 2월 26일, 체육관으로부터 긴급 알림이 왔다. 안 나간 지 1개월이 채 안 된 때였다. "코로나19가 심각한 단계이므로 휴관을 결정했습니다. 오픈은 3월 2일입니다"라는 내용이었다. 이날까지 확진자 수는 1,261명, 일별 확진자 수는 일주일 사이에 10배 이상

급증해 있었다. 당분간은 체육관에 나갈 용기가 선뜻 나지 않을 것 같았다. 3월 23일에 긴급 알림이 또 왔다. "정부의 정책에 따라 4월 5일까지 긴급 임시 휴점합니다. 회원권 기간은 그만큼 연장해 드리겠습니다". 앞이 안 보이는 암울한 팬데믹 시국에 부득이하게 쉬는 것인데도 회원 감소를 염려하는 점장의 초조한 마음이 읽혔다. 이날까지 확진자는 8,961명까지 올라가 있었다. 사망자도 111명이었다.

4월 6일 오후, 점장은 "본 센터는 6일부로 오픈했습니다. 운동 나오세요. 면역력을 위해서는 운동이 최고^^ 파이팅!"이라는 메시지를 보냈다. 이 문자를 읽으니 비시시 웃음이 나왔다. 그녀의 상냥한 목소리가 귓가에 쟁쟁하게 울리는 것 같았다. 틀림없이 기분이 좋아져야 하는 내용이지만, 나라 상황은 더 위급해지고 있었다. 확진자가 1만 284명에 사망자가 184명이었다. 나 같은 사람은 바이러스의 기세에 눌려 한없이 움츠러들기만 하는데, 오늘은 몇 명이나 운동하러 나왔을까?

4월 7일, 점장은 '코로나 극복 최대할인 이벤트'에 관한 문자를 보냈다. 파격적으로 저렴했다. 가격 할인, 서비스 추가 등 전례가 없는 책정액이었다. 수지가 맞을까? 전기료, 수도료, 세탁비, 건물 임차료, 트레이너 월급 등 매달 고정적으로 나가는 비용도 만만치 않을 텐데 내심 걱정스러웠다.

체육관을 운영하는 점장은 40대 중반의 여성이다. 그녀는 하루 종일 카운터에 갇혀 있다. 언제부터인지 여성 샤워실과 화장실 청소까지도 직접 하기 시작했다. 자기 몸을 혹사해서 수입과 지출을 겨우 맞추는 것 같았다. 중학생 아들이 두어 번 온 적이 있다. 아들은 착해 보였고, 엄마를 바라보는 눈빛이 애틋했다. 이번에 나온 할인 행사는 생활비를 건지기 위한 마지막 카드인 것 같았다. 오죽하면 이런 고육지책까지 썼을까.

4월 16일, 점장은 "할인 이벤트, 마감합니다. 가입을 서두르세요"라는 문자를 보냈다. 모집이 뜻대로 되지 않은 것 같았다. 예전 같으면 회원권 사용 기한이 아직 많이 남은 회원들도 1~2년씩 미리 등록하곤 했다. 그런데 나부터 이러고 있지 않은가. 확산세가 조금 주춤한 것 같지만, 그래도 오늘까지의 확진자는 1만 613명에 사망자가 229명이었다.

5월 6일에는 이런 문자를 받았다. "회원님, 연기 신청 기간이 종료되었습니다. 운동 나오세요." 거의 명령조라고 해야 하나. 이러지도 저러지도 못하는 사이에 동일한 메시지는 연거푸 네 번이나 더 왔다. 점장의 암담한 심정이 감지되었으나 독촉을 받는 나도 불안하고 난처하기는 매한가지였다. 특단의 조치가 필요했다. 나는 사람들이 드물게 오는 새벽에 가서 샤워만 하기로 했다. 이제는 코로나19 현황을 확인하는 것조차 죄스러운 심정으로 변해 있었다. 인명은 한갓 수치화될 뿐이었고 감염 확산세는 무섭게 이어지고 있었다.

6월 23일, 새벽에 집을 나섰다. 밤의 어두움은 아직도 짙게 드리워져 있었다. 그나마 가로등이 대낮처럼 밝아서 다행이었다. 멀리 마스크를 낀 행인 한 명이 눈에 띄었다. 체육관 2층에 올라가니 입구에는 손 소독수와 방명록이 있었다. 나는 도착 시각, 이름, 주소, 전화번호 등을 기재했다. 낯선 알바생이 마스크를 쓰고 카운터를 지키고 있었고, 수건도 각자 가져가도록 바뀌어 있었다. 예상대로 탈의실과 샤워실은 텅 비어 있었다. 나는 부랴부랴 씻고 나왔다. 마주친 사람은 출입문에서 딱 한 명, 처음 보는 얼굴이었다. 그녀도 사람을 피해 일찍 온 것 같았다. 우리는 서로를 경계했고, 한마디의 말도 나누지 않았다.

밖으로 나오니 새벽 어스름은 완전히 걷혀 있었다. 멀리서 보니 떡집 아들은 방앗간 밖에 나와 담배를 뻑뻑 피우고 있었다. 전에는 볼 수 없던 의외의 모습이었다. 모든 것을 체념한 듯한 몸짓. 나는 담배 연기를 피해 왼쪽 샛길로 꺾었다. 이 정도면 노이로제에 걸린 것일까? 아닐 것이다. 확진된 사람들의 수기는 두렵기만 했다. 너무 숨이 막혀 잠깐 마스크를 들었다 놨는데, 단 2~3초 사이에 감염된 사람도 있다는 것이었다. 통증으로 밤을 꼬박 새우고, 먹지도 못하고, 어지럼증으로 시체처럼 누워만 있었다고도 했다.

8월 29일부터는 긴급 공지가 잇달아 왔다. "높은 확산세로 3단계 격상이 논의되고 있습니다. 위중한 상황에서 임시 휴관합니다", 9월 6일은 "수도권 2.5단계 거리두기 방역 조치가 1주일 연장되었습니다", 9월 13일은 "2.5단계에서 2단계로 조정되었습니다. 9월 14일에 오픈합니다", 9월 15일은 "정부 지침으로 야간 운영 정지합니다"라는 문자였다. 9월 내내 점장은 살아남으려고 안간힘을 썼다. 그러나 체육관은 결국 폐관되었다.

9월 마지막 주, 나는 라커룸에 있는 소지품을 찾으러 갔다. 점장은 감기에 걸려 기침까지 하면서 쉰 음성으로 "계좌번호 보내 주세요. 차액은 넣어 드릴게요"라고 힘없이 말했다. 다른 회원들도 이 말을 듣고, 뿔뿔이 집으로 돌아갔을 것이다. 그러나 환불받으리라고 기대하는 사람은 별로 없었을 것이다.

한편 소상공인들의 고통은 뉴스에서 전하는 것보다 훨씬 절박해 보였다. 동네에서도 빈 가게가 기하급수적으로 늘어나고 있었으니까. 그렇다고 새로 입주하는 상점이 있는 것도 아니었다. 목이 좋은 장소인데도 몇 개월이고 방치되기 일쑤였다. 오다가다 보면 텅텅 빈 점포 안은 을씨년스럽기 그지없었다. 골목 상권이 초토화되고 있는 현장이라고나 할까. 그러니 스포츠업이라고 묘수가 있었겠는가. 근 7개월 동안 휴점과 개점을 반복했으니 영업이익은 고사하고 빚은 지지 않았는지…….

이렇게 국내 코로나19 사태는 우리의 생활을 송두리째 바꿔 놓았다. 상식이라고 여겼던 일도 맥없이 허물어지기는 매한가지였다. 우리는 모두 일시에 마스크를 끼고 침울한 분위기에 침몰해 버린 것 같았다. 이렇게 2020년은 속절없이 흘러가고 있었다.

어떻게 살아야 할까? 대상의 참모습을 보려고 고뇌했던 시인, 비스와바 쉼보르스카의 「인생이란…… 기다림」은 퍽이나 진솔했다. 현학적이지 않았다. 실존의 시 속에서 볼품없이 웅크리고 있는 '나'를 보았다. 미세한 떨림. 그가 바라본 삶은 불확실하고 예고 없고 파란곡절이 많다. 제목의 '……'는 인생은 이렇게 살아야 한다는 묵언이다. "언행은 되돌릴 수 없다. 겸손하고, 침착하고, 죄짓지 말고 매 순간 최선을 다하라!"라는 시인의 음성이 들리는 것 같았다.

인생이란…… 기다림.
리허설을 생략한 공연.
사이즈 없는 몸.
사고(思考)가 거세된 머리.
내가 연기하고 있는 이 배역이 어떤 것인지는 나도 잘 모른다.
단 한 가지 확실한 건, 이 역할은 나만을 위한 것이며,
내 맘대로 바꿀 수 없다는 사실.

(중략)

한번 내뱉은 말과 행동은 결코 되돌릴 수 없는 법,
밤하늘의 별들을 미처 다 헤아리지도 못했다.
서두르고 덤벙대다가 잘못 잠근 외투의 단추처럼
갑작스런 돌발사태가 빚어낸 안타까운 결과.

(하략)

-「인생이란…… 기다림」[1]

1   비스와바 쉼보르스카, 『끝과 시작』, 최성은 옮김, 문학과지성사, 2016, 251~252면

연극의 2막이 시작한 지 한참 되었다. 내 배역은 이제 어느 누구와도 바꿀 수 없다. 누가 대신해 줄 수도 없다. 예상치 못한 대유행병의 시대가 왔다고 해서 맡겨진 소임이 없어진 것도 아니다. 그런데도 이 상황을 비관하며 움직이지 않는다면 어떤 결과가 초래될까. 지나간 시간은 돌아오지 않는다. 어디 시간뿐이겠는가?

따라서 이런 불안정한 때일수록 펑크를 잘 내는 불성실한 배우처럼 살아서는 안 될 것이다. 자기 자신뿐 아니라 타인들에게도 큰 피해를 줄 테니까. 한 번뿐인 삶, 현재의 내 역할. 어떤 인생을 선택할 것인지는 오직 자신에게 달려 있다. 갑작스럽게 만난 코로나19라는 복병을 물리치기 위해서라도 기를 모아 명배우처럼 열연하면 좋지 않을까?

지난 세월을 돌이켜 본다. 삶의 고초 속에서는 결실을 기대할 수도, 미래를 기약할 수도, 그렇다고 포기할 수도 없었다. 그저 하루하루 꾹꾹 헤쳐 나갈 뿐이었다. 오랜 세월이 흐른 후에 깨닫게 되었다. 혹시 그 삶이 무의식 속의 기다림이 아니었을까 하고. 인생이란 그런 것 같다. 기다림! 그러니 희망과 열정을 내장하고 명연기를 펼친다면 더 좋을 것 같다.

좋아진 점은
정말 하나도 없을까?

•

　어느 날 숲속 길을 천천히 걷던 중 문득 떠오른 생각이 있다. 코로나 확산으로 마스크를 쓰고, 불편하게 살고는 있지만 좋아진 점이 정말 하나도 없을까? 용하게도 두 가지나 있었다. 먼저 숲과 친해졌다. 다른 하나는 지나온 세월을 반추하는 시간이 예전보다 늘었다. 일부러 생각을 깊게 하여 찾아낸 것이 아니다. 갑자기 떠올라서 '아, 그때는 그랬었지' 하며 저절로 추억이 소환되는 경우가 대부분이었다.

　지나가 버린 단편적인 기억의 편린들은 섬광처럼 예고 없이 찾아오곤 했다. 횟수로는 팬데믹 이전과 비교할 수도 없을 정도였다. 이 파편들은 여러 갈래 생각의 실마리를 마련해 주었다. 희로애락으로 점철된 과거의 단면들은 순간적으로 되살아나 힘들이지 않는 뇌 활동을 거친 끝에 쉬운 퍼즐 조각처럼 맞추어졌다. 미세한 희열이 오기 시작했다. 불운한 감염병 유행 시대에 나를 살게 하는 것은 추억들이 아닐까 하는 생각이 들 정도였다.

　세계적 유행병 이전의 자유롭던 세상을 그리워하는 마음이 강해서 나타나는 현상일까? 저절로 나타났다 사라지는 종합적 자각 증상은 내면으로부터 반성과 겸손을 불러왔다. 그래, 예전에는 이렇지 않았었지. 그동안 너무나 당연한 듯 누리며 살았어. 고마운 줄도 몰랐어. 혼잣말로 자신에게 주입시키니 숱한 기억들이 살아난 것일까? 수십 년 세월 속에서 무수한 점들에 불과했던 수많은 일들은 앞뒤로 이어져 기승전결의 짜임새를 보여 주고 있었다. 초반의 조바심도 서서히 누그러지고 있었다. 분명 이 상황은 숙명일 것이다. 살아남기 위해서는 기존의 사고를 비우고, 새롭게 다시 채워야 하지 않을까 하는 상념이 깃들기 시작했다. 이 난국을 극복하기 위해서는 개개인의 치열한 노력이 필요할 것이라는 생각이 서서히 고개를 들기 시작했다.

다행이었다. 무작위로 밀려오는 사고의 홍수 속에는 과거의 유의미한 순간들이 섞여 있었다. 그것들은 흡사 깜깜한 밤의 반딧불이처럼 반짝반짝 빛나다 사라지곤 했다. 어떤 장면은 반복해서 떠올랐다. 내 예지력이라도 시험하려는 걸까? 깨달음은 천천히 왔다. 까맣게 잊고 있었던 지난 세월 속의 소소한 동작이나 말 한마디가 내 마음을 편안하게 위로해 주고 있었다. 지나온 삶 속의 울퉁불퉁한 기억들을 그냥 흘려보낸다는 것은 자아와 그 대상에 대한 예의가 아니라는 생각이 불현듯 들었다. 그리고 이 시기는 내 삶의 전환점이 될 것 같다는 예감도 함께 왔다.

이렇게 전혀 예상치 못한 전염병의 창궐은 나에게 인생 대정리의 시간을 주고 있었다. 나는 나 자신의 지나온 행적을 되돌아보았다.

가상스럽게도 나를 위한 시간을 억지로 만들어 놓기는 했었다. 그러나 그뿐이었다. 항상 무언가에 쫓기듯 분주하게 왔다 갔다 하는 내가 보였다. 그러다가 힘이 소진되어 기진맥진 쓰러지기 일쑤였지. 그래, 내실은 별로 없었다.

생각해 보니 삶의 고비마다 그랬다. 날마다 몸담았던 장소에서도 타인들과의 관계에서 오는 책임감에 더 큰 비중을 두었다. 자신을 다단히 붙잡은 채 강박관념에 사로잡혀 있었다고 해야 하나? 그러나 다행스럽게도 이제 기회가 왔다는 것을 직감적으로 느끼고 있다. 오롯이 나 자신에게 충실해질 수 있는 시간이 왔음을. 이것이야말로 팬데믹의 역설이 아니고 무엇이겠는가. 나 자신과 가까워지는 데 필요한 시간은 이렇게 뒤늦게 찾아왔다.

그렇다면 나는 누구인가? 단언할 수 없다. 아직도 때로는 많이 헤매고 있다. 그러나 분명한 것은 나는 죽을 때까지 배워야 하는 미숙한 한 인간이라는 것, 아직도 삶의 의미를 조금씩 터득해 가는 과정에 있는 존재일 뿐이라는 것. 그러므로 먼저 나 자신에게 집중하고 충실해야 할 것 같다. 내가 죽기 전까지 진정으로 하고 싶은 일은 무엇인가에 대해 진지하게 자신에게 물어보고 대답하면서 말이다. 아마도 나 자신을 변함없이 존중하고 격려하면, 무언가를 새롭게 찾게 되지 않을까.

살기 위해 선택한 '비움',
일본어능력시험(JLPT)

•

왜 힘든 공부를 하느냐는 질문을 가끔 받았다. 그럴 때마다 "내 취미는 공부"라며 그냥 가볍게 웃어넘겼다. 그러나 실상은 취미 이 상이었다. 공부는 나에게 보람을 주었다. 안도감도 주었다. 애틋한 위안도 주었다. 때론 숨통이 트이게도 했다. 이 정도면 거의 은인 같은 대상이 아닐까.

사실 솔직한 심정을 털어놓자면 나의 이상은 너무 높았다. 남의 눈에는 평범해 보였겠지만 내 속마음은 사소한 일까지 최상의 시시 비비를 따지느라 늘 복잡했다. 여러모로 고단하게 살았다. 그런데 공부는 이상과 현실 사이의 괴리에서 오는 상대적 박탈감을 잊게 했다. 꿈을 이루게 해줄 것 같았다. 실망과 좌절감도 달래 주었다. 힘든 일로 무너질 지경이 되었을 때도 버팀목이 되어 주었다. 따라 서 공부는 온전하게 존재하는 나를 확인하기 위한 도구였다고도 할 수 있겠다.

최근 몇 년간은 일본어능력시험(JLPT)[1] 준비에 매달려 있었다. N2까지 합격하고 마지막 관문인 N1만 남겨 둔 상태였다. 그런데 갑자기 코로나 사태가 터졌다. 이 감염증은 우리의 생활을 송두리째 바꾸어 버렸다. 침방울이나 바이러스에 오염된 물건에 의해서도 전염되니 그럴 수밖에 없었다.

전염병이 발생한 지 2개월이 지날 무렵이었다. 지금까지 해오던 일 중에는 마지못해 이미 포기한 것들이 있있고, 아직 미련을 버리지 못해 망설이는 것들이 있었다. JLPT는 망설이는 쪽이었다. 이마저 포기를 해야만 할까? 아니, 모험을 할까?

나는 몇 년 전부터 매년 12월에 시험을 보았다. 2019년에도 마찬가지였다. 첫째 주 일요일에 수험레벨 N1을 응시했다. 시험이 끝난 후에는 걱정이 부쩍 밀려오곤 했었는데 이때는 달랐다. 합격이라고 확신했다. 언어 지식과 독해는 거의 만점을 받았을 거라는 자신감으로 웃으며 걸어 나왔다. 그래도 만일 떨어진다면 마지막으로 7월에 응시하고 끝내리라 마음먹었다.

그러나 빗나갔다. 1월 말경에 합격자 발표가 있었는데 결과는 불합격. 졸지에 무엇이 틀렸는지도 모르는 한심한 수험자가 되어 버렸다. 그래도 고지는 바로 눈앞에 있었다. 계획대로라면 한창 공부

---

1 JLPT(Japanese Language Proficiency Test)는 일본어를 모국어로 하지 않는 사람을 대상으로 7월과 12월 연 2회 실시하며, 5개의 등급(N1, N2, N3, N4, N5)이 있다.

를 하고 있어야 했다. 그런데 시험을 보다가 코로나에 걸릴지도 모른다는 부담감이 가중되니 도무지 마음이 잡히지 않았다. 더구나 코로나 증상과 후유증은 공포스러울 정도였다. 모든 상황을 냉철하게 분석하고 참작하여 결정해야만 했다. 하나뿐인 생명이 걸린 문제 아닌가?

이쯤에서 초심으로 돌아가 보아야겠다. 나는 원래 일본어에 관심이 없었다. 그러나 박사과정을 밟는 중에 자극을 받는 일이 생겼다. 처음에는 참고하고 싶은 일본어 원서를 읽지 못해 그저 답답한 감이 있었을 뿐이었다. 그러던 중 연구를 진행하면서 추사 김정희[2]의 작품을, 한 일본인[3]이 집중적으로 수집하고 연구했다는 사실을 알게 되었다. 우선은 자존심이 상했다. 창씨개명까지 강요하며 우리의 글과 말을 말살하려던 침략자들이 뒤에서는 우리의 문화유산까지도 손아귀에 넣은 채 연구했다는 사실에 오기가 났다. 그래서 논문을 끝낸 뒤에는 일본어를 정복하겠노라고 결심했다. 물론 이후의 계획도 거창하게 세웠다.

---

2   김정희(金正喜, 1786-1856)는 조선 후기의 문신 · 실학자 · 금석학자 · 고증학자 · 서화가이며, 호는 추사 · 완당 · 노과 등이다. 청나라 최고의 석학들과 교류하면서 고증학의 진수를 공부했다. 제주도 유배 기간에 걸작인 「세한도(歲寒圖)」를 그렸고, 추사체라는 독창적인 글씨체를 완성했다.

3   후지츠카 치카시(藤塚鄰, 1879-1948)는 일본의 학자로서 추사 김정희 연구의 선구자이다. 그의 아들 후지츠카 아키나오(藤塚明直)는 2006년, 부친이 평생 수집한 추사 관련 자료 일체를 과천시에 기증했다.

따라서 일본어를 시작할 당시의 내 꿈은 당연히 원대했다. 그러나 아집은 이내 사라졌다. 그 대신 때아닌 학구열을 불태웠다. 그런데도 일본어 실력은 그냥저냥 거북이걸음이었다. 그렇다고 해도 만일 코로나19가 아니었다면 이런 고민은 안 했을 것이다. 그러나 이제는 이 시국을 직시해야만 했다.

먼저 시험일의 상황을 상상해 보았다. 과연 온종일 마스크를 끼고 밀폐된 공간에서 시험을 볼 수 있을까? 또 마스크를 써도 코와 얼굴 사이에 틈이 생기는데 계속 눌러 가면서 시험을 보아야 하나? 보이지도 않는 바이러스와의 싸움에서 이길 수 있을까? 요즘 나는 마스크를 착용하고 있는 것만으로도 시야가 좁아지는 느낌을 받고 있다. 나이 때문일까? 무관하지 않을 것이다. 내 실체를 간파해야 하는 또 다른 이유일 것이다.

자신에게 물어본다. 나는 모든 위험을 무릅쓸 각오가 되어 있는가? 냉난방 시설의 관리, 환기, 소독, 수험자 개개인의 위생 체크 등 한 사람의 조심만으로 완벽하게 코로나 바이러스를 막을 수 있다고 생각하는가? 모든 게 불안했다. 이런 상황에서 위험부담을 안고 장시간 집중해서 고난도 문제를 푼다는 것은 무모한 모험일 거라는 생각이 들었다. 돈키호테처럼 개인의 이상에 집착하다 보면, 자칫 소중한 생명을 잃을 수도 있을 것이다.

물론 팬데믹은 분명 한 개인의 문제는 아니다. 더구나 사망자의 90% 이상은 노령층이다. 이런 사실은 나의 모든 활동을 현 상황에 맞게 조정할 필요성을 암시하고 있었다. 나도 노령층이었으므로.

그러자 이제껏 고수해 왔던 대면 활동을 과감하게 버리는 쪽으로 서서히 생각이 기울기 시작했다. 마침내 나는 비대면 위주로 생활 자체를 바꾸기로 했다. 막상 포기하니 의외로 마음은 한결 가벼워졌다. 그래도 JLPT와의 작별은 아쉽기만 했다. 이제는 JLPT와 관련된 추억 여행으로 허전한 마음이나 달래야겠다.

나이와 국경을 초월한다는 말이 있다. 그런데 일본어 공부가 이 말을 처음으로 실감할 수 있게 해주었다. 또한 선입관에도 함정이 있다는 것을 깨우쳐 주었다. 요는 사고의 영역을 넓힌 계기가 되었다고 인정해야 할 것 같다. 한국인 남성과 사귀고 있다는, 내가 다닌 어학원의 일본인 강사는 근래 한국에서도 보기 드문 성실한 사람이었다. 뜻밖이다 싶을 정도로 얼마나 열심히 강의하고 성심껏 첨삭을 해주던지! 순박한 미소와 겸손한 말씨에서도 그녀의 진실성은 그대로 발산되고 있었다. 어느 날 그녀가 말했다.

"우리는 공동으로 관리하는 통장이 있어요. 그 사람과 저는 다달이 똑같은 금액을 통장에 입금해요. 그리고 모든 데이트 비용을 그 돈으로 지불해요. 남자가 모든 것을 해주기를 바라고, 무조건 의지하는 여자들이 많지만, 저는 남자에게 짐이 되고 싶지 않아요."

바른 사고방식을 갖고 있는 일본인이었다. 그러니 나라가 무슨 상관이 있겠는가.

그녀의 모친은 교사라고 했다. 딸이 타국에서 제대로 교육받은 지성인답게 건실하게 생활하고 있다는 것을 알고 있을까? 아마 알고 있을 것이다. 인간 됨됨이는 평소의 언행에 나타나는 법이니까.

그 강사는 내가 가끔 친정엄마에게 들었던 "일본인들은 예의가 바르다"라는 이야기를 증명하는 듯했다.

사람이 느끼는 감정은 비슷한 것 같다. 모두들 타국살이 하는 외국인 강사에게 고마움을 표현하고 싶어 했으니까. 하루는 다른 수강생들과 의기투합하여 학생으로서 그녀에게 식사 대접을 했다. 그녀는 삼겹살과 설렁탕을 좋아한다고 했다. 우리는 설렁탕 맛집에서 점심을 먹은 후 커피숍으로 갔다. 한국인은 일본어를, 일본인은 한국어를 섞어 가며 대화를 나누었다. 새로웠고, 즐거웠다. 참, 사진도 찍었다. 웃음꽃을 피우며 행복해하던 그 일본인 강사. 그녀와 함께했던 그 시절이 그립다.

이제 마지막으로 일본어에 대한 첫 느낌을 추억해야겠다. 나는 한글의 아름다움에 매료된 사람이다. 그래서 한문 서예뿐만 아니라 한글 서예도 배웠다. 그런데 가나(かな)와 한자(漢字)로 표기하는 일본어도 멋있다는 사실을 처음 알게 되었다. 가나는 가타카나(かたかな)와 히라가나(ひらがな)가 있는데, 쓰면 쓸수록 글자가 예술적으로 다가와 일본어 서예에 대한 호기심도 높아졌다. 역시 외국어 습득 과정은 재미와 활력을 다 주는 것 같았다.

그러나 이제는 JLPT도 떠나보낼 시간이다. 팬데믹 이전에 아등바등 움켜쥐고 있던 다양한 욕구를 놓아 버리고, 안전함과 무욕의 자유로움이 내면에 깃든 나를 상상해 본다. 혹시 무욕망의 본질은 '비움'이 아닐까? 마음을 비우고 신중히 살다 보면, 어떤 미래가 오든 잘 적응하면서 조화를 이룰 수 있을 것이다. 인생의 마지막까지 천천히 가는 노년의 삶, 관망하는 노인의 여유로움과 도량이 필요한 때인 것 같다.

음악의 힘

•

막상 JLPT까지 포기하고 나니 심적 편안함은 어느새 적막함으로 변해 가고 있었다. 스스로를 의기충천하게 만들 수 있는 활력소가 필요했다. 그렇지 않으면 머지않아 글을 쓰는 일에서도 스트레스를 받을 것 같았다. 매일 재미있게 꾸준히 할 수 있는 일에는 무엇이 있을까? 생각해 보니 노래가 있었다. 왜 그동안 음악의 존재를 까마득하게 잊고 있었던 것일까. 갑갑한 비대면 시대에 음악보다 더 사람의 마음을 위로할 수 있는 것이 있을까?

예전에 LP판을 틀던 클래식 음악 감상실이 아스라이 떠올랐다. 뇌리에서 머물던 그 클래식의 별들은 어디로 다 사라져 버렸던 것일까? 그런데 그것이 수십 년 만에 나타나 다시 영롱하게 빛나고 있었다. 20대의 고뇌를 잠시나마 녹여서 풀던 장소. 조명이 꺼진 그 컴컴한 공간에 가면, 빼곡히 들어찬 사람들이 음악에 심취해 있는 모습을 볼 수 있었다. 그들의 경건한 마음도 이내 온몸에 전해져 왔다. 어디 그뿐인가. 고요하거나 명쾌하거나 장엄한 음악적 위계질서가 나를 감싸주곤 했다. 답답한 현실 세계와는 분명히 달

랐다. 그리고 얼마 후에는 지친 마음이 충전되어 가볍게 걸어 나오
곤 했다.

그러고 보니 초보 운전자일 때도 나는 음악의 도움을 무던히도 받
았다. 41세이던 1991년 4월 21일에 처음 운전면허증을 땄으나 뿌듯
함은 잠시였다. 운전대만 잡으면 어찌나 떨리던지 번번이 옷이 땀
으로 흠뻑 젖었다. 그런데 클래식을 들으며 운전을 해 보니 쿵쾅거
리던 심장의 박동부터 진정되기 시작했다. 맑은 음률이 내 심신에
깃들었던 것일까. 그 뒤로 3년 정도는 운전 중에 클래식만 들었다.
그러니까 고전악으로 운전 공포증을 극복한 셈이다.

내가 좋아하는 볼프강 아마데우스 모차르트(Wolfgang Amadeus
Mozart, 1756–1791)는 "그 누구도 나만큼 작곡하는 데 많은 시간을
보내지는 않았을 것이다. 나는 다른 사람이 칭찬하든지 비난하든지
개의치 않는다. 다만 내 감정을 충실히 따를 뿐이다"[1]라고 말했다.
만일 모차르트가 자신의 천재성만 믿고 고뇌의 시간을 보내지 않았
다면 위대한 음악가가 될 수 있었을까? 또 자기의 순수한 감정을 따
르지 않고, 남의 정신으로 움직였다면 이렇게 아름다운 곡들을 완
성할 수 있었을까? 따라서 그의 음악을 듣고, 우리가 이끌리고 감
정을 조절하면서 힘을 얻는 것은 자연스러운 귀결일 것이다.

회귀하는 연어는 지금 어디쯤 있을까? 불현듯 국민학교 6학년 때

---

[1]   신충행, 『HOW SO 필독도서 세계 큰인물 모차르트』, 한국셰익스피어,
2015, 83면

의 일이 떠올랐다. 소녀들은 입시 준비로 늘 바빴다. 수업이 끝나면 저녁 어스름이 밀려올 때까지 운동장에서 공 던지기, 넓이뛰기, 달리기 연습을 했다. 그때 중학교 입시는 체육 점수까지 합산하여 커트라인이 정해졌다. 우리는 교실에서 계속 문제를 풀었고 운동장에서는 맹렬히 달리고 던졌다.

그런 와중에도 나는 노래 부르기를 좋아했다. 그러나 합창부에는 들어가고 싶지 않았다. 공부에 방해가 된다고 생각했기 때문이다. 단 방송국 방청권을 얻으려는 욕심은 누구보다 강했다. 그것은 매주 학급당 4장쯤 나왔던 것 같다. 토요일마다 선생님은 방청권을 차례로 나누어 주셨다. 나는 총 두 번 받았다. 그래서 언제 지목되더라도 마이크에 대고 자신 있게 동요를 부르리라 마음먹고, 짬만 나면 혼자서 노래 연습을 했다.

D 방송국에서는 토요일 오후에 국민학생 대상으로 노래자랑 공개방송을 했다. 「누가 누가 잘하나」라는 프로그램이었다. 목소리가 낭랑한 진행자는 나의 롤모델이었고, 당시에 내 꿈은 아나운서나 성우가 되는 것이었다. 이 프로그램의 오프닝 멘트를 몰래 흉내 내던 옛 기억이 어렴풋하게 떠오르니 웃음이 저절로 나온다.

드디어 두 번째로 방송국에 간 날, 나는 한 곡이 끝날 때마다 반쯤 일어나 계속 소리를 질렀다. "저요, 저요!" 그 자리에 소녀의 수줍음은 없었다. 그런데 나뿐만이 아니었다. 모두들 그렇게 했다. 반짝이는 눈동자를 가진 진행자는 나를 잠깐 쳐다는 봤지만 시키지는 않았다. 나의 실망은 이만저만이 아니었다. 집에 오니 눈물까지

났다. 참가자가 미리 정해져 있었을 거라고들 했지만 믿어지지 않았다. 얌전하다는 말을 숱하게 들었지만, 그 시절의 당찬 용기는 어디서 나왔는지 알다가도 모를 일이다.

근 60년의 세월이 흘러갔다. 노래를 좋아했던 그 소녀야말로 정말 어디로 가버린 걸까? 오랜 세월 나는 노래와 거의 담을 쌓고 살았다. 지금이라도 10대 초반의 그 풋풋한 감성을 되찾고 싶다. 원래 내 속에 잠재해 있던 본류를 향해 거슬러 올라가고 싶다. 그런데 어떤 노래를 부르지? 그러고 보니 오래전에 신문에서 읽었던 기억이 난다. 치매를 예방하는 데는 외국어 공부가 효과적이라는 기사. 그렇다면 팝송이 제격 아닐까? 팝송을 포함시킨다면 노래 부르기, 영어 공부에 치매까지 예방할 수 있으니 그야말로 일거삼득의 효과를 거둘 수 있지 않을까?

게다가 우연히 보게 된 유튜브 영상에서 신경과 전문의 이은아는 "음률이 존재하는 음악을 들으면 좌뇌와 우뇌의 뇌세포 기능이 활발해진다. 그리고 노래를 하면 도파민 호르몬이 활성화되어 기분이 좋아지고, 치매도 예방할 수 있다"라고 하였다. 그럴 것이다. 아마 음악의 이점은 무궁무진할지도 모른다. 따라서 노년층의 뇌 퇴화 예방에 음악은 필수적이라는 생각이 들었다. 실천하지 않을 이유가 없었다. 그래서 나 자신과 두 가지를 약속했다.

약속 하나. 아침 기상 후 음악(클래식, 동요)을 틀어 놓고 오며 가며 듣기

약속 둘. 한 달에 세 곡(팝송, 동요, 가요)씩 정해서 매일 노래하기

노래하는 나를 상상해 본다. 아동기의 그때와 노년기인 지금의 차이점은 무엇일까? 심정적으로 짚이는 것은 단 한 가지다. 치매(인지저하증)라는 병을 걱정해야 하는 노인이 되었다는 것. 그 외에는 차원이 다른 것 같지만 일맥상통하는 듯해 신기할 정도이다. 마음이 변하지 않았고 호기심이 살아 있고 여전히 미래를 그리고 있다. 그러니 「누가 누가 잘하나」가 없어도 노래하는 시간은 변함없이 즐겁고 설레는 시간이 될 것이라고 확신한다.

노자는 말했다. "세상의 어려운 일은 반드시 쉬운 일에서 일어나고, 세상의 큰일은 반드시 세세한 일에서 일어난다"[2]라고. 과연 그렇지 않은가? 이를테면 마스크 착용이라든가 손 씻기 등은 결코 어려운 일이 아니다. 그러나 이 쉬운 일도 귀찮다고 하지 않으면 코로나에 감염될 수도 있고 그로 인해 큰일을 당할 수도 있다. 이런 문제가 어디 질병에만 해당할까? 내 생각에는 세상사를 조금만 유심히 들여다보아도 그 이치가 거의 이 범주에서 벗어나지 않는 것 같아 숙연해진다.

그렇다면 음악도 마찬가지 아닐까? 매일 손을 씻는 것처럼 날마다 한 소절씩이라도 노래를 부른다면, 결국 시련을 감내할 힘도 얻

2   노자, 『노자 도덕경』, 김원중 옮김, 휴머니스트, 2018, 235면

을 수 있지 않을까? 나이는 들었어도 매너리즘에 빠지지 않으려고 애쓰고, 자신의 목소리로 자신의 정서를 표현하면서 나날을 긍정적으로 산다면, 아마 '코로나 우울'도, '코로나 레드'도, '코로나 블랙'[3]도 모두 비켜 갈 것이다.

그래서 생각해 보았다. 음악은 불안한 시기를 무사히 넘길 수 있는 현명한 전염병 극복 방법이 되지 않을까 하고. 하여튼 음악의 힘은 대단한 것 같다. 생각만으로도 이렇게 마음이 편안해지니까.

---

[3]   코로나 우울은 코로나19와 우울감(blue)이 합쳐진 신조어인 코로나 블루 (corona blue)의 순화어, 코로나 레드(corona red)는 우울한 감정을 분노로 폭발하는 것, 코로나 블랙(corona black)은 장기화되는 코로나19로 좌절·절망·암담함 등을 느끼는 심리적 상태를 말한다(시사상식사전, 박문각).

Part 2

자신의 삶

자기 자신의 훌륭한 보호자가 돼라.
일생의 모든 행위는
그 영향에 달려 있다.*

– 발타자르 그라시안

* 발타자르 그라시안, 『세상을 보는 지혜』, 64면

한 인간으로서의 나

•

그녀를 처음 만난 곳은 동네의 대형 스포츠 센터였다. 어느 날 운동을 하러 가니 체육관 안이 뒤죽박죽이었다. 업주가 야반도주를 해버린 거였다. 나는 그녀와 처음으로 대화를 나누었다. 50대 초반으로 보였는데, 주로 오전에 와서 운동을 했다고 하였다. 나는 퇴근 후 저녁에만 갔으니 그동안 서로 마주칠 일이 없었던 것이다. 그녀의 눈빛은 부드러웠고, 요조숙녀처럼 얌전했다. 우리는 동병상련의 처지가 되어 사기꾼이 판치는 세상을 짧게 한탄했다. 그러다 곧 운동화라도 남겨 놓고 갔으니 얼마나 다행이냐며 초탈한 사람들처럼 마주 보고 웃었다.

그 뒤로 그녀와는 골목길에서 어쩌다가 한 번씩 마주쳤다. 우리는 눈인사를 하며 미소를 지었다. 서로 호감을 느끼는 사이가 되었다고나 할까? 세월은 빨랐다. 내가 뒤늦게 핫요가, 골프, 자전거 등을 새로 배우거나 번화가에 있는 여성 전용 체육관을 다니거나 혹은 쉬거나 하는 사이에 십오륙 년 세월이 가볍게 흘러가 버린 것이다. 어느 여름날, 나는 집 근처에 있는 스포츠 센터에서 운동하기로 맘먹고 등록하러 갔다. 그런데 해맑게 웃으며 반기는 얼굴이 있었다. 바로 그녀였다. 자기는 야반도주 사건 이후 이곳으로 계속 운동을 다녔노라고 했다.

이후에 우리는 체육관에서는 말할 것도 없고, 오며 가며 길에서도 더 자주 마주쳤다. 그녀는 남편을 무척 자랑스럽게 생각하는 것 같았다. 내가 다니기 시작한 지 얼마 지나지 않아 남편 얘기를 하기 시작했다. 묻지 않았는데도 남편의 직장까지 슬쩍 내비쳤다. 그렇지만 남편을 자랑하기 위해서 그런다는 생각은 전혀 들지 않았다. 그저 풋풋한 감성의 소유자로 보였을 뿐이다. 말할 때마다 그녀는 흐뭇한 미소를 지었다. 자녀들 얘기를 할 때도 마찬가지였다. 그녀의 꿈은 현모양처였을 거라는 생각이 저절로 들었다. 어쨌든 그녀는 안분지족하며 잘 사는 것 같았다.

그럼에도 불구하고 나는 이따금 아쉬운 눈길로 그녀를 바라보곤 했다. 혹시 현모양처가 되기 위해 지나치게 헌신하고 희생하고 있는 것은 아닐까 하는 의문이 들었기 때문이다. 뭔지 모를 그런 마음은 자연스럽게 일어났다. 물론 나는 좋은 어머니와 착한 아내가 되려고 노력하는 여성을 좋아한다. 그러나 조건이 있다. 여성은 가정에서는 아내이자 엄마이지만, 어엿한 한 사람의 독립된 인간이라는 점. 따라서 자기 자신을 위해서도 모든 책임을 다해야 한다는 신념을 갖고 있었다.

오래전부터 나는 신사임당[1]을 좋아했다. 그런데 좀 뒤늦게 알게 된 사실이 있다. 신사임당은 주나라 문왕의 어머니 태임[2]을 본받으려고 노력했다는 점이다. 나는 이 일로 인해 정신적인 힘을 더 받게 되었다. 나도 사임당을 본받으려고 노력하면, 그렇게 될 것만 같았다. 그래서 서예와 사군자도 배웠다. 아무튼 이런 생각을 품고 살아온 세월이 그녀를 그렇게 바라보게 만들었는지도 모르겠다.

그녀는 자신에 대해서는 아무 말도 하지 않았다. 그래서 추측만 할 뿐이었다. 아마 그녀는 집에서 곱게 신부수업을 받다가 결혼했을 것이다. 그리고 남아선호사상이 꽤 뿌리 깊었던 1960~1970년대에 아들 둘을 내리 낳았을 것이다. 아! 얼마나 주위의 부러움을 샀을까. 시어른께서는 얼마나 기뻐하셨을까.

그녀는 자랑스러운 남편과 두 아들을 바라보며 순탄하고 행복한 나날을 보냈을 것이다. 그리고 그 뒷바라지에 열과 성을 다했을 것이다. 아마도 40여 년간 가족을 하늘처럼 떠받들며 살았으리라. 그녀에게 깃들어 있는 자부심의 깊이가 고스란히 나에게 전해져 왔기에 든 생각들이었다. 착실한 남편이 다달이 벌어다 주는 생활비는 또 얼마나 고마워하며 받았을까. 또 그 돈을 얼마나 알뜰하게 관리

---

1 신사임당(申師任堂, 1504-1551)은 조선 중기의 예술가로 시 · 글씨 · 그림에 능했으며, 율곡 이이의 어머니이다. '태임(太任)'에서 성씨 '임(任)' 자를 따고, 그 앞에 '사(師)'를 붙여 호를 '사임당(師任堂)'으로 지었다.
2 태임은 주나라 태왕의 아들 계력과 결혼하여 문왕을 낳았다. 성품이 바르고 덕을 행하였으며 자식 교육에 남달랐다고 전한다.

했을까.

그녀는 돈을 벌어 본 경험은 없는 것 같았다. 그러나 이다지도 성실성이 돋보이는 가정주부인데 그것이 무슨 문제가 되겠는가. 나는 전업주부인가 맞벌이 여성인가로 인간을 판단하지는 않는다. 또 결혼한 여성의 수입 여부로 그들의 능력을 판가름하고 싶지는 않다. 부모와 아내의 역할을 완벽하게 수행하기 위한 정신적 · 육체적 노동은 우리가 흔히 생각히는 것 이싱으로 복잡나난하다는 것을 실제 체험을 통해 알게 되었기 때문이다.

보통 가사노동은 다른 사람이 맡아서 할 수 있다고들 한다. 하지만 그것도 전체는 불가능하고 일부가 아닐까? 사실 가사노동은 정신적 · 육체적 노동 외에 감정노동과 돌봄노동을 전부 포괄한다. 또한 집안일은 겉으로 표시도 안 나고 무궁무진하다. 게다가 정신적 노동의 가치는 돈으로 환산할 수 없고, 개개인의 능력과 마음가짐은 천차만별이다. 이를테면 최상선(最上善)을 추구하는 사람이 있는가 하면, 그렇지 않은 사람도 많다. 그런 점에서 한 가정의 주부로서의 그녀의 삶을 짐작하는 일은 어렵지 않았다. 오랜 세월에 걸쳐 최고의 가치를 창출해 내려고 최선의 노력을 기울였으리라.

자, 그녀는 이랬다. 차를 가지고 다니지는 않았다. 그 때문인지 집에서 은행으로, 마트나 체육관 등으로 종횡무진 종종걸음을 치며 다녔다. 부지런한 가정주부의 모습 그 자체였다. 나는 그간 성실한 사람들이 대체로 모든 일이 순조롭게 잘 풀리는 경우를 많이 보아왔다. 그런 경향으로 볼 때 그녀도 복을 받고 있는 것이라고 확신했다. 또한 검소한 옷차림과는 다르게 그녀는 알부자일지도 모른다는 추측도 했다. 나의 시야에서 그런 장면이 몇 번인가 포착되었기 때문이다.

분명 소유하고 있는데도 있는 체하지 않는 그녀의 삶은 진실로 소박해 보였다. 나는 그녀가 백발백중 양심적이고 착실한 사람일 거라고 확신했다. 그 몸짓과 눈빛이 그렇게 말하고 있었다. 사실 '거짓말은 할 수 있지만, 신체 언어는 가짜로 꾸밀 수 없다'는 말의 진실은 그녀를 알고부터 더 믿게 되었다. 가족관계에서 이보다 더 중요한 일이 있을까? 상호 간에 속이지 않고 가족의 일원으로서 각자의 본분을 바르게 이행한다면, 무엇이 장애가 되겠는가? 나는 그녀의 말에 진심으로 공감을 느꼈다.

그녀는 전형적인 현모양처형이었다. 나는 그녀와는 다르게 직장 생활을 오래 했다. 그렇지만 일찍이 현모양처라는 꿈을 가졌었기에 그녀를 충분히 이해할 수 있었다. 자랑스러움이 깃든 그녀의 음성과 행복한 표정과 그 맑은 웃음이 나는 마음에 들었다. 분명 그녀의 유일한 세상은 가정인 것 같았다. 헌신적인 사랑을 가족을 위해 쏟아붓고 있는 그녀! 보기 좋았다.

그렇다면 그녀의 가정에서도 당연히 그녀의 존재를 소중하게 여기고 아껴야만 했다. 나는 이런 점에 있어서 추호도 의심하지 않았다. 모범적인 인텔리 가정으로 늘 생각하고 있었으므로. 다만 나는 그녀에게 한 가지는 바라고 있었다. 가족을 사랑하는 것처럼 한 인간으로서의 자기 자신도 사랑하기를!

사람들이
왜 이렇게 양심이 없을까요?

•

　체육관 2층에는 트레드밀이 비치되어 있었다. 걸으면서 앞 창문 밖을 보면 도로 건너편의 은행이 정면으로 보였다. 나는 걷기 운동을 하면서 은행 안으로 바쁘게 들어가는 그녀의 모습을 몇 번이나 보았는지 모른다. 알뜰함이 그대로 그려졌다. 그녀는 늘 접이식 장바구니를 가지고 다녔다. 운동이 끝난 후에는 무언가를 사 가지고 가곤 했다. 채소가 비쭉 나온 그 시장 가방은 정성껏 음식을 만드는 그녀를 연상하게 했다. 보나 마나 그녀는 빈틈없는 주부의 일상을 살고 있을 터였다.

　그녀는 다른 회원들과 원만하게 지냈다. 조곤조곤 이야기도 하고, 서로 칭찬도 하곤 했다. 다른 사람들은 그녀를 사모님이라고 불렀다. 호칭에 걸맞게 회원들은 그녀에게 깍듯하고 예의 바르게 행동했다. 그러나 그녀는 탈의실에서 가끔 나와 둘만 있을 때는 냉정하게 돌변했다. 그런 기회가 여간해서는 오지 않았기 때문인지 그녀는 나지막한 소리로 재빨리 서둘러 "사람들이 왜 이렇게 양심이 없을까요? 이렇게 어질러 놓고 그냥 갔잖아요. 어휴, 이 물하고 머리카락 좀 보세요"라고 하거나 "조금 전에 나간 사람들은 어쩌면 저렇게 와자지껄 떠들까요? 저 사람들은 항상 저래요. 남 생각은 조금도 안 해요"라고 속삭였다. 또 어느 날은 "구두주걱 없지요? 또 누가 집어 갔나 봐요. 그거 몇 푼이나 한다고 자꾸 가져갈까요?"라고도 했다. 또 어떤 날은 "샤워실이 공중목욕탕인 줄 아나 봐요. 거기서도 빨래는 하면 안 되잖아요? 운동하러 와서 뭐 하자는 건지 모르겠어요. 바닥에 주저앉아서 빨래나 하고 정말 한심해요"라고도 했다. 다 지당하신 말씀 아닌가? 그녀는 자택을 얼마나 깨끗하게 관리할까? 반지르르 윤이 나겠지.

사실 회원들 중에 공중도덕은 안중에도 없다는 듯이 행동하는 사람들이 더러 있었다. 그런데 그들도 개개인으로 보았을 때는 위생 관념이 딱히 없는 것 같지는 않았다. 공중도덕과 교육 수준은 관계가 있다고들 하지만 못 배운 사람들 같지도 않았다. 단적으로 말해 그들은 타인에 대한 배려심이 없었다. 자기 한 사람만 깨끗하면 된다는 사고방식을 가지고 있는 것 같았다. 이기주의라고나 할까? 남이야 어찌 되든 상관없다는 식이었으니까.

나는 민폐를 끼치는 무개념한 사람들을 뒤에서 지적하는 그녀를 위선자 또는 이중성격자라고 생각하지 않았다. 더구나 결벽증이 있다고 의심하지도 않았다. 그녀는 공공장소에서 피해야 할 행동이 무엇인지를 정확하게 알고 있었고 그것을 지키는 사람일 뿐이었다. 나는 이런 기본 원칙을 알고 실행하는 그녀가 마음에 들었다. 반면 양식 없는 행동을 하는 회원들은 보기에 민망했다. 내가 인간을 너무 까다롭게 보는 것일까.

어쨌든 사람들의 도덕 불감증은 날이 갈수록 더 심각해졌다. 그래서 눈에 거슬리는 행태를 볼 때는 지적하고 싶은 충동을 느낀 적이 한두 번이 아니었다. 그러나 참아야 했다. 효과도 없을뿐더러 분란만 일어날 테니까. 내심 이런 생각을 품고 있었는데도 나는 그녀의 푸념에는 단 한 번도 맞장구를 치지 않았다. 그냥 긍정의 미소만 지었을 뿐이있다. 그런데도 그녀는 아는 것 같았다. 내가 농조자라는 사실을. 이렇게 둘 사이에는 은연중에 모종의 공감대가 형성되어 있었다.

니체는 "우리는 의식주에 대한 것을 소홀히 여기는 경향이 있다. 그러나 의식주만이 우리를 살아가도록 만든다. 따라서 인생의 토대를 확고히 지탱하고 있는 의식주라는 생활을 향해 진지하고 흔들림 없는 시선을 쏟아야만 한다"[1]라고 말했다. 그녀의 생활이 바로 그랬다. 생활에 진심으로 최선을 다하고 있었고, 의식주는 거의 완벽한 조화를 이루는 것처럼 보였다.

이를테면 그녀의 의복은 철에 따라 늘 적절했으며 청결에도 세심하게 신경을 썼다. 식생활은 보나 마나 건강식 위주로 이루어질 터였다. 그녀가 항상 들고 다니는 에코백 속의 식재료가 모든 것을 말해 주고 있었다. 게다가 그녀의 집은 나름대로 자연을 느끼며 살 수

1   프리드리히 니체, 『초역 니체의 말』, 시라토리 하루히코 엮음, 박재현 옮김, 삼호미디어, 2022, 72면

있는 단독주택이었다. 또 그녀는 체육관 내의 환경에도 관심이 많았다. 더할 나위 없이 성실하고 양심적이었던 그녀. 자신의 건강 상태를 인지하고 있었고 꾸준히 운동도 했던 그녀!

그런데…… 무엇이 문제였을까?

딸이라도 하나 있었으면
좋겠어요

•

　그렇게나 운동에 열심이던 그녀가 한동안 보이지 않았다. 그러나 나는 체육관에 일주일에 세 번만 가기 때문에 다른 회원들과도 날마다 마주치지는 않았다. 또 각자 오는 시간이 달라서 오래 못 보는 경우도 허다했다. 그래서 특별히 신경이 쓰이지는 않았다. 다들 개인 사정이 있기 마련이니까. 그런데 그게 아니었다. 그녀를 삼사 주 만에 보고 나는 가슴이 쿵 내려앉을 정도로 놀랐다. 그녀는 몰라보게 야위어 있었다. 병색도 완연했다.

　그녀가 어눌해진 목소리로 말했다.

　"내가 몸이 좋지 않아서 병원에 입원했었어요."

　나는 그녀에게 무슨 병이냐고 차마 물어볼 수가 없었다. 그녀도 병명을 말하고 싶어 하지 않는 것 같았다. 그러나 갑자기 뇌리에 떠오른 병명은 뇌졸중이었다. 얼핏 보기에도 그녀는 중증이었다. 체중도 5kg 이상 빠진 것 같았다. 사람이 이렇게 순식간에 변한다는 사실이 믿기지 않았다. 그런데 이런 몸으로 설마 운동을 하러 온 것은 아니겠지?

그러나 그녀는 스트레칭을 하고 있었다. 메마른 그녀의 팔다리가 힘없이 흔들리고 있었다. 몸도 가끔 비스듬하게 기울어지곤 했다. 위험했다. 꼭 균형을 잃고 쓰러질 것만 같았다. 그때 별안간 아주 오래전 일이 떠올랐다. 앉아 있던 의자에서 스르르 쓰러지셨던 H 선생님이. 갑자기 그녀에게 응급 사태가 발생할 것 같은 불길한 예감이 들었다.

나는 그녀에게 다가가 천천히 사정하듯이 말했다.

"넘어지실까 봐 걱정스러워요. 지금 필요한 것은 이런 종류의 운동이 아닌 것 같아요. 기운이 너무 없는 것 같으니 당분간 여기는 쉬시면 어떨까요? 그리고 음식을 잘 섭취하셔야 할 것 같아요. 그러면 체중도 늘고 힘도 생기지 않을까요?"

두서없는 내 말에 그녀는 "아무것도 먹고 싶지 않아요. 그래서 거의 안 먹었어요"라고 대답했다. 그녀의 웅얼거리는 말소리에 나는 참담함을 느꼈다.

"큰일 나요! 안 돼요."

나는 다급하게 말하고 신신당부했다. 식사는 거르지 않아야 하고 영양식으로 잘 드셔야 한다고.

며칠 후 그녀를 탈의실에서 보았다. 한 회원이 그녀에게 반말질을 했다. "또 오셨어?" 또 다른 회원이 말했다. "요즘 뭘 잡수시나?" 회원들의 표정과 말투가 전과는 완전히 달라져 있었다. 그녀를 대놓고 무시하는 태도였다. 그녀가 건강할 때는 한없이 공손했던 그들이 아니었던가. 지금 환자가 된 그녀는 노골적으로 사회적 약자 취급을 받고 있었다. 그녀는 체념한 듯 헛손질하며 알아들을 수 없는 목소리로 얼버무렸다.

한편 그녀의 병세는 조금도 호전되는 것 같지 않았다. 그러나 나에게는 무슨 말인가 하려고 계속 시도했다. 나는 그녀 쪽으로 귀를 잔뜩 기울였다. "아들이 미국에서 징코민을 보냈어요. 요즘 먹고 있어요"라고 말했는데 솔직히 무슨 말인지 알아듣기 힘들 정도였다. 그녀는 징쿠민에 크게 의존하고 있는 것 같았나. 플라세보 효과라도 나타나 병이 씻은 듯이 낫는다면 얼마나 좋을까. 그러나 요행이나 바라고 있을 때인가? 이래저래 착잡했다.

나도 예전에 징코민이 혈액순환에 좋다고 하여 예방 차원으로 먹어 본 적이 있었다. 그러나 얼마 안 가서 여러 이유로 관심을 아예 끊어 버렸다. 물론 그 후 오랜 기간에 걸쳐 미국에서 보완 연구 개발했다면, 효능은 더 좋아졌을지도 모르겠다. 그럼에도 답답했다. 지금이 그녀에겐 골든타임일 텐데, 중요한 시기를 허비하고 있다는 생각이 들었기 때문이다. 나는 체중을 늘리는 일이 급선무일 것 같으니, 잘 드셔야 한다고 또 거듭하여 당부했다. 내가 그녀를 위해 할 수 있는 일은 귀찮아할지도 모를 잔소리뿐이었다.

병의 상태는 나날이 악화하고 있었다. 그런데도 그녀는 운동하려고, 깨끗하게 씻으려고 안간힘을 쓰는 것 같았다. 병이 나기 전과 똑같이 생활하면 병이 나을 거라고 생각하는 것일까? 그 모습은 자신의 병을 인정하지 않으려는 몸짓으로 보여 더 안쓰러웠다. 운동이 끝나고 집에 갈 때도 여전히 손에는 몇몇 식재료가 들려 있었다.

설마 저 몸으로 식사 준비를 하는 걸까 싶어 걱정은 되었지만, 나로서는 어쩔 도리가 없어 더 답답할 뿐이었다.

며칠 후 서서 손뼉치기 동작을 맥없이 하고 있는 그녀를 만났다. 내가 옆에 가니 그녀는 또 무언가 말을 하고 싶어 했다.

"어제 병원에 갔다 왔어요. 염색했어요. 의사가 남편 친구라 남편 체면 생각해서……. 어떻게 해요, 해야지요."

그녀는 묘한 표정을 지었다. 이런 몸 상태에 염색이라니! 내가 할 말을 잃고 잠시 멍하니 서 있으니, 그녀는 오른쪽 눈을 바르르 떨며 찡긋거렸다. 동의를 구하는 걸까? 그제야 나는 그녀의 머리숱이 형편없이 줄어든 것을 알아보았다. 휑한 검은색 머리카락! 나는 그녀의 앙상한 어깨에 살며시 손을 얹었다. 염색에 대해서 뭐라고 말을 해야 할 텐데, 도무지 아무 말도 나오지 않았다.

그녀의 책임감의 끝은 어디일까. 병을 앓고 있는 그녀를 들들 볶는 이가 있는 것일까. 아니면 스스로 자신에게 저러는 걸까. 그녀의 생명이 바람 앞의 촛불처럼 위태롭다는 것을 타인인 나도 알겠는데 그녀의 가족은 정말로 모르는 걸까? 아니면 가족의 반대를 무릅쓰고 이곳에 나오는 걸까? 나는 그녀가 잘못되지 않도록 미리 막고 싶었다. 그렇지만 망설여졌다. 남의 속사정도 모르면서 간섭하는 사람은 되고 싶지 않아서였다. 그러나 나는 한목숨을 살릴 수 있는 마지막 기회라고 생각하고 용기를 냈다.

"가족분의 도움을 받으셔야 해요. 이 체육관은 환자에게는 어울리지 않아요. 운동하다가 쓰러지기라도 하면 어쩌시려고요. 공기 좋은 곳에 가서서 휴양을 하셔야 할 것 같아요. 아니면 회복될 때까지 집에서라도 요양을 했으면 좋겠어요. 그리고 최우선은 영양 섭취를 잘 하셔서 기운을 좀 차려야 할 것 같아요. 암보다 무서운 병이 혈관성 병이라고 하잖아요. 입맛이 없어도 억지로라도 드셔서 체중도 늘리고요. '한국인은 병에 걸리면 병 때문이 아니라 굶어서 죽는다'는 말도 있잖아요. 더 마르면 절대로 안 돼요."

그녀는 진지하게 경청했다. 미동도 없었다. 그런 그녀를 보니 내심 기뻤다. 내 의견을 수용하려는 걸까? 나는 끝으로 내가 존경하는 한 교수님의 실화를 그녀에게 들려주며 다시 부탁을 했다. 이 이야기가 심기일전의 계기가 되기를 바라면서.

"교수 사모님은 암 수술을 받으셨어요. 성냥개비처럼 말랐었는데, 아무것도 드시지 않았대요. 다 포기하고 싶다면서. 교수님은 그때부터 무조건 쇠고기를 사다가 물에 넣고 끓였대요. 그리고 기름이 동동 뜨는 국물은 버리고 고기만 썰어서 끼니마다 아내에게 제공하셨대요. 그러자 환자는 억지로 먹기 시작했고 체중도 5kg 이상 늘었대요. 놀랍지 않나요? 그러니 해줄 사람이 마땅치 않으면 힘드셔도 직접 고기를 삶아서 끼니마다 드셨으면 좋겠어요. 그러면 그분처럼 병도 이겨 낼 수 있을 거예요."

그녀는 이야기를 다 듣더니 무념무상의 표정으로 말했다.

"그런데 이제 모든 것이 다 귀찮아요."

아…… 김이 빠진 느낌이 들었다. 그녀는 곧 영문을 알 수 없는 이상한 표정이 되었다. 혹시 잘 먹어야겠다고 생각을 바꾼 걸까?

그러나 뜻밖에도 정적을 깬 말은 "딸이라도 하나 있었으면 좋겠어요"였다. 구음 장애가 심해져 목구멍 안으로 말려드는 음성으로 더 듬거리며.

그녀가 속내를 털어놓은 것은 이게 처음이었다. 틀림없이 그녀의 그림자[1]일 터였다. 그렇다면 가족이 인생의 전부인 양 자긍심을 숨기지 않던 그녀의 페르소나[2]는 지금 어떤 상태인 걸까? 성실한 그녀에게서 발산되던 긍정적 에너지는 다 소멸된 것일까? 병마에 시달리는 와중에 있지도 않은 딸을 찾다니…… 죽음의 문턱에서 가장 아쉬운 것은 오직 하나, 딸이 없는 것이라는 듯. 갈구하는 마음속 허상인 딸과 무엇을 하고 싶은 것일까? 만일 하소연이라면 대신해서 들을 수는 없을까? 속이라도 뚫리게.

그녀는 더 이상 말하지 않았다. 무언가 더 동기부여를 해주고 싶었지만 막막했다. 나는 겨우 "지금까지 가족 뒷바라지하시느라 힘드셨잖아요. 관리 잘하셔서 병도 낫고 그전처럼 즐겁게 지내셔야지

---

1 성장한 인간의 정신에 존재하는 그림자는 우리가 빛을 향해 걸을 때 미끄러지듯 뒤를 따르는 우리 자신의 이미지다. 의도하고, 의지하고, 방어하는 자아 조작의 무의식적 측면으로, 자아의 배면(背面)이다(머레이 스타인, 『융의 영혼의 지도』, 김창한 옮김, 문예출판사, 2015, 156~157면).

2 그림자의 대극인 페르소나(persona)는 배우의 가면을 의미하는 것으로 사교적 세계에 직면할 때 걸치는 얼굴이다. 문화변용, 교육, 환경에 대한 적응의 결과로서 형성된 인물이다. 자아의식이 긍정적으로 받아들여 동일시하면 페르소나의 일부가 된다(위의 책, 156~161면).

요. 제발 힘내세요"라고 속삭였다. 혹시 못 알아들으신 걸까? 처음으로 의심이 들었다. 그녀의 애매한 미소를 보며.

그 뒤로 근 열흘 정도 나는 그녀를 볼 수 없었다. 병원에 다시 입원했나? 휴양처로 떠났나? 아니면 집에서 쉬기로 한 걸까? 얼마간 걱정스러웠지만 그냥 무조건 믿고 싶었다. 그렇다! 자기의 생명을 그렇게 허망하게 스러지게 해서는 안 된다고 생각했다. 인간이란 존재의 기본적이 삶의 조건에 대해 어느 정도는 알고 있기에 더 간절한 마음이 되었던 것 같다.

그날도 역시 나는 가라앉은 기분으로 체육관 계단을 천천히 올라갔다. 접수대를 지나 여성 탈의실로 들어서니 잡담하는 소리가 안쪽에서 들려왔다. 그러나 신경 쓰지 않았다. "죽었대"라는 말이 무심결에 내 귀에 들어오기 전까지는. 순간 모골이 송연해졌다. "그저께 저녁에 온 것도 봤는데?"라는 말을 들으며 나는 좁은 통로를 지나 안쪽으로 들어갔다. 말하던 두 사람은 조금 멈칫거렸다. 일순 정적이 흘렀다. 그중 한 명이 뜬금없이 "아들 잘 키웠으면 됐지, 뭐. 미국 유학까지 시켰잖아"라며 나갔다.

실망스러웠다. 세상인심이 흉흉해졌다고 하지만 너무들 했다. 더구나 그녀 앞에서는 아부성 발언을 하며 사모님이라는 호칭을 남발하던 그들이었다. 경건하게 조의를 표하지는 못할망정 인간 된 도리로서 망자를 헐뜯는 말은 삼가야 하지 않을까.

그나저나 그녀는 그 몸으로 계속 이곳에 나왔단 말인가? 그저께까지? 혹시 내 말이 부담스러워서 나와 마주치지 않으려고 같은 시간대를 피했던 것일까? 모를 일이다. 아, 이 죄스러움을 어찌할까. 내가 가장 염려했던 일이 일어나 버리고 말았다. 그녀가 일평생 가족에게 쏟았던 정성과 내 마음속에 깃든 비탄의 감정은 어떤 상관관계가 있는 것일까? 인간에 대한 회의가 짙게 서렸다. 딸이라도 하나 있었으면 좋겠다는 말, 차라리 안 들었다면 이렇게까지 허망스럽진 않았을 텐데.

요즘도 옅은 오렌지빛 점퍼가 멀리 눈에 뜨이면, 그럴 리가 없지 하곤 한다. 상실감에 속이 쓰리다. 삼가 고인의 명복을 빈다.

나 자신의 훌륭한 보호자는
'나'

•

　허무하게 삶을 마감한 그녀에 대해 여러모로 생각해 보았다. 그녀에게 가장 필요한 처방은 무엇이었을까? 가족의 따뜻한 보살핌이 아니었을까? 그러나 그녀는 어떤 관심도 받지 못한 것 같다. 그런데도 그녀는 끝까지 어느 누구도 원망하지 않았다. "아무것도 먹고 싶지 않고, 모든 것이 귀찮아서 스스로 굶는다"고 말했다. 자신의 병을 남 탓으로 돌리며 한없이 원망하고, 타인에게 억척스럽게 분노를 표출하는 사람도 있던데…… 그녀는 끝까지 함구로 일관했고 모든 책임은 홀로 짊어졌다.

　모든 의욕이 소진된 그녀에게 내 조언은 무리였는지도 모르겠다. 그러나 그녀의 참담한 미래 ―생명이 경각에 달려 죽음에 이를 수 있다는 사실― 를 모른 체 할 수 없었다. 자기 자신을 살리려면 먹기 싫어도 먹고 힘겨워도 자신을 돌봐야 한다는 이 단순한 진리를 그녀가 실행해 주기를 바랐다. 그리하여 더없이 성실했던 M 선생님의 전철을 밟지 않기를 원했다.

　예전에 내가 20대 때 M 선생님은 긴 생머리에 소녀 감성까지 고스란히 지녔던 30대 중반의 청순한 여교사였다. 미술에 조예가 깊던 선생님에게는 남편과 아들도 있었지만, 선생님은 지병을 앓고 있었다. 동료들은 모두 불안해했다. 그래서 M 선생님이 완쾌될 때까지 휴직하기를 바랐다. 아니면 병가라도 내거나. 그래서 간곡히 권유했다. 그러나 선생님은 괜찮다며 맑게 웃었다.

내 눈에는 보였다. 기혼 여교사들이 각자 자기의 자리에서 1인 4역을 감당하며 얼마나 치열하게 살아가고 있는지. 그러나 그건 건강할 때 일 아닌가? 그런 치열한 생활이 습관화된 때문인지 M 선생님은 집을 계약했다고 했다. 환자가 집 장만을 서두르다니! M 선생님은 수업이 끝난 후에도 쉬지 않았다. 방과 후에도 학업부진 아동들에게 따로 개별 지도를 하셨다. 게다가 사생대회 대비를 위해서 미술 지도까지 맡으셨다.

하루는 오후에 업무 관계로 그 교실에 간 적이 있었다. 창문가에 앉은 선생님은 누가 온 줄도 모른 채 그림을 앞에 놓고 아이에게 설명을 하고 계셨다. 얼굴에 홍조를 띠고 목에 핏대가 오르는 것이 복도에서도 보일 정도로 열정적으로. 나는 그 상황이 일단락될 때까지 교실 밖에서 기다릴 수밖에 없었다.

M 선생님이 돌아가신 후 동료들은 눈물을 삼키며 애도했다. 그리고 억울해서 가슴을 쳤다. 알뜰하셨던 분이 일찍 병으로 돌아가신 것도 안타까운데, 여러 돌아가는 정황이 돌아가신 분만 더없이 불쌍하다고 생각되었기 때문이다. 또 선생님이 그렇게 애지중지하던 어린 아들은 엄마를 잃고 어떻게 자랐을까?

병드신 분들에 대해 생각해 본다. 특히 중환자들은 화분 속에서 말라 가고 있는 식물과 같은 존재가 아닐까? 과연 누가 화분 속의 갈라진 흙과 말라서 축 늘어져 버린 식물에 관심을 가져야 할까? 식물은 도저히 자신에게 물을 줄 수 없다. 더구나 자신의 처참한 모양새도 제대로 볼 수 없다. 그러나 그 근처에 있는 사람들의 눈에는 다 보인다. 과연 누가 생명의 원천인 물을 식물에게 흠뻑 주어야 할까? 사람이다! 사람만이 줄 수 있다.

체육관의 그녀와 M 선생님은 회복될 가능성이 분명 있었다. 그럼에도 불구하고 두 분은 가족의 사랑도, 따뜻한 환자식도 제공받지 못했던 것 같다. 그런데도 괜찮다며 끝까지 아무것도 요구하지 않았다. 오히려 살림에 일조해야 한다는 책임감에 얽매인 듯 최후까지 혹독하게 자신을 다그쳤다. 가족에게 정성과 영양분과 노동력을 제공했다면 당연히 자신에게도 똑같이 주어야 하는 것 아닌가? 물론 가족도 병마에 시달리는 환자를 살리기 위해 최선을 다했어야 했다. 이것이 진정한 가족애 아닐까?

한편 신사임당은 48세에 생을 마감했다. 그래서 나는 그의 삶에서 단명을 가장 아깝게 생각하고 있다. 사임당은 딸, 어머니, 아내, 서화가로서의 역할에 필사적인 공력을 기울였을 것이다. 예를 들면 딸로서의 효심은 그녀가 남긴 한시[1] 작품에도 응집되어 나타

---

1 「사친(思親)」은 신사임당이 강릉에 계신 친정어머니를 생각하며 지은 한
   시이다. 어린 시절처럼 색동옷 입고 어머니를 기쁘게 해 드리고 싶은 심

난다. 그러니 다른 역할에도 얼마나 심혈을 기울였을지 짐작이 간다. 그러나 자신이 건강하게 잘 살기 위한 노력, 즉 섭생에는 소홀했던 것 같다. 아마 여타의 일에 전심전력을 다하다 보니 힘이 다 소진되어 버렸는지도 모르겠다. 사임당이 걸어간 어머니와 예술가로서의 막바지 길은 얼마나 고단했을까? 이때 그의 곁에 돌봐 주는 사람이 있었다면, 또 자신도 스스로를 위해 시간을 할애했다면, 수명이 10년 이상은 더 길어지지 않았을까?

그런데 이렇게 갑작스럽게 생을 마감하는 사람들에게는 공통점이 있는 것 같다. 그들은 죽음을 코앞에 두고 있는데도 가족을 원망하지 않는다. 또 자신의 몸을 보살피기는커녕 아픈 내색도 하지 않는다. 오히려 가족에게 폐를 끼치지 않으려는 듯 홀로 끝까지 고군분투한다. 부드러운 눈빛과 착한 심성과 책임감을 간직한 채 죽음의 그림자에도 아랑곳하지 않는다.

그러나 발타자르 그라시안은 말했다.

신맛 쓴맛을 다 맛보지 마라. 나쁜 일도 좋은 일도 마찬가지다. 지나친 정의는 부당함이 될 수 있다. 사과를 너무 짜면 나중에는 쓴맛이 나

정이 나타나 있다.
「사친」 중 갱착반의슬하봉(更着斑衣膝下縫) : 언제 다시 색동옷 입고 어머니 앞에서 바느질할까(유정은, 「율곡의 '선비행장'에 나타난 신사임당 연구」, 『율곡학연구』 제40권, 2019, 234면)

온다. 무엇을 향유할 때도 지나치지 마라. 최후까지 긴장하면 정신마저 둔해진다. 너무 잔인하게 짜내면 우유 아닌 피가 나온다.[2]

　오성을 흔드는 명언은 늘 삶의 나침반이 된다.

　언제나 생각하고 있다. 인간이란 영원히 살 수 없으며 완벽하지 않은 존재임을. 또 인간의 능력은 한계가 있으며 개인차도 있다는 것을. 그런데 다른 사람도 아닌 자신이 스스로를 재근해서야 되겠는가? 이런 성향의 분들은 모든 일을 혼자서 떠맡고 자신이 정한 과중한 책임감에 몸이 축나는 것도 상관하지 않는 것 같다. 물론 정의를 실현하고자 하는 순수한 뜻은 알고 있다. 그래서 그들의 단명이 더 애달프다.

　그렇다면 자신의 삶은 어떻게 만들어 가야 할까? 이번에는 그라시안의 또 다른 명언 "자기 자신의 훌륭한 보호자가 돼라"[3]에 근거하여 생각해 보자. 미성년자에게만 보호자가 필요할까? 아니다. 어른에게도 꼭 필요하다. 인간이란 전지전능한 존재가 아니므로. 그러면 성년의 보호자는 누가 되어야 할까? 걸음마를 배우는 아기의 보호자처럼 다 큰 어른의 뒤를 그림자처럼 따라다니는 보호자는 누가 되어야 할까? 바로 자기 자신이다. 생각만으로도 든든하지 않은

2　발타자르 그라시안, 『세상을 보는 지혜』, 58면
3　위의 책, 64면

가? 마지막까지 나 자신을 나의 훌륭한 보호자로 만드는 일은 내 필생의 작업이 되어야 할 것 같다. 단 명심할 것은 자신에게 너무 가혹하거나 관대한 보호자는 되지 말자는 것!

각자의 자리에서 자신의 책임을 다하며, 성실하게 살고 있을 수많은 이들에게 묻고 싶다.

"당신은, 자신의 훌륭한 보호자입니까?"

아니, 나에게 먼저 물어야겠다. 부모님의 그늘을 떠난 후에 나는 나의 좋은 보호자로 살았던가? 특히 노년기에 들어선 뒤에는 어떠했나? 어이없지만 생각지도 못한 실수가 많았다. 서글프지만 이것이 노인의 특성인지도 모르겠다.

인생의 마지막 단계인 노년기다. 당장 지금부터가 정말로 중요하다. 나 자신의 좋은 보호자 겸 안내자가 되는 것. 그래, 정신부터 차려야겠다. 먼저 나 자신을 극복해야만 나 자신의 믿음직한 보호자가 될 수 있을 테니까.

Part 3

행복은 어디에

우리의 행복에 가장 중요한 것은
건강이다.
건강 다음으로 중요한 것은
마음의 평정이다.

우리의 행복과 불행은
우리의 의식이 무엇으로 차 있으며
무엇에 관여하느냐에 달려 있다.*

― 아르투어 쇼펜하우어**

•   아르투어 쇼펜하우어, 『쇼펜하우어의 행복론과 인생론』, 홍성광 옮김, 을유문화사, 2023, 62면, 151면, 161면

••   아르투어 쇼펜하우어(Arthur Schopenhauer, 1788-1860)는 독일의 철학자로 세계 전체는 우리의 '표상'이며, 세계의 내적 본질은 '의지'라고 하였다. 과학과 예술 분야에도 큰 영향을 끼쳤다.

어느 검사 어머니와의
우연한 만남

•

 때로는 우연한 일로 중대한 일이 결정되기도 한다. 마치 독일의 통일이 그러했던 것처럼. 여성에게 임신과 출산이라는 일도 개인사로 보았을 때는 정말로 중차대한 일이다. 그래서 1990년에 베를린 장벽이 무너진 일과 진통·산후통의 비교는 결코 과장만은 아니다. 그 정도로 나에게 통증[1]의 기억은 실로 엄청나다. 그럼에도 셋째를 낳겠다는 결심을 했다. 아들을 얻기 위해서다. 솔직히 위층 할머니와의 우연한 만남이 계기가 되었음을 부인할 수 없다.

 1980년 여름, 어느 날이었다. 2층에 사시는 할머니께서 놀러 오셨다. 그날도 그분의 쪽 찐 머리와 자그맣고 호리호리한 체구는 묘한 분위기를 자아내고 있었다. 날씨가 무더웠기 때문에 우리는 현관문을 열어 놓은 채로 거실에 앉아 담소를 나누었다. 그분은 갑자

---

[1] 통증은 개인차가 심한 것 같다. 내 경우는 출산 후에 전신통으로 혼자서는 일어나 앉지도 못했다. 그런데 이웃집 산모는 출산 직후인데도 장난치는 큰아이를 잡으러 밖으로 달려 나갔다.

기 내 사주와 손금을 봐주겠다고 하셨다. 그러고는 예사롭지 않은 몸짓으로 자기 손가락 마디를 하나하나 차례로 짚어가며 중얼거리셨다. 그분은 역술가나 할 법한 얘기를 조용조용 나지막한 음성으로 하신 후 정신이 확 드는 결정적인 말씀을 하셨다.

"셋째를 가져야지요. 아들이 없으면 남자 어깨가 축 늘어지고, 목에 힘이 빠져요. 그러니까 아들은 꼭 있어야 해요."

바로 그때 또각또가 들리던 하이힐 굽 소리가 우리 집 현관 앞에서 딱 멈추었다. 한 30대 중반 정도로 보이는 여성이 날카로운 눈초리로 나를 먼저 째려봤다. 그리고는 할머니를 흘겨보며 대뜸 "어머니, 거기서 뭐 하세요?" 앙칼지게 추궁하듯 물었다. 검사가 되었다는 바로 그 딸인 모양이었다. 그러자 그분은 죄인처럼 고개를 떨군 채 황급히 일어났다. 그리고 나서 나에게는 일언반구도 없이 딸을 따라 그림자처럼 2층으로 올라가셨다. 우리의 만남은 그것이 마지막이었다. 그 뒤 위층 할머니는 자주 마주치던 동네 길에서 볼 수 없었다. 시골로 다시 내려가신 모양이었다.

사실 그분에게서는 보통 사람들과는 다른 어떤 아우라가 발산되고 있었다. 어쨌든 좀 독특한 분위기였다. 처음 그분을 만난 때는 한 달쯤 전이었다. 그분은 퇴근길의 나에게 먼저 다가오셨다. 이윽고 동네 환경과 주택 등에 대해 묻고는 스스로에 대해 소개하셨다. 시골에서 온 지 며칠밖에 안 되었고 내 딸은 얼마 전에 검사가 되었노라고. 그분은 딸 이야기를 아무 동요도 없이 전했다. 억양도 표정도 무덤덤했다. 딸이 사법관이 되었으니 우쭐해질 만도 한데 의외였다. 세속에 초연한 사람처럼 보였다. 그 뒤로 그분은 두어 번쯤 스스럼없이 내 집에 놀러 오셨다. 그런데 그날 그런 사달이 난 것이었다.

이제 검사 어머니라는 호칭을 써야겠다. 검사 어머니는 내 시야에서 사라졌지만 그 딸의 출퇴근용 검은색 관용차량은 이따금 내 눈에 띄곤 했다. 그녀는 처음 보았을 때의 도도하고 격식화된 모습을 그대로 유지하고 있었고 기품을 지키려고 애쓰는 것 같았다. 그러나 조금도 잘나 보이지 않았다. 초면의 이웃에게 예의를 지키지는 못할망정 그렇게 차갑고 매정하게 굴 필요는 없지 않은가. "먼저 사람이 돼라!" 하고 말해 주고 싶었다. 자기 어머니에게도 상냥스럽고 인정 있게 대했다면 같은 여성의 입장에서 덩달아 자긍심이 느껴졌을 텐데 말이다.

한편 검사 어머니의 마지막 말씀은 내 마음속에서 조용한 파문을 일으키고 있었다. 남자 어깨가 축 늘어지고 목에 힘이 빠진다는 것은 주눅이 든다는 것을 의미하는 것 아닌가? 아들이 없으면 정말 그렇게 될까? 그렇다면 그런 상태로 사내대장부가 무슨 일을 할 수 있겠는가. 못나고 의기소침한 남자는 내 이상형의 정반대였다. 그것은 내 꿈이 이루어질 수 없다는 것을 의미하기도 했다. 심적 갈등은 이렇게 시작되었다.

그 시절에 난 스스로 생각해 봐도 맹랑할 정도로 꿈이 원대했었다. 더구나 그 꿈은 나만으로 한정되어 있지도 않았다. 다른 사람의 꿈도 내가 정하고 내가 꾸고 있었다. 참 자신만만했던 젊은 시절이었다. 그러나 돌이켜 보면 그 시점은 개인적으로 보았을 때 인생 고초의 시발점에 해당한다. 전세살이에서 겨우 벗어난 때였지만, 경제적인 어려움도 여전했다. 또한 여러 크고 작은 문제로 몸과 마음이 힘들었던 시기였다. 아무튼 그런 험난한 여건에 굴하지 않고 순수한 꿈을 계속 간직했던 나 자신에게 박수를 보낸다.

당시 한국인들의 아들 욕심은 대단했다. 1970년대를 지나 1980년대 초엽이 그때도 그랬다. 아들이 꼭 있어야 한다는 생각은 일반화된 사회 통념이기도 했다. 따라서 아들을 낳았다는 사실만으로도 며느리는 집안에서 대우를 받는 것 같았다. 사람 됨됨이가 아무리 미련해도 아들을 많이 낳은 여자는 무슨 벼슬이나 한 것처럼 거들먹거리곤 했다. 반면 딸을 많이 둔 여자는 어딘가 모르게 위축되어 있었다. 남아선호가 뿌리 깊었던 당시의 시대상이라고나 할까? 그런 실정이니 딸부잣집도 꽤 많았다.

그런데 문제는 대부분의 집들이 다 가난했다는 점이다. 내가 초등학교를 다니던 1960년대 전후에는 도회지에 있는 학교였는데도 도시락을 못 가져오는 아이들이 많았다. 그래서인지 학교에서는 날마다 큰 가마솥에 장작으로 강냉이죽을 끓였다. 머리에 흰 수건을 두르고 앞치마를 입은 아주머니 두 분이 도시락이 없는 아이들에게 죽을 한 그릇씩 퍼주셨다. 또 아무나 그곳에 가면 먹어 보라며 죽을 조금씩 나누어 주신다고 했다. 호기심이 많은 아이들은 한번씩 그곳에 가서 맛을 봤던 것으로 기억한다.

어느 여름날 친구와 급식소에 가보니 아이들은 플라타너스 나무 그늘 밑의 긴 나무 의자에 앉아 죽을 먹고 있었다. 옅은 노란색의 죽을 입에 넣으니 작은 알갱이가 혀 위에 남아 약간 까슬거리는 촉감이 느껴졌다. 맛이 있다고도 없다고도 표현할 수 없는, 그냥 밍밍한 맛이었다. 그때는 다달이 기성회비도 냈다. 담임 선생님은 돈을 제때 못 내는 아이들을 앞에 쭉 세워 놓고 독려하거나 망신을 주었는데 그 줄이 꽤 길었다.

1950년대 후반에는 거지들도 많았다. 대개 시꺼먼 누더기 옷을 입은 아이들이 집집마다 다니며 깡통을 내밀었다. 그러면 집주인들이 깡통에 밥과 반찬을 넣어 주었다. 좀도둑도 많았다. 대낮에 몰래 들어와 숟가락이나 신발을 훔쳐 갔고 심지어 빨랫줄에 널어놓은 꽝꽝 얼어붙은 옷도 걷어 갔다. 마루에 있는 손재봉틀을 훔쳐 가려다 들키자 오른쪽으로 천천히 고개를 돌려 쳐다보더니 유유히 걸어서 나간 노파 도둑도 있었다. 그래서 집에서는 낮이나 밤이나 도둑이 들까 봐 항상 조심을 했던 기억이 난다.

한편 길거리에서는 빈번히 상이군인이나 한센인을 만났다. 우리 또래는 무조건 도망을 다녔다. 모두 나라가 가난하기 때문에 일어나는 일들이었다. 이렇게 가난에 허덕이는 나라인데도 아들을 선호하는 경향은 여전했다. 그러니 시골의 없는 집에서는 딸들은 가르치지도 않고 남의 집으로 식모살이를 보내곤 했다. 그래서 그 당시에는 식모를 둔 집도 흔했다.

하지만 그때는 그 모든 것을 당연하게 여겼다. 얼마나 가난한 나라였던가? 1960년에는 한국의 1인당 실질 국민총소득(GNI)이 133

만 원, 1969년에는 242만 원[2]이었으니까 그럴 만도 했다. 이렇게 지지리도 못 살던 그 시절에 우리는 학교에서 주입식으로 가족계획에 대해 배웠다. 교육 환경도 그랬다. '딸 아들 구별 말고 둘만 낳아 잘 기르자'라는 표어와 포스터는 어디에서나 흔하게 볼 수 있었으니까. 역시 교육의 힘은 강했다. 그 무렵부터 '난 나중에 아기를 두 명만 낳겠다'고 결심했으니 말이다.

그러나 검사 어머니의 권고를 받아들이기로 마음먹으면서 어릴 적 나의 다짐은 물거품이 되었다. 결국 나도 구시대적인 사고방식을 가진 그런 사람일 뿐이었다. 그래서 아들을 낳아야 한다는 책임감의 굴레를 자신에게 씌웠다. 만약 내가 아이를 싫어하는 사람이었다면 어떻게 했을까? 학교에서 배운 대로, 애초에 결심한 대로 하지 않았을까? 그러나 숨길 수 없는 사실이 있다. 나는 아이를 좋아했다. 그 당시에 세 살과 7개월 된 두 딸에게서 느끼는 행복감이란 말로는 다 표현할 수 없을 정도였으니까.

며칠 전 소나무 동산에서 방긋방긋 웃으며 나에게 달려오는 아기가 있었다. 분홍 옷을 입고, 뒤뚱뒤뚱! 자기 엄마를 뒤에 두고, 흰 마스크를 착용한 나에게 마구 다가왔다. 아기 엄마는 재빨리 붙잡았다. 코로나 보균자는 아니었지만 나는 넌지시 뒤로 물러났다. 비대면 시대의 쓸쓸함이여……. 그러나 행복했다. 웃음이 절로 나

---

2   2022년 기준 한국의 GNI는 4248만 원이다. 출처: KOSIS 국가통계포털

왔다. 나는 모녀에게 흰 면장갑 낀 양손을 크게 흔들며 기쁨을 전했다.

이런 순간이 진정으로 빛나는 찰나가 아닐까? 아기의 성별이 무슨 관계가 있으랴. 이름을 모르면 어떠랴. 무한한 행복을 주는 소중한 아기들이여, 사랑한다!

행복은
정말 가까이에 있다

•

나에게 직장은 결혼 전부터 가정 외의 또 다른 정신적 안식처였다. 초임 발령을 받은 학교는 도시에 있는 학교였지만 가족적인 분위기였다. 대다수 선생님들은 성실하셨고 여교사들은 대선배인 R 선생님을 중심으로 똘똘 뭉쳤다. 우리는 서로 걱정해 주고 잘되기를 바랐으며, 늘 웃는 낯으로 대했다. 그러나 여교사들의 관념 속에도 남아선호사상의 음영은 짙게 드리워져 있었다. 대체로 가임기 여교사들은 직장과 가정생활을 병행하는 이중고에 아들 출산이라는 부담까지 안고 있었다. 아들을 중시하는 전통적인 가치관 앞에서 여교사들도 예외는 아니었다.

그래서인지 몇몇 교실은 아들이 잘 잉태되는 장소로 선생님들의 입에 회자되고 있었다. 어느 2월의 냉기가 도는 복도에서였다. B 선생님은 옆에 있는 나에게 위치가 가장 좋지 않았던 외딴 북향 교실을 가리킨 채 "올해는 이 교실을 쓰게 되면 좋을 텐데⋯⋯"라고 말하며 맥없는 미소를 지었다. 아, 그 장면이 슬쩍 스쳐 가니 마음속에도 스산한 바람이 휙 지나간다.

어쨌든 3월 초에 아들을 잘 낳는 교실을 배정받은 교사는 1차 관문을 통과한 것처럼 기뻐했다. 또 아들 출산 전력이 전무한 교실이라도 그곳에서 아들을 출산하면 졸지에 그 교실은 아들 잘 낳는 교실로 급부상했다. 출산횟수를 최소화할 수밖에 없었던 여교사들은 교실에서라도 아들 낳는 기운을 받아 득남하기를 소원했다. 지푸라기라도 잡고 싶었던 심정이었을까. 속설이라는 것을 알면서도 결혼 전에 지켜보았던 동료 교사들의 애환은 미래의 내 모습으로 다가와 착잡해지기도 했다.

한편 임신 중에 내가 가장 중요하게 여겼던 부분은 태교였다. 구도자의 삶이 이랬을까? 드디어 세 번째로 태교에 올인할 때가 온 것이다. 과거 선비들의 필독서였던 『소학집주(小學集註)』에는 다음과 같은 태교법이 나와 있다.

부인은 임신 중에 옆으로 눕지 않으며, 한쪽으로 쏠려 앉지 않으며, 한쪽 발로 서지 않았다. 부정한 맛을 먹지 않으며, 반듯하게 썬 고기를 먹으며, 바른 자리에 앉았다. 눈으로는 부정한 현상을 보지 않으며, 귀로는 나쁜 소리를 듣지 않았다. 밤에는 음악을 연주하는 사람을 시켜 시를 외우게 했으며, 바른 일을 말하게 하였다. 이와 같이 하면 용모가 단정하며, 재주가 보통 사람보다 뛰어난 아이를 낳을 것이다.[1]

---

1   주희, 『소학집주』, 성백효 역주, 전통문화연구회, 1993, 44면

이 태교법이야말로 완벽하지 않은가? 지극히 고상하다. 이처럼 모든 임신부들이 일거일동을 조심하고, 균형 있게 음식을 섭취하고, 마음을 바르게 먹고, 좋은 음악과 강의를 듣고, 좋은 책을 읽고, 가족까지도 다들 올바르게 산다면, 이곳저곳에서 미래의 성인 군자가 탄생할 것 같기도 하다.

또한 결혼 전에 엄마에게 들은 '깍두기론' 역시 태교의 모든 것을 함축하고 있다고 해도 과언이 아닐 것이다. 엄마는 가끔 옛일을 회상하시며 "태교는 정말 중요하단다. 엄마는 깍두기를 먹을 때도 반듯한 모양만 먹으려고 애썼어. 그러니 다른 것은 얼마나 조심했겠니? 그러나 여자에게 뭐니 뭐니 해도 가장 중요한 것은 바른 심성이란다. 태중의 아기는 고스란히 그 영향을 받는 것 같아"라고 하셨다. 그리고 주변 사람들을 일일이 예로 들며 "남을 속이지 않고 무시당해도 기죽지 않고 영양실조에 안 걸리면, 똑똑한 아기를 낳을 수 있어. 음, 그러나 잘 키워야지……"라고 하셨다. 이러니 안 지킬 수 있었겠는가.

그렇다. 내가 자녀들에게 잘했다고 내세울 수 있는 일은 바로 태교다. 태아와 일심동체로 같이 움직였다는 면에서 더욱 자신이 있다. 약 9개월 7일 동안 나는 어린 생명체와 하나였다. 결단코 자신에게도, 태아에게도 어떤 부끄러운 생각과 언행도 하지 않으려고 부단히 노력했다. 최선을 다한다는 말은 태교할 동안의 나 자신에게 꼭 어울리는 말이었다.

태아와의 대화 시간은 늘 퇴근 후의 귀갓길에 이루어졌다. 버스에서 내려서 집에 도착하기까지는 거의 30분이나 소요되었다. 홑몸이 아니어서 천천히 걷기는 했지만 평지를 지나 경사로를 한없이 거슬러 올라가야만 했기 때문이다. 숨이 차서 중간에 서너 번씩은 꼭 서서 멈추곤 했으나 태담으로 아기와 교감하는 시간이었기 때문에 오히려 느긋한 기분이 되곤 했다.

"아가, 힘내자. 엄마는 다 이겨 낼 거야. 아가도 튼튼하게 잘 자라렴."

나는 태아를 그냥 아가라고 불렀다. 태명이 없었기 때문이다. 1981년에는 내 주변에 태명을 지은 사람은 한 사람도 없었다. 그런데 21세기에 들어서니 너도나도 태명을 지었다. 높은 교육열은 이런 현상으로도 나타나는 것 같았다.

그런데 태교나 태담은 정말 효과가 있을까? 나는 요즘 이런 의문을 갖게 되었다. 주디스 리치 해리스[2]의 『양육가설』을 읽기 시작하면서다. 그렇지 않아도 나는 교육대 재학 시절에 아동의 발달과 심리에 관심이 많은 편이었다. 또 교사와 어머니로서 살면서 인간의 성장과 관계에 대한 의문이 생길 때마다 교육 서적을 찾아보거나 특이한 사례가 발생한 원인에 대해 나름 분석해 보곤 했었다. 그러나 모든 답이 책에 나와 있는 것은 아니었다. 이제 이 획기적인 책

---

2   주디스 리치 해리스(Judith Rich Harris, 1938-2018)는 미국의 심리학자이다. 자가면역 질환으로 평생 고통을 받으면서도 독립 연구를 했으며 그의 연구서 『양육가설』은 학계의 논쟁과 반향을 이끌어 냈다.

을 읽으며 다시 생각해 볼 참이다.

저자는 「서문」에서 "내가 양육가설 ─아이의 미래를 결정하는 것은 유전자와 부모의 책임에 달려 있다─ 을 버리게 된 이유는 전업주부로서의 경험이 아니라 증거였다. 나도 아동 발달에 대해 전통적인 믿음을 갖고 있었다. 이것에 의문을 품기 시작했을 때쯤에 내 아이들은 이미 어른이었고, 성공적으로 어른의 삶을 살아가고 있었다. 딸들이 잘 사라준 공을 내가 차지할 수 없다는 게 안타깝다"[3]라고 털어놓았다. 아하, 유머까지 갖춘 학자였다.

자, 부모의 책임이 아니라면, 아이의 장래를 결정하는 것은 무엇이란 말인가? 해리스는 『양육가설』에서 한 인간이 형성되는 데는 유전과 또래집단이 중요한 역할을 하며, 부모들은 중요하지 않다고 주장하며, 절대적으로 여겨지던 부모와 자녀의 관계에 의문을 제기했다. 해리스는 자신의 주장을 심리학, 인류학, 문화사, 행동유전학, 영장류 진화동물학 등 다양한 분야에서 수집한 방대한 양의 증거들로 뒷받침했다. 그리고 이를 통해 청소년 비행 등과 같은 다양한 주제들도 아울러 조명했다.[4]

사실 유전은 당연할 것이라고 생각했다. 그러나 또래집단은 좀 의외였다. 유유상종이라고 했던가? 나쁜 친구를 사귀면서 인간 말

---

3   주디스 리치 해리스, 『양육가설』, 최수근 옮김, 이김, 2017, 18면
4   위의 책, 23면

종이 되는 사람들의 정신구조를 이해할 수 없었는데 이제야 의문이 풀리는 기분이었다. 그래서 양서 속의 훌륭한 분들이 그렇게나 강조하셨나 보다. "좋은 친구를 사귀어라!"라고.

게다가 해리스는 "나의 한 가지 바람은 나로 인해 육아가 더 쉬워지고 부모들이 스트레스를 덜 받는 것이다. 그러나 안타깝게도 그런 일은 일어나지 않았다. 부모들은 아직도 그들의 문화가 규정한, 불안감도 노동 강도도 극심한 육아방식을 사용하고 있다"[5]라고 토로하였다.

저자의 바람이 이다지도 인간적이라니 얼마나 다정한 마음 씀씀이인가. 내 경우만 봐도 출산은 목숨을 거는 과정이라는 생각이 들 정도로 힘들었다. 그뿐인가. 태교는 수도자의 고행이라는 생각이 들 정도였다. 육아는 어떤가? 걸핏하면 오밤중에 등에 아기를 업고 무릎 꿇고 엎드려서 자던 장면은 지금 떠올려도 잠이 쏟아질 것만 같다. 게다가 직장을 가진 엄마들의 마음에 내재된 기본적 불안감과 끝도 없는 책임감은 또 어떠한가.

그렇다. 여전히 양심적인 부모들은 자녀들을, 힘의 원천이자 차원 높은 보람을 주는 그런 존재로 여기며 노력하고 있을 것이다. 그런데도 아이와 관련된 모든 일이 부모의 책임이라고 몰아친다면? 더구나 나쁜 또래들과 어울려 나쁜 영향만 받은 못난 자녀가 부모

---

5   위의 책, 21면

탓을 하며 원망을 한다면? 이제는 부모에게 자녀 양육의 책임을 전적으로 전가하는 사회 풍토를 개선하기 위해서 모두 노력했으면 좋겠다. 부디 해리스의 바람이 이루어지길 간절히 바란다.

서울대병원 전종관 교수는 한 텔레비전 프로그램에 출연하여 "나는 태교를 권하지 않는다. 과학적 근거가 없다. 엄마는 자기 일을 잘하면 그거로 충분하다. 죄책감을 느낄 필요가 없다"라고 술회하였다. 또한 "유산을 막기 위해 부조건 안정기를 가질 필요도 없다. 임신 중에 제일 안 좋은 게 안정이다. 누워만 있으면 근육이 빠지고 혈전증 위험 또한 높아진다. 그리고 엄마의 삶의 질이 떨어진다"라고 했다.

드디어 의문이 풀리기 시작했다. 이러한 견해는 첫째 상식적으로 납득이 되어서 좋다. 따라서 태교는 심적 부담을 느낄 정도로 유난스러울 필요는 없다고 하겠다. 명의의 조언대로 가장 중요한 일은 임신부의 성실한 생활태도일 테니까. 그리고 내 경험에 의하면 임신은 어떤 신체 활동도 불가능하게 만들지 않았다. 그래서 직장과 가정생활을 자연스럽게 병행할 수 있었다. 즉 몸 상태가 정상인데도 임신이라고 직장을 그만둘 필요는 없다.

마침내 나는 1982년 봄에 셋째 아이를 얻었다. 그리고 출산 후 3주가 지나자 동료 선생님들께서 아기를 보러 오셨다. S 선생님께서 먼저 말씀하셨다. "권 선생님이 아들 낳았다는 소리를 듣고 교무실에서 환호성이 터졌어요. 어찌나 다들 좋아하시던지." 그러자 Y 선생님이 "일제히 '와아' 하며 박수를 쳤어요. 교무실이 떠나가는 줄 알았다니까요"라고 하셨다.

그때는 그랬다. 마스크를 낄 필요도 없었고 월요일부터 토요일까지 모두들 날마다 출근을 했다. 교무실은 교사들이 수시로 드나드는 스스럼없고 친근한 장소였으며 자주 웃음이 넘치는 곳이었다. 그런 데다가 거대한 은행나무 두 그루는 마치 학교의 주인인 양 떡 버티고 거의 운동장 반을 지키고 있었다. 학교 분위기는 얼마나 고즈넉하고 정겨웠던지!

그러나 아무리 그렇다고 해도 동료의 아들 출산에 환호성이 터진 일은 전대미문의 일이었다. 남아선호사상이 선생님들 뇌리에 아무리 자리 잡고 있었다고 해도 남의 일에 한마음이 되기는 쉽지 않을 텐데 말이다. 벌써 39년이 흘렀다. 아무래도 순수한 열정을 가진 31세의 여교사는, 인정이 넘치는 학교에서 좋은 선생님들의 총화 에너지를 받아 새 생명을 얻은 것 같다.

지나간 순간순간의 주옥 같은 추억은 때때로 나에게 크나큰 위안을 준다. 그리고 고마움은 나의 가슴 깊숙이 잘 간직되어 있다. 정말로 행복은 가까이에 있다. 바로 내 마음속에!

선녀의 날개옷

•

   '선녀와 나무꾼'이라는 설화에서 선녀는 아이 둘을 낳았다. 나무꾼은 사슴의 말을 지키지 못했다. "아이 셋을 낳을 때까지는 날개옷을 깊이 감추고 절대 보여 주지 마세요"라는 말. 선녀는 날개옷을 입자마자 두 아이를 안고 훨훨 하늘로 날아가 버렸다. 그렇다면 선녀가 그리던 행복의 바탕은 무엇이었을까? 자식과 함께 평화롭게 누리는 자유였을까. 그 행복한 생활을 꿈꾸며, 기회가 오기만을 기다렸던 것일까.

   셋째를 출산한 후에 다시 깨달은 점이 있다. 꿈과 현실은 다르다는 것. 그렇다. 아들을 얻으면 선녀가 날개옷을 얻은 것처럼 꿈을 펼치게 될 줄 알았다. 그러나 그렇지 않았다. 이를테면 둘째를 낳았을 때는 특별하게 일이 많아졌다는 생각이 들지 않았다. 충분히 감당할 만했다. 그런데 둘에서 셋이 되자 갑자기 모든 일이 두 배로 늘었다. 너무 버거웠다. 나는 이해할 수 없었다. 그때 '선녀와 나무꾼'이 생각났다. 그제야 이해가 되었다. 이야기 속에서 선녀의 날개옷을 무용지물로 만들 수 있는 '아이 셋'은 무엇을 의미할까? 신체적 한계로만 이야기한다는 것은 너무 피상적이다. 혹시 선녀의 인권과 관계있는 것은 아닐까?

그렇다고 후회가 되었다는 의미는 아니다. 오히려 아들의 성장 과정을 지켜보며 큰 기쁨을 맛보았다. 그런데도 아이를 셋 낳은 선녀가 된 것 같은 감정을 스스로 느꼈다면 이율배반일까. 물론 출산으로부터의 해방감은 만끽할 수 있었다. 그러나 시간은 한정되어 있었다. 잠은 턱없이 부족했고 개인 시간은 낼 수도 없었지만, 희생이라는 생각은 들지 않았다. 그러니 부모가 짊어져야 할 책임감으로 중무장할 수밖에 없었다.

이러한 힘든 과정을 거치면서도 임신 · 출산 · 육아는 한 인간으로서 꼭 감내해야 할 성스러운 과업으로 생각되었다. 즉 내 관점으로는 그 무엇과도 비교가 불가능한 차원이었다. 단도직입적으로 말하자면 자녀들과 만들어 가는 모든 과정은 억만금을 주고도 살 수 없을 만큼 가치 있는 일로 생각되었다. 그렇다. 아이들을 쳐다보는 자체만으로도 행복감이 솟아나곤 했었다.

그럼에도 불구하고 냉철하게 생각해 본다. 그 당시에 5세와 4세였던 어린 딸들의 착한 심성이 받쳐 주지 않았어도 그 어려운 시기를 극복할 수 있었을까? 글쎄, 자신이 없다. 그만큼 딸들이 내뿜는 힘은 부드럽지만 강했다. 그렇다면 한 세대가 훌쩍 지난 요즘의 딸 선호 현상과 내가 딸들에게서 받던 에너지는 혹여나 어떤 인과관계라도 있는 것이 아닐까? 다음은 일간지에 실린 한 기사의 부분이다.

한국의 작년 합계 출산율은 0.84명으로 세계 최저다. 20대의 26%는 자녀를 원치 않는다. 이런 저출산 분위기 속에서 청주 시민 조사 대상자 30.3%가 이상적 자녀수는 딸 1명이라고 응답했다. 반면에 아들 1명이라는 응답자는 0.1%, 아들 2명은 0.4%였다. 그러나 딸 2명이 이상적이라는 응답자는 8.8%에 달했다.[1]

놀랍지 않은가? 1970년대까지 뿌리 깊던 아들 선호가 완전히 딸 선호로 바뀌었으니 말이다. 아니, 0.1과 0.4라는 비율은 아예 아들은 낳고 싶지 않다고, 필요하지 않다고 표명하는 것으로 보여 뜻밖이다. 반면 딸은 인기 폭발이다. 출산율은 0.84로 세계 꼴찌인데 39.1%의 응답자는 1~2명의 딸을 원하고 있으니 말이다.

그렇다면 남아선호사상이 퇴색하기 시작한 것은 언제부터였을까? 사실은 1980년대 초반부터 아들 선호 현상이 약해지고 있다는 느낌을 개인적으로 어렴풋이 받았다. 그렇지만 반신반의했다. 불과 십여 년 전인 1970년대에는 딸의 존재감이 전혀 없었기 때문이다. 심지어 딸 없이 아들만 둘이면 더 부러워했고, 아들 둘을 공공연히 100점이라고 했다.

그러던 것이 1980년대에는 딸 둘에 아들 하나인 나를 보고 너도 나도 100점이라고 했다. 심지어 아들만 둘을 둔 사람에게는 0점이

---

1   「3명 중 1명, 이상적 자녀수는 "딸 하나"…아들 원하는 사람은?」, 『한국일보』, 2021년 3월 9일 기사

라고도 했다. 나는 은근히 기분은 좋으면서도 농담 정도로 듣고 넘겼다. 세 자녀를 키우는 동료에게 듣기 좋으라고 해주는 말 정도로 생각했다. 사실상 그즈음 자녀의 수는 대개 하나 아니면 둘이었다. 그도 그럴 것이 출산율이 1.74였던 1984년부터는 계속 1명대를 유지[2]했으니 당연한 현상이었다. 결국 여러 정황으로 미루어 볼 때 1980년대가 아들 기피의 발아기였던 것은 분명해 보인다.

그 무렵 이웃 나라 중국과 일본의 상황은 어땠을까? 내가 2010년 봄, 신촌에 있는 E 대학교에서 언어 교육을 받을 때였다. 종강일이 임박한 어느 날, 우리는 일전에 안내받은 강의실로 갔다. 그곳에 같은 인원수의 한국인·일본인·중국인 교육생들이 속속 모여들었다. 그리고 곧 한국문화 수업이 진행되었다. 그날 강사는 넌지시 이런 질문을 던졌다.

"아들은 꼭 있어야 하나요?"

그러자 중국인 학생들은 당연하다는 듯 대부분 손을 번쩍번쩍 들었다. 일본인들은 좀 머뭇거리며 반 남짓 손을 들었다. 한국인은 뒤늦게 두엇 정도 거수했다.

의외의 결과였다. 그 아들 좋아하던 한국인들에게 무슨 일이 있었던 걸까. 중국은 마땅히 그럴 것이라고 짐작했다. 유교의 종주국인 데다 그 무렵 한 자녀 정책을 시행하고 있었기 때문이다. 하지만

---

2   출처: KOSIS 국가통계포털

일본의 경우는 도무지 이해가 되지 않았다. 잘사는 나라는 의식 수준도 높을 것이라고 예상했는데 아니었다. 남존여비나 남녀차별과도 관계가 깊은 아들 선호 현상에서 일본인들도 자유롭지 못한 것 같았다.

그날 모인 소수의 한정된 인원이 자국민의 의식을 대표한다고 볼 수는 없을 것이다. 그럼에도 불구하고 그 인원을 표집 통계를 위하여 모집한 표본집단이라고 생각한다면 안 될 것도 없지 않을까 싶다. 어쨌든 10년 전에 받은 신선한 충격은 아직도 내 기억 속에 생생하게 남아 있다. 그러나 이제는 더 이상 신선하지 않다. 그냥 왠지 씁쓸하고 근심스럽다.

이제 내 관심은 다른 데 있다. 한국이 어쩌다가 이렇게 되었을까. 출산율이 1.0도 안 되다니, 게다가 젊은이들의 4분의 1은 자녀를 원하지도 않는다니! 그들이 처한 현실이 자녀를 포기하게 할 정도로 힘든 것 같아 미안하기도 하고, 미래에 대한 불안감이 깊은 것 같아 안쓰럽기도 하다.

나는 여전히 한국 젊은이들의 행복을 열렬히 응원하고 있다. 제발 자살률이 0이 되기를. 청년들이 희망을 가질 수 있는 함께 잘사는 나라가 되기를. 모두 세상 예쁜 아기를 선녀처럼 꼭 안을 수 있기를. 각자 삶의 진정한 행복을 누릴 수 있기를!

아들은 무서워요

•

한국 사회에서 아들 선호는 왜 이렇게 시들해진 것일까? 2018년 이니까 6년 전이다. 『한국일보』에 실린 '노인 학대'에 관한 기사는 내 눈을 의심할 정도였다. 다음은 그 기사를 요약한 것이다.

학대를 받는 피해자는 여성이 72.3%, 남성이 27.7%이다. 피해자의 연령은 60대 18.8%, 70대 42.8%, 80대 32.3%이다. 학대 장소는 88.8%가 가정이다. 학대 가해자는 남성이 67.1%, 여성이 32.9%이다. 학대의 종류는 정서적 학대 40.1%, 신체적 학대 31.3%, 방임 11.4%이다. 연령별 가해자는 50대 25.1%, 40대 22.4%이다. 피해자와의 관계는 아들이 37.3%로 1위이다. 그다음이 배우자로 20.5%, 자기 학대가 11.3%, 딸이 10.2%이다.[1]

1   「부끄러운 어버이날… 노인학대 2명 중 1명은 자녀」, 『한국일보』, 2018년 5월 7일 기사

놀랍지 않은가? 학대자 1위는 아들이고, 피해자 1위는 70대의 어머니다. 그러니까 보살핌과 특별 관리가 필요한 70대가 학대를 가장 많이 받고 있다. 유구무언! 무슨 말이 필요하랴. 요약해 보면 노인 학대는 주로 가정에서 이루어지며, 40~50대의 아들이 60~89세의 어머니를 가장 많이 학대하고 있다.

사실 믿어지지 않았다. 그러나 그간 심심찮게 사회면을 메우던 패륜 사건들의 사례를 생각해 보니 납득이 안 가는 것도 아니었다. 헌데 이것이 혹시 오늘날 아들을 원하는 사람이 0.1%로 추락한 직접적인 원인이 아닐까? 현실이 이 지경이니 우리는 이 상황을 직시할 필요가 있다.

2년 전 가을밤이었다. 서울대학병원 6인 입원실에서 환자 가족으로 밤샘을 할 때 목격한 일이다. 어느 50대 초반의 아들이 어머니를 간병한다며 어두컴컴할 때 나타나서는 환자인 80대 어머니에게 다짜고짜 언성을 높이기 시작했다. 사사건건 퉁명스러운 말투였고, 가끔 한숨지으며 웅얼웅얼하는 엄마의 말에는 무조건 빈정거렸다. 전형적인 정서적 학대였다. 환자는 이제 묵묵부답, 신음소리만 가끔 내고 있었다.

아들은 아랑곳하지 않았다. 자신이 차별을 받았다며 지나간 일을 시시콜콜 들먹였다. 자신의 모든 실패를 엄마 탓으로 돌리며 말끝마다 추궁을 했다. 결국 돈이 문제인 것 같았다. 그는 다른 사람들의 반응이 좋지 않음을 느꼈는지 소리는 낮추었다. 그러나 언어폭력은 그 뒤로도 한참 계속되었다.

이튿날 아침 복도에서 그 아들과 시선이 마주쳤다. 복잡한 감정이 엉킨 눈빛이었다. 그러나 반성하고 있다고 제삼자가 섣불리 판단할 수 없는 표정이었다. 그는 체면도 아랑곳없이 독설로써 어머니를 학대한 자다. 그런데 주변에서 이런 장면을 접하게 되면 제아무리 정상적인 판단력을 가진 사람이라고 할지라도 그 아들을 함부로 백안시하지 못한다. 세상이 무서워졌기 때문이다. 그때 병실 안에 있던 열 명 남짓의 사람들은 과연 이 일을 몇 명에게 전했을까? 이런 말을 전해 듣고 다수의 사람들은 공분을 느끼며 비판한다. 그렇다면 오늘날의 아들 기피 현상은 이런 나쁜 아들의 사례가 입소문을 타고 널리 퍼져 나갔기 때문이 아닐까?

우리는 이런 사례를 이렇게 현장에서 직접 보거나 전해 듣기도 하지만 우연히 TV 채널을 돌리다 접하기도 한다. 그전에 체육관 트레드밀 위에서가 바로 그랬다. 사회자가 뭐라고 질문한 것일까? 화면에는 80대 초반의 할머니 얼굴이 클로즈업되어 있었고, 마침 "아들은 무서워요. 사위는 편해요"라고 말하고 있었다. 그 아들은 엄마에게 얼마나 험악하게 대한 것일까? 옆에서 미소 짓고 있는 저 사위는 자기 엄마에게도 저렇게 상냥할까?

그럼에도 나는 모든 자식들이 다 그렇다고 생각하지는 않는다. 대형 병원에서 근심 가득한 표정으로 휠체어를 밀고 가는 수많은 자녀들을 그동안 봐 왔기 때문이다. 엘리베이터 안에서 부모님께 한마디씩 건네는 음성은 얼마나 따뜻하던지! 그들은 자식 된 도리를 다함으로써 보람을 느끼고 있는 것 같았다. 이렇게 내 눈에 비친이 세상에는 아직 행복해 보이는 효녀·효자들이 훨씬 더 많다. 다음은 일연의 『삼국유사』에 실려 있는 이야기다.

웅천주(지금의 공주)에 향득사지란 아들이 있었다. 어느 해 흉년이 들어 그의 부모가 거의 굶어 죽게 되었다. 아들은 애가 타서 자기 허벅지의 살을 베어 부모에게 먹였다. 그러자 고을 사람들이 그 일을 조정에 아뢰었다. 경덕왕이 효자 향득에게 벼 500석을 상으로 내렸다.[2]

이 이야기가 효자비까지 전해 오는 실화라는 사실이 믿어지는가? 그러나 1,200여 년 전의 일이니 오늘날의 관점에서 바라보고 무조건 엽기적이라고 단정해서는 안 될 것이다. 신라 때는 그 시대에 맞게 부모를 위해 자신의 희생을 감수한 효자가 주변에 감화를 주었을 테니까. 우리가 살고 있는 21세기에도 위독한 부친을 위해 자기의 신장을 내어 준 효녀가 칭송받는 것처럼 말이다. 어쨌든 이런 역사책을 통해서 우리 조상들의 체취를 느낄 수 있어서 마음이 푸근해진다. 그런데 향득은 과연 어떤 마음이었을까?

한방병원의 입원실, 엄마는 밤새 거친 숨을 몰아쉬셨다. 향득도 사경을 헤매는 어머니를 보며 오로지 살려야겠다는 일념뿐이었을 것이다. 다급하면서도 애끓는 향득의 심정이 이심전심으로 전해져

---

2   일연, 『삼국유사』, 최호 역해, 홍신문화사, 1991, 463면

왔다. 답답한 심정에 이것저것을 요구하며 연신 간호사실을 동동거리며 드나들었다. 그러자 백의의 천사가 성능이 좋은 가습기를 2대나 더 찾아 주었다. 모든 수증기를 엄마 쪽으로 보내며 밤새 엄마 얼굴을 멍하니 지켜보았다. 무릎과 어깨를 모은 채로. 새벽 어스름 속에서 편안해진 엄마의 숨소리를 들으며 향득도 안도감과 행복감을 느꼈을 것이다. 마음속의 불안도 말끔히 사라졌겠지. 남아 있던 걱정까지도 서서히 걷혔겠지.

간밤에 분주하게 여기저기 다니며 가습기를 구해 주었던 간호사가 씽긋 웃으며 말했다. "엄마를 살리셨네요." 행복이란 바로 이런 것 아닐까.

PS. 해가 또 바뀌었다. 노인학대예방의 날인 6월 15일에 맞춰 일간지에는 다음과 같은 내용이 또 실렸다.

보건복지부가 발간한 2021년의 노인학대 현황보고서에 따르면 2020년까지는 노인학대의 최다 가해자는 계속 아들이었다. 그런데 2021년에는 배우자가 29.1%, 아들이 27.2%, 기관이 25.8%, 딸이 7.4% 순인 것으로 분석되었다.[3]

---

3 「노인학대 가해자 1위 '아들→배우자'로… 코로나에 재학대 늘어」, 『한국일보』, 2022년 6월 15일 기사

노인 학대 문제가 심각하다. 처음에는 이런 상황에 분노와 함께 슬픔을 느꼈다. 그러나 우리나라가 고령 사회에서 초고령 사회로의 진입을 앞두고 있다는 측면에서 헤아려 보니 감상적으로 접근할 문제는 아니라는 생각이 들었다. 우리나라의 전체 인구에서 65세 이상 인구의 비율이 20% 이상이라면, 모든 가정이 노인 문제에서 자유로울 수는 없을 것이기 때문이다. 따라서 노인학대는 개인 문제가 아닌 사회 전반적인 문제로 인식하고 국가적인 해결책을 마련해야 할 것 같다.

그러나 모든 어려움을 나라에서 처리해 줄 수는 없을 것이다. 아무리 노후 준비가 안 된 노부부, 생산능력은 있으나 직장을 잃은 50대의 자녀라고 하더라도 노인 학대 가해자로 전락해서는 안 될 것이다. 연로하신 부모님을 학대해서 얻는 것이 무엇일까? 노인과 노인이 서로를 측은하게 생각하고, 50~60대의 자식들이 부모의 모습에서 미래의 자신을 발견할 수만 있다면 가정의 울타리 안에서 악독한 가해자는 나오지 않을 것 같다.

이번에는 학대를 받은 피해자의 입장에서 생각해 보자. 고령자인 나를 학대하는 가해자와 싸울 것인가? 그들을 고쳐 보려고 애를 태울 것인가? 발타자르 그라시안은 말했다. "거만한 자, 고집쟁이, 오만한 자, 바보들에게 늘 예의를 보여라. 그들에게 대적하지 않는 것이 현명하다. 안전한 것은 그들과 거리를 두는 일, 또 그들이 꾸미는 일을 일부러 못 본 체하는 것도 영리한 수법이다"[4]라고. 쇼펜하우어는 "노인이 되어서도 연구욕이 있고, 음악이나 연극을 즐기고, 외부의 것을 받아들이는 감수성이 남아 있다면 행복할 것이다"[5]라고 했다.

아무렴 노인이나 괴롭히는 어리석은 자들과는 싸우지 말자. 가해자의 옹고집과 굳어진 폭력성은 피해자를 위험에 빠뜨릴지도 모른다. 그러니 그들과 거리를 두어 학대 행위를 차단하자. 그렇지만 그동안의 고단한 삶으로 인해 나에게 감수성이 남아 있지 않다면? 그것은 결코 포기하지 말자. 나의 인생 말년의 소중한 시간을 허비해서는 안 된다. 나 자신을 위한 배움을 계속한다면 감수성도 살아나 조금이라도 더 행복한 노년을 보낼 수 있을 것이다.

---

4   발타자르 그라시안, 『세상을 보는 지혜』, 149면
5   아르투어 쇼펜하우어, 『쇼펜하우어의 행복론과 인생론』, 259면

그 어머니에 그 딸

•

　김부식의 『삼국사기』에는 「효녀 지은」이라는 전기가 수록되어 있다. 그런데 이 글을 읽으며 순간적으로 떠오른 말이 있다. 바로 '그 어머니에 그 딸'이라는 속담이다. 「효녀 지은」 이야기는 이렇다.

　효녀 지은은 일찍이 아버지를 여의고 혼자서 어머니를 모셨다. 나이 32세가 되도록 시집도 가지 않고 병든 어머니를 보살피며 곁을 지켰다. 곡식이 떨어져 품팔이를 하거나 구걸도 했다. 그러다가 결국 부잣집의 종이 되었다. 딸은 날이 저물어야 밥을 가지고 집에 돌아왔다. 이렇게 3, 4일이 지난 뒤 어머니가 물었다. "전에는 밥이 거칠어도 맛이 좋았는데 지금은 밥이 좋아도 맛이 없고, 속을 칼로 에는 것 같으니 웬일이냐?" 지은은 할 수 없이 사실대로 말했다. 그러자 어머니는 "나 때문에 네가 종이 되었다니 죽느니만 못하다"고 하면서 크게 울었다. 그러자 딸도 구슬피 울었는데 그 슬픈 정경이 길 가는 사람까지 감동시

켰다.[1]

    딸은 모든 어려움을 감내하면서 매일 어머니를 효성스레 봉양한다. 모친의 마음은 딸에게 단단하게 연결되어 있다. 따라서 딸의 거취를 느낌으로 알아차린다. 그래서 딸이 노비가 된 것을 숨겼어도 고량진미 앞에서 고통을 느낀다. 어머니를 모시기 위해 남의 집 종이 된 딸. 자신의 생존을 위해 자식을 이용하지 않는 어머니. 정말로 그 어머니에 그 딸이다.

    쇼펜하우어는 "우리의 행복은 마음의 안정과 만족에 바탕을 두고 있다"[2]라고 말했다. 맞다. 지은의 모친은 딸과 자유로운 일상을 보낼 때는 잘 먹지 못해도 편안했다. 그러나 물질적으로 풍족해졌어도 딸이 종이 되어 자유롭지 못하게 되니 애를 태웠다. 모친에게 딸의 자유는 행복의 마지노선이었던 셈이다.

    올 6월에는 반가운 출산 소식을 연거푸 들었다. 내심 기다리고 있었기에 딸의 전화를 받고, 간만에 호탕하게 웃었다. 이 코로나 시국에 또 애국자[3]가 나온 것이다. 감염병을 핑계로 몸을 사리지도 않

1   김부식, 『삼국사기』하, 이병도 역주, 을유문화사, 1996, 468~469면

2   아르투어 쇼펜하우어, 『쇼펜하우어의 행복론과 인생론』, 67면

3   나는 한국의 출산율이 0.98이 된 2018년부터 두 자녀 이상을 둔 부부를 '애국자'라고 부르기 시작했다. 더 좋은 환경이 조성되기를 바라는 마음이 간절해졌기 때문이다.

고 출산한, 딸의 두 친구가 대견했다. 소신 있는 두 사람이 아직은 이 세상이 훈훈하다는 것을 보여 주고 있었다.

딸의 친구 A는 39세에 결혼을 했다. 만혼이었지만 4년 만에 아들 쌍둥이를 낳은 것이다. A는 직장생활을 하면서도 임신하려는 꿈을 포기하지 않았고, 현실을 회피하거나 자기 한 몸만을 편하게 하려고 꼼수를 쓰지 않았다. 새 생명을 탄생시키기 위해 최선을 다한 A의 성실성과 책임감에 박수를 보낸다.

A의 친정 부모님을 아주 오래전에 뵌 적이 있었다. 예절이 몸에 배어 있고 따뜻한 인간미가 넘치는 분들이셨다. "엄마, 친구 엄마는 천 기저귀를 준비하셨대요." 환경보호와 아기의 건강까지 생각하시는 분. 역시 그 어머니에 그 딸이다.

딸의 친구 B는 43세다. 여섯 살짜리 아들을 둔 유능한 직장인이다. 둘째를 원하긴 했으나 난임 상태로 몇 년이 흘렀다고 한다. 그런데 기적처럼 작년에 자연임신이 되었다. 너무 뜻밖이라 당황스러웠나 보다.

"나 임신했나 봐. 어떻게 하지?"

이 전화를 받고 나의 딸이 곧바로 대답했단다.

"뭘 어떻게 해? 낳아야지."

친구가 이렇게 중요하다. 그리고 드디어 둘째 아들을 얻었다. 교양이 있고 착실하더니 '행복'을 받은 것 같다.

이렇게 딸의 두 친구는 두 아들의 엄마가 되었다. 공교롭게도 아들 선호가 거의 소멸되고 여아를 선호하는 현상이 압도적인 이때 말이다. 더구나 저출산 추세까지 이어지고 있는데. 그러나 지혜로운 여성들은 부화뇌동하지도, 시류에 흔들리지도 않는다. 또 이러쿵저러쿵 핑계를 대지도 않는다.

나는 그동안 이런 사람들을 볼 때마다 사회적 연대감을 느끼곤 했다. 주변의 분위기에 휩쓸리지 않고 자기 고유의 바른 목소리를 내는 사람, 자기의 탄탄한 판단 능력으로 옳은 길을 찾는 사람, 자신의 가능성을 믿고 꾸준히 노력하는 사람, 인정이 있으면서도 자립심이 강한 사람 그리고…… 고마움을 아는 사람.

좋은 환경에서 최상의 안락함을 누리고 있을 아가들에게 덕담을 하고 싶다. 큰 행복을 가져다주는 아가들아, '그 어머니에 그 아들'이라는 말을 들을 수 있도록 멋지게 자라렴.

피리를 부는 사람

•

　부, 명예, 힘, 건강까지 모든 것을 다 가지고 있는 왕이 있었다. 그러나 그는 불행했다. 왕은 엄명을 내렸다. "나를 행복하게 만들어라. 그렇게 못한다면 네 머리를 바쳐야 할 것이다." 신하는 한 가지 묘안을 떠올렸다. "행복한 사람을 찾아내어 그 사람의 속옷을 입으셔야 합니다." 왕은 그 사람을 찾아 속옷을 가져오라고 명했다. 그러나 어느 누구도 자신이 행복하다고 말하는 사람이 없었다. 그때 누군가 말했다. "나는 행복한 사람을 알고 있습니다. 그는 매일 밤 저 강가에서 피리를 붑니다." 그들은 깜깜한 밤중에 강가로 갔다. 피리 소리는 아름다웠다. "당신은 행복한가요?" "나는 행복합니다." 신하는 자초지종을 설명했다. 그러자 그 사람이 말했다. "그건 불가능합니다. 나는 속옷이 없어서 지금 벌거벗은 채 앉아 있습니다"라고.[1]

1　오쇼 라즈니쉬 외, 『지혜로운 삶을 꿈꾸는 너희들이여』, 문화광장편집부 옮김, 문화광장, 1992, 42~45면

이 이야기는 오쇼 라즈니쉬[2]의 철학 우화다. 왕은 모든 것을 소유하고 있지만 불행하다. 그러나 벌거벗은 채 피리를 불고 있는 사람은 행복하다. 나는 이 우화에서 모종의 암시를 받았다. 그래서 내가 행복했던 순간들에 대해서 생각해 보았다. 돌아보니 행복은 둘로 나누어지는 것 같았다. 하나는 계획했던 일을 성취했을 때의 행복감. 다른 하나는 그냥 우연히 얻은 기쁨. 물론 태어나 보니 금수저 신분인 경우는 예외일지도 모르겠다. 그러나 대부분의 사람들은 인내와 노력에 의해서 재산과 지위 등을 얻는다. 그런데 필생의 꿈인 듯 갈망했던 내 집 마련을 했을 때의 감동은 있기는 했던 것일까? 정작 지금 내 마음에 미소가 피어오르게 하는 기억들은 예고 없이 어쩌다 마주친 작은 일들이니 말이다.

피리를 부는 사람. 그는 행복하다. 그가 내 앞에 나타났다. 벌거숭이로 태어난 아기의 형상으로 치환되어. 이것이 원초적인 행복의 모습이 아닐까? 우리는 누구나 실 한 오라기도 걸치지 않고 태어난다. 그리고 한참은 순수한 인간의 모습으로 살아가는 것 같다. 만일 죽을 때까지 이 마음을 잃지 않는다면 그는 행복한 사람일 것이다. 내 앞에 나타난 사람들이 바로 그랬다. 그들 덕분에 나도 덩달아 행복해졌다.

추석이었다. 5개월 된 손자는 낯을 심하게 가렸다. 편하게 식사

---

2   오쇼 라즈니쉬(Osho Rajneesh, 1931~1990)는 인도의 작가, 철학자이다.

들 하라며, 나는 잔뜩 찡그리고 있는 아기를 안고 부엌으로 갔다. 십중팔구 울 것으로 생각하며. 그런데 아기를 어르며 몇 마디 이야기를 해 주자 아기가 거짓말처럼 웃기 시작했다. "아하하하." 뜻밖이었다. 내 말을 알아들었다는 듯이 함박웃음을 웃는 아기를 보니 너무 기뻤다. "아기가 웃었어요?" "응, 웃었어." 아기의 깨끗한 본마음에 내 마음이 도달한 것일까?

드넓고 하얀 눈부신 운동장을 가로질러 니는 힘껏 달렸다. 시작종이 울리기 전에 교실에 들어가야 하니까. 학교에 갓 입학한 남동생이 너무 자랑스러웠다. 교실 의자에 앉은 모습은 또 어찌나 귀엽고 예쁘던지! 까치발을 하고 창문가에 매달려 잠깐 바라만 보는데도 행복했다. 남매간의 우애가 빛나던 시절.

항상 퇴근하여 집에 가면 자녀와의 상봉은 시끌벅적했다. 언제나 삼 남매는 환호성과 함께 "엄마, 엄마!" 하며 내 품으로 우르르 달려왔다. 벅찬 행복감은 매일매일 쌓이고 또 쌓였다. 반가움을 적극적으로 표현하던 시절.

큰딸은 늘 자신만만했다. 그래서인지 은밀하면서도 진지하게 서너 번 나에게 질문했다.

"엄마, 셋 중에서 누가 제일 좋으세요?"

그때마다 나는 변함없이 대답했다.

"다 똑같아."

그 뒤로는 더 이상 묻지 않았다. 엄마의 차별 없는 사랑을 마음으로 느꼈던 것일까? 그렇게나 동생들을 예뻐했으니 가장 신뢰를 받고 있으리라 자신했겠지. 셋이서 똑같이 최고였던 시절.

대학생이 된 둘째 딸은 아르바이트를 한다며 여름방학 내내 학원 강사 일을 했다. 최초의 알바였다. 페이를 받은 날 딸은 살며시 돈 뭉치를 내놓았다.

"100만 원 받았어요. 엄마 쓰세요."

순간 심장에서 무언가 쿵 떨어졌다. 만 원짜리 100장이 이렇게 두툼했었나?

"고마워. 그래도 받지는 않을 거야."

"원래 엄마 드리려고 했어요."

너무 귀중해서 차마 쓸 수 없을 것 같았다. 그러나 받았다. 그리고 며칠 후 200만 원을 입금해 주었다. 보너스라는 이름으로. 그날의 감동은 지금까지 계속 가슴속에 온정으로 머물러 있다.

어느 날 밤 문방구에 가려고 하니 여섯 살 난 아들이 따라나섰다. 어라? 아이의 걸음걸이가 어색했다. "왜 그래?" "엄마는 제가 지킬 거예요." 히죽 웃으며 바지 속의 긴 구둣주걱을 살짝 보여 준다. 후훗, 아들인데도 어려서부터 재롱을 피웠다. 딸들과 똑같이 애교 만점이라 그것이 참 신기했다.

참, 우리 엄마는 무엇을 가장 좋아하셨지? 찾아뵙는 것도, 건강 식품도, 용돈도 다 아니었다. 명절에 찾아뵙겠다고 하면 오지 말라고 극구 만류하셨다. 차는 막히고 생고생한다고, 교통사고도 걱정된다고, 애들한테 돈도 많이 들어갈 텐데 여기 걱정은 하지 말라고. 하지만 전화는 늘 반가워하셨다. 나도 엄마의 음성을 들으면 마음이 편해졌다. 더없이 행복했던 시절.

그러나 엄마의 병환이 위중해지면서 모든 상황은 달라졌다. 내 마음속에는 아예 걱정이 깊숙이 자리 잡았다. 쇼펜하우어는 "행복에 가장 중요한 것은 건강이다. 그다음은 우리를 유지하게 해주는 수단, 즉 아무 걱정 없이 마음 편히 살아가는 것이다"[3]라고 했다. 수긍된다. 사실 엄마가 건강하실 때는 내 마음도 편했다. 그래서 작은 일에도 명랑하게 웃을 수 있었고, 소소한 행복도 마음껏 누릴 수 있었다. 역시 건강은 그 무엇보다 중요하다.

그러면 건강한데도 행복하지 않은 이유는 무엇일까? 우화의 등장인물들을 생각해 보자. 왕은 부귀영화를 누리면서도 불행하다. 어찌 된 왕이 책임감도 없고 불만투성이다. 그러니까 부정적인 사람이다. 그렇다면 이것은 가치관의 문제가 아닐까? 올바른 가치관이 형성되지 않았으니 옳고 그름을 판단하지도 못한다. 자기를 행복하게 만들라며 타인의 생존권까지 위협한다. 그리고 보면 왕은 자기의 목표 달성을 위해 남의 목숨까지 이용하려고 하는 이기주의자 아닌가? 게다가 앞으로도 계속 억지를 부릴 것이니 종국에는 왕국이 파멸할지도 모르겠다.

반면 피리 부는 사람은 항상 행복하다. 가진 것이 없어도 자기 삶에 만족할 줄 아는 겸손한 사람이다. 자기의 소유물인 피리를 소중

3   아르투어 쇼펜하우어, 『쇼펜하우어의 행복론과 인생론』, 62면

히 여기며, 피리 부는 행위에 가치를 두기 때문인지 물질적 빈곤은 전혀 개의치 않는다. 그러니까 정신적으로는 모든 것을 가진 풍요로운 사람이다. 따라서 피리의 선율을 좋아하는 타인들까지도 행복하다고 여기는 긍정적인 사람일 가능성이 높다. 행복은 겸손과 긍정적 마음가짐에서 나오는 것은 아닐까?

이제는 행복한 삶을 위해 어떻게 살아가는 것이 좋을까에 대해 생각해 보자. 피리 부는 사람처럼 살면 어떨까? 애초의 순수한 마음가짐으로 분수에 맞게 살고, 자신의 일에서 보람을 찾고, 타인들에게 피해를 주지 않고, 자기 물건을 아끼고, 매일 자기가 좋아하는 일을 하면서 산다면 "나는 행복하다"라고 말할 수 있지 않을까? 단왕처럼 살면 안 될 것이다. 무책임, 인명 경시, 이기주의, 권력 만능, 탐욕, 비뚤어진 가치관…….

하루를 되돌아본다. 건강하게 보냈나? 그렇다. 오늘도 나무가 울창한 산에서 몸의 미세한 감각을 의식하며 황톳길을 걸었다. 태초의 자연인이 된 듯한 기쁨도 느꼈다. 11개월 되었다는 눈동자가 까만 아기는 어쩌면 그렇게 잘 달리던지. 예쁘다! 탄성이 저절로 나왔다. 아기 아빠가 하하하, 기분 좋은 웃음소리로 응답했다. 행복했다.

Part 4

돈의 의미

돈은 우리의 소망과 다양한 욕구의 대상을
언제라도 충족시켜 준다.

돈을 사랑하는 것은 자연스러운 일이고
어쩌면 불가피한 일일지도 모른다.

그러나 소유 재산은
재난에 대비한 방호벽으로 보아야지
세상의 즐거움을 얻게 해주는 허가증이나
그럴 의무가 있는 것으로 보아서는 안 된다.

재산이 최고의 가치를 발휘하는 때는
박애적인 노력을 통해 인류에 공헌하는
경우이다. *

– 아르투어 쇼펜하우어

● 아르투어 쇼펜하우어, 『쇼펜하우어의 행복론과
인생론』, 53~57면

돈 다 쓰고
죽을 건가 봐

•

언제부터인가 다양한 모습의 부부들을 보면서 그레셤[1]의 법칙이 무심히 떠오르곤 했다. 나쁜 돈이 좋은 돈을 몰아낸다. 솔직히 내 관심은 악화(惡貨)와 양화(良貨)의 도덕적 이미지와 '몰아내다'라는 의미의 구축(驅逐)이라는 단어에 있었는지도 모르겠다. 가족 구성원 중에서 무례한 사람은 '나쁜 돈'으로 보였고, 건실한 사람은 '좋은 돈'으로 보였으니까. 그리고 간혹 나쁜 쪽이 지배력을 행사하여 좋은 쪽의 존재 가치를 가정에서 사라지게 하는 경우를 보았으니까. 혹시 '악화'에 해당하는 사람은 진짜 '돈'에 집착하는 부류일까? 이상하게도 대부분 그런 것 같았다.

돈이 없는 세상을 상상할 수 있는가? 어느새 우리는 그런 세상은 꿈조차 꿀 수 없는 시대에 살고 있다. 더구나 불평등한 세상에 팬데

---

1   토머스 그레셤(Thomas Gresham, 1519-1579)은 영국의 금융업자, 재정가로 "악화는 양화를 구축한다(Bad money drives out Good money)"라는 '그레셤의 법칙'의 제창자로 알려져 있다.

믹이라는 재앙까지 닥치니, 여러 상황이 정말로 이 세상은 돈이 전부가 된 것 같다는 생각이 들게 한다. 그렇다면 이 위기에서 우리 인간 군상은 돈에 대해 어떤 사고를 하며 살아야 할까? 아무튼 분명한 것은 단 하루도 아무 생각 없이 되는대로 살아서는 안 될 것이라는 생각이 든다.

20세기의 마지막 해, 큰딸이 대학원 과정을 밟고 있을 때였다. 어느 날 학교에 다녀오더니 "엄마, L 교수님한테 늘은 얘기인데요"라며 전혀 뜻밖의 말을 했다. 딸한테 들은 내용은 좀 충격적이었다. 세상이 이렇게 변했단 말인가. 오늘날의 세태를 반영하는 것 같았고, 경제활동을 안 하는 기혼인 젊은 여성의 존재가 무섭다는 생각도 들었다. 다음은 그 이야기 중 일부분이다.

교수님의 지인께서는 아들 부부와 함께 사셨다. 새며느리는 언제나 예의가 바르고 싹싹했다. 그래서 지인은 항상 칭찬하면서 "재산은 아들, 며느리에게 다 물려줄 거야"라고 공공연히 말했다. 어느 날 지인의 아내는 골프장에 가려고, 골프 백을 챙겨서 집을 나섰다. 그런데 깜빡 잊고 온 물건이 생각났다. 초인종을 누를까 하다가 며느리가 귀찮을까 봐 열쇠로 대문을 따고 들어갔다. 그런데 안에서 통화하는 며느리의 목소리가 크게 들려왔다.

"노인네, 또 골프 치러 갔어. 돈 다 쓰고 죽을 건가 봐."

여기까지 듣고 나는 심장이 덜컥했다.

"이런, 세상에! 그래서 기절하셨대?"

나도 모르게 튀어나온 말이었다. 순간적으로 쇼크사가 떠올랐기 때문이다. 사람이 옛이야기 속의 구미호도 아니고 평소의 모습과 너무 다르지 않은가. 물론 골프가 비용이 많이 드는 운동이기는 하다. 그렇지만 재산 형성 과정에 새며느리는 없었다. 설령 있었다고 해도 최소한 인간의 도리는 지켜야 하는 것 아닌가.

그런데 발각된 후에 새며느리는 어떻게 했을까? 며느리는 용서해 달라며 '울고불고'했다고 한다. 그런데 이런 상황에서 쓰는 '울고불고'라는 방법은 항상 의구심을 품게 만든다. 이 의태어의 사전적 의미는 '소리 내어 야단스럽게 부르짖으며 우는 모양'이다. 그들은 왜 '울고불고'하는 것일까. 반성의 의미일까? 아니면 들킨 것이 억울해서? 혹시 할리우드 액션? 그러나 그것은 상대방을 또다시 속이려는 과장된 몸짓일 확률이 높다. 오랜 세월에 걸쳐 듣고, 직접 본 바가 그러했다.

그런데 새며느리는 누구와 떠들며 통화를 하고 있었던 것일까? 아침부터 돈과 죽음에 대해서. 착한 사람이라면 언감생심 상상조차 못할 일 아닌가. 혹시 친정엄마일까? 만일 그렇다면 친모는 딸을 엄하게 꾸짖어야 했다. 그러나 통화 내용으로 보면 둘은 이미 죽이 잘 맞는 사이인 게 분명하다. 만일 효도하는 딸이었다면 친모가 아무리 나쁘게 코치해도 그렇게 하지 않았을 텐데. 결국 이 며느리는 불효녀라고도 할 수 있겠다.

나의 엄마는 생전에 "될 수 있는 한 가난한 집 딸은 며느리로 들이지 않는 것이 좋을 것 같다. 살아오면서 여러 집 며느리들을 살펴보니 없는 집에서 시집온 여자들은 한결같이 받을 줄만 알지 베풀 줄을 모르더라. 벌어다 주는 돈인데도 아낄 줄도 모르고, 없이 살아서인지 음하고 인정도 없고"라고 말씀하셨다. 그러나 설마 다 그럴까, 교육도 받았는데 하며 갸우뚱했었다.

그런데 세월이 꽤 흐른 다음에 나는 쇼펜하우어와 엄마의 인식이 일치한다는 사실을 알고 놀라움을 금할 수 없었다. 재미로 두 분의 공통점을 찾아보았다. 그런데 그것은 바로 넉넉한 집안에서 태어났다는 것이었다. 쇼펜하우어는 부친이 부유한 사업가였기 때문에 어린 시절을 유복하게 보냈다.[2] 나의 엄마는 행랑채 하인들에게 아씨 소리를 들으며 자란 부잣집 장녀셨다.

쇼펜하우어는 "재물이 넉넉한 집안에서 태어난 사람들은 부를 자신의 생명처럼 지킨다. 대체로 규율이 바르며 신중하고 검소하다. 반면에 가난한 집안에서 태어난 사람들은 빈곤을 자연스럽게 받아들인다. 어쩌다가 굴러들어 온 부는 단지 향락과 낭비에 적합한 여분의 것으로 여긴다. 처녀 적에 가난했던 부인이 많은 지참금을 갖고 온 부인보다 과도할 정도로 요구하고, 낭비벽도 심한 것은 바닥에 부딪히면 다시 위로 올라온다고 생각하기 때문이다"[3]라고 두 계

---

2   위의 책, 478면
3   위의 책, 56면

층의 차이를 리얼하게 설명했다.

쇼펜하우어의 예리한 분석에도 불구하고 궁핍하게 자란 딸들이 다 그렇지는 않을 것이라 믿는다. 그렇다고 사족을 달 마음은 없다. 나 역시도 인간관계의 폭이 넓어지면서 이 철학자의 견해와 대동소이해졌기 때문이다. 그들은 성장 과정의 결핍을 채우려는 듯하는 일 없이 놀면서도 돈을 낭비했으며 일상사를 모두에게 자랑하고 싶어 했다. 게다가 가진 것이 없으면서도 아끼고 저축하는 이들을 오히려 교묘하게 무시하는 것 같았다.

내가 처음 쇼펜하우어에 대해 배웠을 때는 고1이었다. 윤리 선생님은 그를 염세주의자라고 했다. 성격이 괴팍하다고도 했다. 그러나 대학 1학년 때 우연히 도서관에서 빌려다 읽은 책 속의 쇼펜하우어는 전혀 그렇지 않았다. 의외로 융통성이 있는 강직한 상식주의자라는 느낌을 받았다. 비관의 그림자도 없었고 표현도 명징했다. 그래서 내가 잘못 이해한 것일까 하는 의아심까지 들었다. 좌우지간 이렇게 이미 오래전, 나는 내 나름대로 그의 삶과 철학을 이해하는 심정이 되어 있었다.

쇼펜하우어는 "물려받은 재산이 최고의 가치를 발휘하는 경우는 다른 사람이 할 수 없었던 일을 성취하고, 전 인류에 도움이 되는 일을 해내 인류에게 자신의 채무를 백배로 갚는 것"[4]이라고 말

---

4   위의 책, 57면

했다. 그렇다면 이수영 광원산업 회장이 본보기가 될 수 있을 것이다. 그는 한국인의 노벨상 수상을 염원하며 카이스트에 766억 원을 기부했다. 본인이 밝힌 성공 비결은 근검절약, 그리고 절호의 기회를 놓치지 않는 것! 그는 윤택한 가정에서 모친의 선행을 보면서 자랐고 부모의 뒷바라지로 대학교를 졸업했다. 그러니 여기까지가 부모에게서 '물려받은 재산'이라고 할 수 있지 않을까? 그리고 그 뒤의 사업 성공과 기부는 값진 재산이 이수영 회장 스스로 실천한 근검절약과 선택의 힘에 의해 최고의 가치를 발휘하게 된 것이라고 할 수 있을 것이다.

이제 그 새며느리에 대해 추측해 보아야겠다. 그녀는 가난한 집에서 태어나 열악한 환경에서 자랐을 것이다. 그러니 시댁의 재산을 횡재쯤으로 생각했을 것이다. 어쨌거나 시댁의 돈을 빨리 독차지하고 싶어 조바심이 났던 것 같다. 한때 예쁨받던 그 며느리에게 말해 주고 싶다. 돈의 노예가 된 자신을 해방시키라고, 자기 자신의 가치를 스스로 노력해서 높이라고.

자, 과연 시어머니는 어떻게 대응했을까? 큰딸이 말했다.

"그 일이 있고 나서 며느리 얼굴을 도저히 못 보겠다고 하셨대요. 그래서 아들과 며느리를 다 내보냈대요."

휴, 그제야 안심이 좀 되었다. '울고불고'에 속지 않았고, '악화' 역할을 하던 젊은 부부를 집에서 내보냈으니 천만다행이 아닌가. 드디어 시어머니는 쓰라린 인생의 분기점을 무사히 통과하신 것 같다.

그런데 만약 그날 초인종을 눌렀다면 어떻게 됐을까? 노부부는 아들 부부와 계속 같이 살았을 것이다. 며느리는 겉 다르고 속 다른 일상을 이어 갔을 테고. 그러다가 시부모가 장수하신다면 기다리다 못해 노골적으로 본색을 드러내지 않았을까. 이런 지경까지 가지 않았으니 노부부는 복을 받은 것과 진배없다.

그렇다면 아들에게는 아무런 잘못이 없을까? 내 느낌을 단도직입적으로 밝히자면 아내에게 동조했으리라고 짐작된다. 말이란 마음의 표현이 아니던가. 만일 며느리의 의견에 아들이 전혀 가세하지 않았다면 그렇게도 노골적으로 흑심을 발설할 수 있었을까 하는 생각이 들기 때문이다.

자, 노부부의 심정은 어땠을까? 아마 며느리에게 잘해 준 것이 후회되고 자괴감으로 불면증에 시달릴지도 모르겠다. 그러나 돈만 밝히는 그 꿍꿍이속을 어찌 상상이나 할 수 있었겠는가. 그러니 자책감에 빠지기보다는 현실을 직시해야 할 것 같다. 자식 된 도리를 어긴 쪽은 며느리 아닌가. 따라서 일방적인 근심 걱정보다는 관망이 하나의 방책이 될 것 같다. 단 내 심신이 튼튼해지도록 내 마음에 집중하고 스스로에게 몰두하면서.

그러면 앞으로 노부부는 어떤 태도를 보여야 할까? 먼저 자초지종을 따져 보자. 그들에게는 재산이 있다. 아마 아들 부부도 다 들은 것 같다. 재산을 다 물려줄 거라는 말. 그래서 부모님이 빨리 돌아가시기만을 더 학수고대했던 것은 아닐까. 이제 더 이상 자식이 돈을 바라지 않도록 선언해야 할 것 같다. "상속은 없다!"라고. 젊은 부부가 주체적으로 자신들의 인생을 스스로 꾸려갈 수 있도록 말이다. 정말로 이 생활 방식이 옳지 않은가?

　요즘은 수명이 늘어 백세시대라고들 한다. 그러나 자기의 남은 생이 얼마일지는 아무도 모른다. 따라서 더 철저하게 노년의 계획을 세워야 할 것 같다. 노부부에게는 치열하게 노력하고 절약하고 저축하여 얻은 삶의 결실이 있다. 바로 돈이다. 이제는 그 돈을 어떻게 쓸 것인지를 고심해야 한다. 그런데 나에게 떠오르는 생각은 단 하나다. 모든 돈은 '양화'로 만들어야 한다는 것, 신실과 선행으로 내 돈의 가치를 높여야 한다는 것.

　누군가의 시어머니여, 보금자리를 '악화'에 지배당하지 않고 잘 지켜냈군요. 새로운 생각과 건강과 보람이 항상 함께하시길. 그리고 오늘도 노년의 자유를 만끽하시길. 굿 샷!

순진했던 그 의사는
왕진비를 받았을까?

•

　내가 청소년기에 보았던 '울고불고'하던 장면은 뇌리에 각인되어 좀처럼 없어지지 않는다. 그만큼 '울고불고'하는 어른은 미성년자의 눈에 생경하고 의문투성이인 존재로 보였던 것 같다. 때는 경제의 태동기라고 불리는 1960년대 중반의 여름철로 기억된다. 나는 방에서 수학 문제집을 풀고 있었다. 그런데 난데없이 날카로운 괴성이 들려왔다. 그리고 이어서 "아이고, 나 죽네! 아이고, 나 죽어!"라고 울부짖는 소리가 크게 내 귀를 울렸다. 세를 들어 살고 있는 회사원의 아내였다. 사람이 맞아서 죽는 줄 알았다. 나는 순간 너무 놀라서 후다닥 뛰어나갔다.

　그의 아내는 데굴데굴 구르며 울고불고 난리였다. 회사원은 "친정 떼거리 다 왔지? 어디에 있어?"라며 뭔가를 계속 추궁하고 있었다. 남자의 목소리는 육중한 몸집에 비하면 오히려 작았다. 그러자 여자는 무작정 누워서 발버둥을 쳤다. 그러고는 남자보다 더 큰 목소리로 "죽여, 죽여. 안 왔다는데 왜 그래? 아이고, 아이고"라며 악을 바락바락 썼다. 여자에게는 대화가 필요 없는 것 같았다. 생떼와 잡아떼기가 전부였다. 이상한 장면이었다.

　그러나 어른이 된 후에야 알게 되었다. 잘못을 저질러 놓고 오히려 상대편을 질리게 만드는 부류가 있다는 것을. 맞은 척, 억울한 척 '쇼'를 하는 사람이 존재한다는 것도 그때는 몰랐다. 무조건 발뺌하는 사람이 있다는 것도 몰랐다. 아무것도 모르는 사람들은 소리만 듣고 남편을 가정폭력범으로 오해했을 것이다. 나도 그랬으니까. 동네방네 남편에게 창피를 주려고 했던 것일까. 아마 그런 수법으로라도 그 상황을 모면하려고 했던 것 같다. 이렇게 '울고불고'는 때로는 상대방에게 누명을 씌우기도 하는 것 같았다.

　사실 그 얼마 전부터 셋방에서는 해괴한 일이 일어나고 있었단다. 엄마에게 들은 바로는 아침에 남편이 출근을 하면 곧바로 친정 식구들이 떼를 지어 우르르 몰려 들어온단다. 마치 어디에서 기다리다가 들어온 것처럼 말이다. 그들이 하는 일은 온종일 빈둥빈둥 먹고 노는 것이었고 남편 퇴근 직전에는 슬금슬금 다 빠져나갔단다. 그야말로 한꺼번에 들이닥쳐 종일 파먹었고 갈 때는 무언가 또 잔뜩 싸 들고 갔단다.

　엄마는 "저런 여자를 만나면 남자는 일평생 헛고생만 하니 여자를 잘 만나야 해. 돈인들 안 빼돌리겠니. 남자만 불쌍하지"라고 말씀하셨다. 며칠 전 가정불화가 난 뒤에도 친정붙이는 여전히 드나들었고 드디어 며칠 후 대낮에 남편이 급습을 했단다. "꼬리가 길면 잡힌다고 하잖니? 하지만 그 사람들은 이번이 처음이 아닌 모양이더라. 잠잠해지면 또 언제 몰려올지 모를 일이지"라고 하셨다. 뭔지 참 복잡하게 느껴졌다.

그런 일이 있었는데도 내가 보기에 그 아내는 반성한 사람의 모습이 아니었다. 부끄러워하거나 미안해하지도 않았다. 민소매 원피스에 슬리퍼를 작작 끌며 다니는 그 태도는 오히려 잘난 체하는 것 같았다. 또 자기의 어린 딸에게 핀잔하는 목소리는 기세등등하기까지 했다. 아무튼 남편을 속이고 발각되었는데도 오히려 큰소리치는 그 아내를 도저히 납득할 수 없었다.

쇼펜하우어는 "아무것도 하지 않는 자는 물려받은 재산이 있다고 해도 빈둥거리며 밥만 축내므로 경멸해야 한다. 그런 자는 행복해질 수 없다. 궁핍을 면한 대신 무료함에 시달리기 때문이다. 그런 자는 차라리 궁핍해서 바쁘게 일했다면 훨씬 더 행복했을지도 모른다. 그들은 실제로 무료함을 달래기 위해 돈을 마구 써버려 빈곤에 쪼들리는 사람들이 무수히 많다"[1]라고 했다. 정말 그랬던 것 같다. 회사원의 아내가 모든 것을 제공하니 친정 식구들은 일을 하지 않았고, 무료해서 하릴없이 돈 쓸 궁리만 했던 것 같다. 갑자기 회사원의 장모 얼굴이 떠오른다. 그 꾀죄죄한 몰골이.

그나저나 무위도식하는 자의 경제관념에 대한 대철학자의 분석이 현실적이지 않은가? 실제로 쇼펜하우어는 청소년기에 아버지의 권유로 상인이 되기 위한 교육을 받았다. 또 견문을 넓히기 위해 2

---

1   아르투어 쇼펜하우어, 『쇼펜하우어의 행복론과 인생론』, 57~58면

년간 유럽 장기여행도 했고 돌아와서는 상점에서 견습생활도 했다. 또한 22세 때 유산도 받았다.[2] 아마 그는 이러한 삶의 궤적을 통해 탄탄한 경제관을 구축했던 것 같다.

회사원의 아내는 정말로 '쇼'를 잘하는 사람이었던 것 같다. 여름 방학이 끝나갈 무렵 그녀는 배를 움켜쥐고 몸을 뒤틀며 "복통으로 병원에 갈 수 없으니 의사 좀 불러 달라"고 부탁했다. 나는 놀라서 힌걸음에 뛰어 병원에 갔나. 그때는 휴대폰은 고사하고 전화 있는 집도 없었다. 그래서 누가 심하게 아프면 의사를 부르러 병원에 갔다. 그러면 의사는 검은색 왕진 가방을 싸 들고 직접 왔다.

나는 마당에 서서 걱정스러운 눈으로 환자와 의사를 묵묵히 지켜보았다. 그녀는 요를 깔고 누워 있었다. 의사가 방으로 들어서자 갑자기 "아이고, 아이고" 하며 괴성을 지르더니 울기 시작했다. 의사가 환자를 진찰하기 시작했다. 처음에는 오른쪽 아랫배를 누르며 물었다. "여기예요?" "선생님, 더 아래요." 여자가 갑자기 멀쩡한 목소리가 되어 대답했다. 세상에, 너무 뜻밖이었다. 순간 '아무리 아파도 부끄럽지도 않나?'라는 생각이 들었다.

지금 생각해 봐도 수상하기 짝이 없는 장면이었다. 환자의 배를 촉진하는 안경 낀 의사의 난감한 표정과 쩔쩔매는 태도가 지금도 생생하게 떠오른다. 사실 그때는 이해할 수 없었다. '저 의사는 실

2   위의 책, 512~513면

력이 없네. 겨우 복통 환자 앞에서 얼굴까지 빨개지고. 어떻게 치료할지 몰라서 당황한 걸까? 다 배웠을 텐데?'라고 생각했으니까. 그날 의사는 환자의 요구대로 배를 사방팔방 다 눌렀다. 마침내 환자가 잠잠해지자 의사는 "다시 아프면 병원으로 오세요"라며 가방을 들고 허겁지겁 나와 구두를 한 짝씩 찾아 신었다. 그리고 나서는 허둥거리며 대문 밖으로 줄행랑치듯 사라졌다.

회사원 아내는 '울고불고' 방법으로 그 내과 의사까지 농락한 것일까? 사실 총각처럼 보였던 그 의사의 병원은 늘 한산했다. 그래서 하굣길에 그 앞을 지나면서 '돈도 못 버는 의사가 불쌍해'라고 생각하곤 했다. 그런 의사를 오라고 해서 진땀만 빼게 하다니 지금 생각해도 어처구니없다.

또 한 가지 의문이 있다. 환자라는 사람은 끝까지 드러누워만 있었다. 돈 내는 것을 못 보았다. 의사는 차후에라도 왕진비를 받았을까? 돈에 대한 개념조차 없어 보였던 그 여인. 과연 벼룩의 간까지 내먹었을까?

돈만이 절대적으로 좋은 것이다.
그러나…

•

쇼펜하우어는 "다른 재화는 단 한 가지 소망, 한 가지 욕구만을 충족시킨다. 즉 상대적으로 좋은 것에 불과하다. 돈만이 절대적으로 좋은 것이다. 돈은 구체적으로 단 하나의 욕구에만 소용되는 것이 아니라 추상적으로 욕구 전반에 소용되기 때문이다. 그러나 소유 재산은 일어날 수 있는 재난에 대비한 방호벽으로 보아야지, 세상의 즐거움을 얻게 해주는 허가증이나 그럴 의무가 있는 것으로 보아서는 안 된다"[1]라고 했다. 의심의 여지가 없다. 돈은 꼭 필요하다. 돈이 있어야 인간답게 살 수 있다. 그래서 사람들이 그토록 돈을 좋아하는 것이리라.

그러나 돈이라면 무조건 좋아해야 할까? 가족이 죽은 다음에 받는 보상금까지도? 사람보다 돈을 더 소중하게 여기는 듯한 현상을 종종 접하면서 의아심이 가시지 않았다. 이제는 극단적인 예라고

---

1   위의 책, 53~54면

할 수 없을 정도가 된 것 같다. 예컨대 자식을 버리고 가출했던 부모가 몇십 년 만에 갑자기 나타나 자식의 사망보상금을 요구한다든지, 배우자가 사고로 죽자 받은 보상금으로 사치와 향락을 일삼는다든지 하는 경우 말이다. 거액의 돈 앞에서 과연 인간은 얼마나 무력해지거나 달라질 수 있는 것일까.

그래서 인지심리학자 김경일이 그렇게나 계획적인 삶을 강조했는지도 모르겠다. 그는 말했다. "위시 리스트를 작성해야 한다. 나에게 갑자기 1억 또는 10억이 생긴다면 무엇을 할 것인지 자세히 사전 계획을 세워야 한다. 그렇지 않으면 돈 때문에 타락할지도 모른다"라고.

타락이라는 표현은 정말 적절한 것 같다. 복권에 당첨되거나 사망 보상금 등으로 많은 돈을 받기 전의 그들의 모습은 그래도 인간다웠으니까. 이를테면 한 지인도 자식과 함께 무척이나 행복해 보였다. 선한 미소를 항상 머금었고 수수한 옷을 걸쳤으며 눈빛은 따뜻했다. 게다가 자기의 소박한 삶을 부끄러워하지도 않았고 억눌린 감정 따위는 조금도 없는 것처럼 보였다. 인간미 넘치는 풋풋한 모습에서는 돈을 주고도 살 수 없는 발랄한 생기가 늘 발산되고 있었다.

그러나 거금을 받고 난 후에 그는 돌변했다. 무엇이 사람을 갑자기 변하게 만들었을까? 결국 돈이란 말인가. 돈은 한 인간이 지니고 있던 가치관과 신념까지도, 더 나아가 가족마저 안면몰수하고 일순간에 버리게 할 수도 있단 말인가. 그는 정말로 사망 보상금을 세상의 즐거움을 얻게 해주는 허가증이나 그럴 의무가 있는 것으로 생각한 것일까? 그러나 그 보상금은 사람이 갑자기 죽었기 때문에 받게 된 것 아닌가.

그렇지만 모든 이가 돈을 가치 없게 만들지는 않는다. 별안간 생긴 돈 앞에서도 올곧은 실천으로 슬픔을 승화시키는 훌륭한 분도 있다. 지독히 가난하게 살았는데도 정신줄을 놓지도 언행이 변하지도 않고 말이다. 예컨대 고 민평기 용사의 어머니 윤청자 여사는 강한 정신력으로 비통함을 삼키고, 아들의 희생을 헛되게 하지 않기 위해 일구월심 애썼다. 그 결과 전액 기부한 보상금은 국방을 강화하는 데 쓰이게 되었다.[2] 결국 이렇게 보상금이 유의미하게 쓰였기 때문에 오히려 아들을 잃은 슬픔에서 조금이나마 벗어날 수 있지 않았을까 싶다.

그렇다면 사고로 사망한 배우자의 보상금은 어떻게 써야 할까? 우선 죽음은 아랑곳하지 않은 채 방종에 빠지는 일은 없어야 할 것이다. 오히려 부모의 의무를 다하라고 주는 돈으로 여긴다면 어떨까? 그런다면 부모로서 걸어가야 할 길을 헤매지도 않을 것이며 자기 자신의 삶도 흔들리지 않고 일구어 나갈 수 있을 것이기 때문이다. 또한 어린 자녀도 보상금을 자신의 튼튼한 방호벽으로 여기게

---

2 2010년 3월 26일 천안함 폭침 사건으로 희생된 고 민평기 상사의 모친 윤청자 여사는 유족보상금과 국민성금으로 받은 돈을 전액 방위성금으로 기탁했다.

될 테니 사망한 부모의 부재를 느끼기보다는 고마움을 간직한 채 더 열심히 공부하지 않을까 싶다.

쇼펜하우어는 말했다. 돈만이 절대적으로 좋은 것이라고. 맞다. 돈은 막연하게 원하던 일까지도 이루게 해 줄 것이므로. 그래도 그렇게 모든 호사를 누릴 의무가 있는 것처럼 사용해서는 안 된다고 하였다. 역시 옳다. 일확천금이 내 손에 들어와도 돈을 가치 있게 만들겠다는 신념, 돈을 바르게 쓰겠다는 다짐, 일관성 있는 실천은 꼭 필요할 것이다. 타락자가 될지도 모르니까.

세상에 부쩍 재난이 많아졌다. 각자 인류애를 마음에 품고 돈을 쓴다면 평화의 방호벽도 세울 수 있지 않을까?

천만 원만 빌려줘요

•

　어느 날 오후 수업 시간이었다. 누군가 교실 앞문을 똑똑 두드렸다. 열어 보니 교장 선생님이었다. 그는 대뜸 아주 작은 목소리로 "권 선생님, 돈 천만 원만 빌려줘요"라며 만면에 옅게 웃음을 머금었다. 아닌 밤중에 홍두깨라더니 뜻밖이었다. 수업 중에 불쑥 나타난 돈이라니. 온갖 정황을 따져 봐도 돈 부탁은 뜬금없는 일이었다. 게다가 개인 사정은 단 한 마디도 언급하지 않은 채. 그러나 당장 난감했던 점[1]은 수업 시간에 학교장과 사담을 해야 하는 담임으로서의 입장이었다.

　이런 일을 졸지에 당하고 나니 정신이 번쩍 났다. 난처했지만 대답은 해야 했다. 생각해 보겠다고 할까도 잠깐 고민했지만 나는 최대한 차분한 어조로 정중하게 "여유 있는 돈이 없는데요. 죄송합니다"라고 말씀드렸다. 그런데 내 말이 끝나자마자 교장의 눈이 일순

1　갑작스러운 교장과의 대화도 난감했지만 솔직히 수업 시간이었기 때문에 교실에 있는 수십 명의 고학년 학생들이 더 마음에 걸렸다.

간 매섭게 번뜩였다. 무슨 말인가 하려고 하다가 '믿는 도끼에 발등 찍혔다'는 듯 감정이 섞인 표정으로 황급히 뒤돌았다. 그 반응 또한 의외였다. 내가 기다렸다는 듯 "네"라고 대답할 줄 알았던 걸까? 이래저래 황당했다.

그 뒤에 재차 되씹어 보며 이해하려고 했다. 그러나 도저히 납득할 수 없었다. 개인적 친분도 없는데 왜 하필이면 나였을까? 혹시 내가 돈 자랑을 한 적이 있었던가? 없었다. 형편이 좋지도 않았었다. 다른 교사에게도 이런 부탁을 했을까? 모를 일이었다.

쇼펜하우어는 "인간의 소망이 주로 돈에 향해 있고, 인간이 무엇보다 돈을 사랑한다고 종종 비난받기도 한다. 하지만 변화무쌍한 우리의 소망과 욕구의 대상을 언제라도 충족시켜 주는 돈을 사랑하는 것은 자연스러운 일이고 어쩌면 불가피한 일일지도 모른다"[2]라고 했다. 사람이 돈을 좋아하는 것은 당연지사일 것이다. 그러나 남의 돈을 내 돈처럼 마음대로 할 수 있다고 착각한다면, 그 또한 큰 문제가 아닐까?

다시 생각해 봐도 즉답은 잘한 일이었다. 확답을 뒤로 미루었다면 더 곤란한 입장이 될 뻔했다. 상대방이 거절당하지 않으리라고 확신하고 있었기 때문에 더욱 그랬다. 그러나 이야말로 얼마나 위험한 오판인가. 교직원을 관리하는 위치에 있기 때문에 더욱 그래

---

2   위의 책, 53면

서는 안 되는 것 아닌가.

한편 나에게 여윳돈이 없다는 것은 사실이었다. 한마디로 나의 재테크는 절약과 저축이었다. 정기적금을 시작하면서 목돈이 형성되는 이치를 터득하게 되었고 어느덧 통장의 개수는 두 손으로 잡을 정도가 되었다. 하지만 통장마다 사용할 용도가 정해진 상태였으니 갑자기 돈을 요구하며 등장한 사람을 위한 돈이 있을 턱이 없었다. 만일 남아도는 돈이 있다면 어떻게 하는 것이 좋을까? 그래도 돈거래는 피해야 한다고 생각한다. 혹시 누군가 천재지변 등으로 심각한 어려움에 부닥쳤다면 교직원들이 십시일반으로 도와야 하겠지만.

그나저나 교장은 평생 저축은 안 하신 걸까? 쇼펜하우어는 "번 것의 일부를 남겨 고정 자본으로 모아 두려 하지 않고 번 만큼 써 버리는 사람들은 후에 대체로 가난에 빠진다"[3]라고 하였다. 그렇다면 버는 대로 다 써버린 걸까? 그 연세에 젊은 교사에게 돈을 꾸어 달라고 했으니 말이다.

이튿날 오후였다. 교장이 나를 운동장으로 나오라고 했단다. 이런 일도 처음이었다. 돈에 대한 미련을 못 버린 것 아닐까 하는 생각이 들었지만 내가 먼저 돈 이야기를 꺼내지는 않기로 했다. 당연히 교장이 결자해지해야 한다고 생각했다. 교장은 나무 그늘에서 기다리고 계셨다. 부르신 이유를 여쭈어보니 잠시 뜸을 들이더니

3　위의 책, 54면

미소를 거두고 다짜고짜 "이 청소구역이 선생님 반이지요? 왜 이렇게 지저분해요?"라며 추궁했다. "마지막 6교시가 지금 막 끝났습니다. 청소는 수업이 끝난 후에 합니다." 그는 재미있다는 듯이 웃기 시작했다. 상대할수록 곤욕스러웠다.

며칠이 지났다. 전교생이 모두 하교한 후의 복도는 조용했다. 누군가 교실 뒷문을 두드렸다. 잔뜩 화난 표정의 교장이었다. 복도가 깨끗하지 않단다. 둘러보니 정체 모를 흰 종이조각이 두어 개 떨어져 있었다. 하지만 우리 교실은 건물의 중앙에 위치해 있어서 좌측에 있는 교실을 사용하는 사람들은 모두 이 복도를 지나가야 한다. 이런 식이라면 트집을 안 잡힐 사람이 있을까?

불쾌했다. 그러나 쇼펜하우어는 "타인의 알랑거리는 말이나 상처를 주는 견해에 민감하게 반응하지 않는 것이 현명하다. 그러다가는 언제까지나 타인의 견해와 생각의 노예가 되기 때문이다"[4]라고 했다. 그래도 이런 관리자는 난생처음이었다. 내가 윗사람의 요구에 무조건 쩔쩔매며 따르는 사람으로 보였나? 내가 직장에서 사회적 약자로 취급받고 있는 것일까.

만일 이 일로 인해 근무성적평정에서 불이익을 받는다면? 관계없다고 생각했다. 근평을 잘 받기 위해 누구에게 아부한다는 것은 내 삶의 목표도 아니었으니까. 쇼펜하우어는 "공무원이 되어 출세하

4   위의 책, 61면

는 것이 목적이라면 호의, 친구, 연줄을 얻어야만 단계적으로 올라갈 수 있다. 어쩌면 최고 높은 지위까지 승진할 수도 있다. 이런 경우에는 아무런 재산 없이 세상을 살아가는 것이 더 나을지도 모른다. 이런 빈털터리만이 번번이 번질나게 머리를 숙이고, 무슨 일이든 따르며 미소를 짓는다"⁵라고도 말했다. 그렇다면 혹시 교장의 처세술이 이런 것이었을까?

그 당시에는 교육청에서 학교에 시찰을 온다고 하면 며칠 전부터 학교에는 긴장감이 감돌았다. 그러니 안하무인형의 공무원이 더 양산되었는지도 모르겠다. 어쨌든 교육계에도 한국 사회의 고질인 학연, 지연 등이 얼마간 존재했다. 또한 갑질도 있었다. 그렇다면 내가 겪고 있는 일은 어떤 경우에 해당될까?

이후에도 모욕을 느낄 만한 불쾌한 일이 몇 번 더 있었다. 그런데 마지막에 들었던 말에는 심지어 여성에게만 할 수 있는 조롱이 섞여 있었다. 이쯤 되면 나를 괴롭히기 위해 일을 만든다고 하는 편이 옳을 것이다. 더 이상 참아서는 안 된다고 생각했다. 돈을 꾸어 주지 않은 보복으로 계속 수모를 당할 수는 없지 않은가. 나이나 지위 고하를 막론하고 주제 파악을 못 하는 사람에게는 잘못을 깨우쳐 주어야 할 것이다. 더욱이 교사는 교장이 아니라 학생들을 위해서 존재한다는 사실을 알려 주고 싶었다.

---

5   위의 책, 58면

만약 내가 돈을 빌려드렸다면 특별한 대우를 받았을까? 상상만으로도 싫었다. 그러니 내가 얼마나 떳떳한 선택을 한 것인가. 그러면 학교라는 조직 안에서 도덕적 기준은 누가 세워야 할까? 각자 책임감을 가지고 스스로 기본 상식에 맞게 정해야 할 것이다. 그런데 나의 경우 이미 피해자로서 느낄 수 있는 곤혹스러운 감정이 쌓이고 있지 않은가. 타인들은 느낄 수 없는 이상한 기류가 둘 사이에 흐르고 있었다. 호시탐탐 부당한 인격 모독을 가하려는 사람과 속수무책으로 터무니없는 일을 당해야 하는 사람. 학교장의 은밀한 악취미를 조장하는 무력한 교사가 되고 싶지는 않았다.

마침 나의 주번 차례가 다가오고 있었다. 주번 교사는 월요일 직원 조회 시간에 주간 생활 계획을 발표해야 했다. 그래서 미리 초안을 작성하기로 했다. 누구의 부당함을 직접 따지는 것이 아니라 제반의 교육 문제에 대한 주번 교사로서의 소신을 초안에 써 내려갔다. 그러면서도 학교장을 염두에 두고 언중유골에 신경을 썼다. 사실 학교 사회에서 교장의 본분과 관계되지 않은 일이란 거의 없다. 그 책임의 막중함은 '교장'이라는 용어에서도 나타난다. 교장의 장(長)은 책임자라는 뜻의 접미사다.

드디어 주번이 되었다. 내 자리는 후면 우측 창가 쪽이었고 교장 자리는 최전면 좌측이었다. 시선은 전면을 향했기에 전 직원이 바라보이는 위치였다. 나는 마음을 다잡고 준비했던 대로 계획을 발표했다. 후련했다. 그러나 위험부담은 커졌다. 목소리를 냈다고 더 끈질기게 시달릴 수도 있으니까. 또 천박한 자들은 아무리 유용한 말을 해도 '딱딱거린다'며 무시해 버리니까.

천만다행으로 교장은 그렇게 수준 낮은 분은 아니었다. 내 의도를 어느 정도 간파한 것 같았다. 우선 노기 띤 표정과 비웃는 눈초리가 누그러졌다. 내 근처에 나타나 빈정대는 중얼거림을 하지 않았다. 그래서 그 당시에는 교장이 나를 계속 괴롭힐 타깃으로 삼지 않았을뿐더러 본인의 실수도 얼마간 인정한 것 같아서 다소나마 고맙다는 생각도 했다. 그러나 나로서는 한시노 긴장의 끈을 늦출 수 없었다. 나쁜 습성은 쉽게 고쳐지지 않는 법이니까.

이 일을 겪은 지 벌써 30여 년의 세월이 흘렀다. 그런 만큼 누구나 그렇겠지만 돈과 관련된 다양한 경험에 의해 더 풍부한 스키마[6]가 개인적으로 구축되었을 것이라고 생각한다. 그럼에도 불구하고 과거를 돌아보니 당시에 내가 대응했던 방식이 다시금 새롭게 어떤 깨달음으로 다가와 기분이 묘해진다.

그러니까 이런 것들이다. 그 첫째는 돈으로 피해를 볼 조짐이 보일 때는 분명하게 내 뜻을 밝혀야 한다는 점이다. 파블로 아이젠버그[7]는 "다치지 않고 진짜 하고 싶은 말을 하려면 최대한 많은 이들

---

6 심리학자 장 피아제(Jean Piaget)가 주창한 이론으로 개인의 과거 경험에 의해서 형성된 개인의 인지구조를 의미한다. 새로운 경험을 개념화하고, 판단하여 선택하는 데 영향을 미친다.

7 파블로 아이젠버그(Pablo Eisenberg, 1932-2022)는 미국의 자선활동가로서 평생 자선 기부 관련 비영리단체에서 일했으며 자선-공익사업은 시혜-수혜의 대등한 파트너십으로 실천되어야 한다고 주장했다.

이 들을 수 있도록 큰 소리로 말해야 한다"[8]라고 했다. 내 경우를 봐도 그런 것 같기는 하다. 그러나 비밀 유지와 간접적인 표현은 필요할 것 같다. 상대방의 인격을 존중하는 일도 중요하므로. 이외에도 내 인권과 내 인격은 내가 지켜야 한다는 것, 매너가 나쁜 상대방에게 미소는 절대 금물이라는 것, 타인에게 돈을 요구해서는 안 된다는 것, 남들에게 만만하게 보여서는 안 된다는 것, 근검저축의 습관을 가져야 한다는 것⋯⋯.

그렇게 처신한다면 돈맹(돈을 제대로 관리하지 못하는 사람)도 되지 않고 돈고생도 막을 수 있으리라고 생각한다. 아무튼 돈과 사람에게 휘둘리는 인생은 스스로 만들지 말아야겠다.

8　「기부자들을 야단친 자선활동가」, 『한국일보』, 2022년 12월 26일 기사

살아생전에

•

40대 초반의 어느 해던가 추석에 일직[1]을 하던 때였다. 적막한 서무실 —그 당시에 왜 교무실이 아니고 서무실에서 당직을 했는지는 기억에 없다— 에서 창문 밖을 무심코 보려는 찰나 무언가가 무심결에 머리를 휙 스치고 지나갔다.

'세상 돌아가는 이치는 대체로 공평한 것 같다.' 여운처럼 뇌리에 남아 있는 생각이었다. 내 무의식 세계의 소리였을까? 너무 뜬금없었지만 곰곰 음미해 보니 이 사유는 스스로 불이익을 당하고 있다고 생각했던 자잘한 불만들을 상쇄하고도 남음이 있었다. 그 뒤로는 좀 더 초연한 시선으로 인생사를 바라봤던 것 같다.

'돈'도 마찬가지인 것 같다. 남을 원망하고 타인의 돈을 탐내면서 조급하게 거액을 챙기려던 사람들이 진정한 꿈을 이루는 경우를 별

---

1 1990년대 여교사들은 본인 차례가 되면 공휴일에 출근하여 학교를 지켰다. 일직은 그런 일이나 그런 일을 하는 근무자를 뜻한다. 근무 교대는 숙직을 선 남교사와 했다.

로 본 적이 없다. 하지만 벤저민 프랭클린[2]의 다짐처럼 일을 꾸준히 하면서 절약과 검소를 실천한다면 돈과 시간이 내 편이 되는 날은 반드시 올 것이라고 믿고 있다.

18세기의 인물 벤저민 프랭클린은 "돈이란 언젠가는 없어지는 것이다. 나중에 남는 것은 돈을 좀 더 잘 쓸 수 있지 않았을까 하는 후회뿐이다. 그러니 나나 남에게 유익하지 않은 일에는 돈을 쓰지 말자. 쓸데없는 낭비도 하지 말자"[3]라고 말했다. 즉 프랭클린이 중요하게 여긴 것은 돈 자체가 아니었다. 그는 가지고 있는 돈을 어떻게 쓰느냐에 초점을 맞추었다.

그러면 가난한 집에서 태어나 학교도 2년밖에 못 다닌 프랭클린은 어떤 방법으로 부와 명성을 축적할 수 있었을까? 그는 "독서는 유일한 오락이었다. 나는 술집에도 안 갔고, 노름도 안 했다. 부지런히 일만 했으며, 근면이야말로 재산과 명성을 얻는 수단이라고 생각했다. 또한 부지런하고 검소한 아내는 내게 큰 행운이었다"[4]라고 소회를 털어놓았다.

---

2   벤저민 프랭클린(Benjamin Franklin, 1706-1790)은 미국의 정치가 · 외교관 · 과학자 · 저술가로서 독립 선언문 기초 위원으로 토머스 제퍼슨을 도왔으며, 도덕적으로 완벽해지겠다는 계획을 스스로 세우고 실천했다. 현재 통용되는 미국 달러화의 100달러 지폐 인물이다.

3   벤저민 프랭클린, 『프랭클린 자서전』, 강미경 옮김, 느낌이있는책, 2017, 198면, 293면

4   위의 책, 190~191면

역시 그랬다. 부자가 되는 지름길은 독서, 근면, 절약이었다. 그는 꾸준히 독학을 했고 부지런히 일했고 검소와 절약의 미덕을 실천했다. 그리고 아주 중요한 또 한 가지! 자기와 의식 수준이 맞고 거짓 없고 성실한 사람을 아내로 선택했다. 탁월한 판단 능력의 소유자였기에 가능했을 것이다.

프랭클린의 활동은 15세기에 31년 6개월간 조선을 다스린 세종대왕을 연상하게 한다. 알디시피 세종대왕의 모든 업적의 본바탕에는 백성의 마음을 보살피는 다정함이 있었다. 그런데 벤저민 프랭클린도 그랬다. 그는 "내 이야기가 내가 사랑하는 이 도시(필라델피아, 저자 주)와 그 밖의 아메리카의 모든 도시가 모두에게 이익이 되는 일을 하는 데 조금이나마 보탬이 되었으면 한다"[5]라고 말했고, 직접 실행에 옮겼다. 그는 모은 재산을 각종 공공사업에 아낌없이 기부하고 투자했으며, 스토브, 피뢰침 등 수많은 물건을 직접 발명했다. 흡사 세종대왕에게서 귀중한 교훈을 얻은 것처럼 말이다.

세종대왕은 무소불위의 권력을 행사할 수 있는 왕이었지만 나라의 재산인 '돈'을 낭비하지 않았다. 그 누구보다도 나라와 백성을 위해 '돈'을 유익하게 사용했다. 오늘날 대한민국이 '한글'을 가진 문화 대국으로 성장한 것을 봐도 알 수 있다. 또 '돈을 잘 쓰면 그 가치가 무한대로 확장된다'는 사실도 방증되었다고 할 수 있다. 결국 우리

---

5   위의 책, 293면

나라 역대 임금 중에서 세종대왕이 '가장 존경받는 왕 1위'로 뽑히는 일은 필연적 결과일 것이다.

이렇게 내가 존경하는 인물들은 진정한 돈 관리자들이라고 할 수 있다. 그렇다면 돈을 쓰는 일은 정의의 문제가 아닐까? 미국의 정치철학자 마이클 샌델은 "정의는 미덕을 키우고, 공동선을 고민하는 것이지만, 정의에는 어쩔 수 없이 판단이 끼어든다. 즉 정의는 올바른 분배만의 문제는 아니다. 올바른 가치 측정의 문제이기도 하다"[6]라고 말했다.

역시 판단은 돈을 쓰는 일에서도 꼭 필요하다고 하겠다. 국민들에게, 회사 직원들에게, 공무원들에게, 지역 주민들에게, 청년들에게, 노인들에게, 자녀들에게…… 똑같이 돈을 나누어 주는 일이 과연 돈을 가치 있게 쓰는 것일까. 다각도로 생각해 보아도 돈을 유익하게 쓴다는 것은 모든 이에게 균등하게 분배하는 것을 뜻하지는 않는다고 하겠다. 오히려 유익과 유해무익을 판단 · 분별하여 가치 있는 일에 돈을 쓴다면 그것이 곧 돈을 유익하게 쓰는 일일 것이다. 그래서 연구적 자세, 근면, 애민 정신이 투철한 정의로운 분들의 업적이 오늘날에도 빛을 발하고 있는 것이리라.

의미 깊은 속담을 되새겨 본다. '사람이 돈이 없어서 못 사는 게 아니다. 생명이 모자라서 못 산다.' 돈은 없다가도 생기지만 목숨에

---

6   마이클 샌델, 『정의란 무엇인가』, 이창신 옮김, 김영사, 2010, 360~362면

는 정해진 한도가 있다. 즉 사람에게는 돈보다 생명이 더 중요하다는 것.

　당연하다. 그러니 죽을 때 가지고 갈 것처럼 금전욕에 사로잡히지는 말아야겠다. 더욱이 나에게도, 남에게도 유익하지 않은 일에는 돈을 쓰지 말고 쓸데없는 낭비도 하지 말아야겠다. 살아생전에 돈을 가치 있게 만들기 위해서는 스스로 굳은 의지를 갖고 꾸준히 실천할 필요가 있다.

Part 5

걷기의 기적

산책할 기운이 있는 한
나는 삶의 즐거움을 발견할 것이고
그것은
사람들이 내게서 빼앗을 수 없는
즐거움이다. •

– 장 자크 루소

• 장 자크 루소, 『고독한 산책자의 몽상』, 175면

'걷기'보다 '달리기'가 편했던
그 시절

•

　나는 어린 시절 움직이는 것을 꽤 좋아했었던 것 같다. 엄마는 "너는 한시도 가만있지 않고 정말 재미있게 잘 노는 아이였어"라고 말씀하시곤 했으니까. 그래서인지 무심히 떠오르는 장면은 마구 뛰어다니는 '나'다. 몇 살 때였을까. 친구와 깔깔거리며 어디론가 막 달려갔었는데…….

　특히 소꿉놀이는 수없이 했다. 생로병사와 희로애락을 그 안에서 다 경험했다고나 할까? 또래 아이들과 나는 눈만 뜨면 만났다. 그러고는 모든 일을 흉내 내며 놀았다. 하루는 상여를 보았다. 몰래 지켜보니 여자들은 머리에 흰색 헝겊을 꽂고 울면서 따라가고 있었다. 우리는 곧장 집으로 달려갔다. 그리고 즉시 서로 머리에 흰 실을 묶어 주고 엉엉 우는 체를 했다. 그런데 이상했다. 정말로 눈물이 펑펑 나왔다. 다섯 살 때였었나?

　그즈음에는 텃밭 근처에서 뛰어다니며 놀기도 했다. 그러다가 쪼그리고 앉아서 흙 놀이도 했다. 그런데 어느 날 꿈틀거리는 큰 지렁이가 나왔다. 누군가 닭이 좋아하는 먹이라고 말했다. 나는 그

지렁이를 닭장에 던져 주었다. 닭들은 서로 먹겠다고 달려들어 콕콕 찍어 먹었다. 그 뒤로 한동안 나는 지렁이를 열심히 잡았다. 꿈틀대며 버티는 긴 지렁이를 맨손으로 간신히 접어서 무슨 통인가에 구겨 넣곤 했다. 그런 나를 보며 언니는 "아이, 징그러워!"라며 기겁했다. 그러나 미끈거리는 작은 생명체에 대한 혐오감은 전혀 없었다. 물론 살생유택(殺生有擇, 살생을 함부로 하지 말고 가려서 해야 함)이 무엇인지도 모르는 아이였다. 그서 닭들만 생각했다. 물아일체의 경지란 바로 이런 모습이 아닐까 뒤늦게 생각해 본다.

초등학교 3, 4학년 때는 줄넘기에 열을 올렸다. 개인 신기록을 깨려고 날마다 씽씽 뛰며 연습했다. 아마 줄넘기를 권장하셨던 교장 선생님의 영향을 받은 것 같기는 하다. 학교에서는 쉬는 시간이나 점심시간이 되면 무조건 운동장으로 달려 나갔다. 아이들과 함께하는 놀이는 다 재미있었다. 고무줄놀이, 사방치기, 공놀이, 긴 줄넘기, 땅따먹기, 공기놀이 등등.

어느 봄날 일요일에는 약속한 친구 몇 명과 함께 나물도 뜯으러 갔다. 그러나 동네 가까이에는 나물이 없었다. 그래서 공설 운동장까지 진출했다. 우리는 나물을 찾으려고 드넓은 운동장을 누비며 막 뛰어다녔다. 거기에도 나물은 없었다. 이렇게 마구 달렸으니 나물인들 눈에 보였을까? 하지만 마냥 즐거웠다. '걷기'보다는 '달리기'가 편했던 그 시절! 그때의 추억이 아직도 새록새록 떠오른다.

그래서 요사이 아이들을 보면 안쓰럽기 그지없다. 서너 살밖에 안 된 어린아이들까지도 마스크를 끼고 있으니 말이다. 더구나 이

비정상적인 생활을 당연한 것으로 여기고 있으니 더 딱하다. 놀이터에도 아이들은 없다. 코로나19 사태 이후에 놀이터는 폐쇄되었다. 놀이기구에도 이용 금지 테이프가 붙었다. 이런 힘든 세상을 살게 해서 어른으로서 미안할 따름이다. 아이들이 맘껏 달리고 마스크 없이 숨 쉴 수 있는 세상은 언제 올까.

각설하고 이렇게 나에게는 걷는 것보다 달리는 것이 더 자연스러웠던 유년 시절이 있었다. 청년 시절에는 걸음걸이가 빠르다는 말도 꽤 자주 들었다. 그러나 지금은 어떤가? 걷는 속도가 느려진 것을 스스로 느끼고 있다. 아니, 천천히 걸으려고 일부러 신경을 쓰기도 한다. 달리기도 될 수 있는 한 삼간다. 이유는 딱 하나다. 낙상. 그렇다. 넘어질까 봐 겁이 나기 때문이다. 스스로 노년기에 속해 있다는 사실을 늘 염두에 두고 있다.

예전에 살던 동네 앞집에 건강한 할머니가 살고 계셨다. 목소리는 쩌렁쩌렁하고 허리는 꼿꼿하였다. 거의 날마다 대문 앞에 서서 지나가는 동네 사람들과 짧은 대화를 나누셨다. 한마디로 주관도 뚜렷하고 올바른 어른이었다. 그런데 며칠째 보이지 않았다. 방 안에서 넘어지셨다고 했다. 문병 가서 본 환자의 모습은 충격적이었다. 검붉은 멍은 엉치뼈와 엉덩이 전체로 둥그렇게 퍼져 있었고 음성은 가냘프게 변해 있었다. 슬프게도 이후에 그분의 씩씩한 음성은 더 이상 들을 수 없었다.

요즘 내 관심사는 사람들의 걷는 모습이다. 특히 지팡이를 쥐고 걷는 분이나 한쪽 다리를 절면서 걷는 분들을 보면 나의 미래를 보는 것 같아 씁쓸해진다. 그러나 니체는 말했다. "죽는 것은 이미 정해진 일이기에 명랑하게 살아라. 언젠가는 끝날 것이기에 온 힘을 다해 맞서자"[1]라고. 옳다. 씁쓸해 하지 말고 맞설 방법을 강구해야겠다. 나 자신에게 다짐해 본다. 늘 조심해서 걷자고, 특히 집안의 방바닥과 화장실에서 실수하지 말자고, 울퉁불퉁한 보도블록에 걸려서 넘어지지 말자고, 산책길의 흙에 미끄러지지 말자고, 운동을 꾸준히 하자고, 무거운 것은 들지 말자고.

　미풍조차 없는데도 가볍게 흔들리며 낙하하는 낙엽들. 찬란하게 아름답다. 그렇게 늙어가는 것이 좋지 않을까. 빨리 걷지 못해도 괜찮다. 달리지 못해도 괜찮다. 다 괜찮다. 내 힘으로 걸을 수만 있어도 삶의 의미는 찾을 수 있을 테니까. 마음만 먹으면 기분 좋게 웃으며 살 수도 있을 테니까. '달리기'가 '걷기'보다 편했던 그 시절은 좋은 추억으로 간직한 채.

1　프리드리히 니체, 『초역 니체의 말』, 77면

방치한 몸의 이상 신호, 족저근막염

•

걸을 때 발에 통증이 없는 것은 당연한 일에 불과했다. 그렇게 알고 살아왔다. 방심해서였을까. 머리에서 가장 먼 곳에 있는 발에서 신호를 보내왔다. 그래서 60대 후반이 되어서야 발의 중요성을 알게 되었다.

발에 이상 증상이 나타난 것은 2018년 초가을이었다. 특히 아침 기상 후에는 첫발을 디딜 수 없을 정도로 발뒤꿈치가 찌릿찌릿했다. 걸을 때도 심하게 아팠다. 인터넷으로 검색해 보니 족저근막염[1]인 것 같았다. 병명부터 생소했다. 이 병의 발생 원인은 체중 증가, 불편한 신발, 무리한 운동, 평평한 발바닥, 노화 등으로 잘 낫지 않고 재발도 잘 된다고 나와 있었다.

나는 과체중이 아니다. 평소에 운동화를 좋아했으며 밑창이 딱딱

---

[1] 족저근막염(足底筋膜炎)은 발바닥 근육을 감싼 섬유 조직인 족저근막에 염증이 생겨 통증이 유발되는 병이다. 족저근막은 발바닥 전체에 퍼져 있으나 주로 발뒤꿈치에 발생한다.

144

하고 얇은 플랫슈즈는 신지 않았다. 오래 서 있지도 않았다. 운동을 갑자기 많이 하지도 않았고 운동 마니아도 아니다. 또 평발도 오목 발도 아니다. 가슴과 어깨를 펴고 당당하게 걸으려고 신경도 썼다. 그런데 족저근막염이 왜 생겼을까. 결국 노화 때문이란 말인가. 아니면 걸음걸이에 문제라도?

여러모로 참기 괴로웠지만 정형외과에는 가지 않았다. 3년 전 원인 불명의 양약 부작용으로 죽도록 고생한 경험이 있었기 때문이다. 그러니 화학물질에 노출되는 일은 스스로 막아야 했다. 그 대신 한의원 치료는 좀 받았다. 그러나 효과는 미미했다. 한의사는 "참을성이 필요한 병이며 오래 갈 수도 있다"고 했다. 이제는 혼자 노력해 보는 수밖에 없다고 생각했다. 먼저 깔창을 사용해 보았다. 불편했다. 이번에는 충격 흡수가 잘 되는 기능성 운동화를 구입해서 신었다. 역시 그저 그랬다.

마지막 보루는 운동인 것 같았다. 인터넷을 통해서 자가 치료법을 찾았다. 정보는 차고 넘쳤으나 일단 따라 하기 쉽고 의학적으로도 검증되었다고 판단되는 방법을 선별하여 일상생활에 적용했다. 마사지볼을 이용한 발바닥 운동, 벽을 이용한 발바닥 스트레칭, 의자에 앉아서 발바닥으로 골프공 밟고 굴리며 지압하기, 발바닥부터 종아리까지 마사지, 발목과 발가락 마사지, 미온수에 족욕하기 등을 했다. 휴식도 충분히 취했다. 무리한 운동이 되지 않도록 신경도 썼다. 그러나 소용없었다.

그렇다면 오히려 운동량이 부족한 것일까? 의심이 생겼다. 그래서 나름 충격요법을 시도하기로 했다. 우선 1주일 운동량을 5회로 늘렸다. 또 바르게 걷기에 온 신경을 집중했다. 턱은 약간 당기고 척추는 곧게 폈다. 발뒤꿈치를 먼저 지면에 닿게 하고 발가락으로 바닥을 누르며 걸었다. 눈은 12미터 정도 앞을 보면서 한 걸음 한 걸음 온 정성을 들였다. 그러나 통증은 호전과 악화의 반복이었다. 더구나 아픈 증세는 좌우 위치를 바꾸어 가며 나타났고 발등으로도 올라왔다. 매일 최선을 다했다고 생각했으나 이런 상태는 1년이나 계속되었다.

그런데 고민이었다. 6개월 전에 예약했던 발칸(Balkan) 4개국 여행 날짜가 다가오고 있었다. 출발이 바로 코앞에 닥쳤다. 그래서 한두 달 전부터는 더욱더 쾌유를 열망하는 마음을 담아 발에 공을 들였다. 그러나 차도는 없었다. 어쩔 수 없이 약물 중독을 감수하고라도 병원에 가야만 할 것 같았다. 그렇지만 끝까지 노력의 결실을 바라며 병원행을 차일피일 미루었다. 여행 출발 바로 전날까지.

그러다 마침내 병원에 갔다. 다급한 마음에 아침 일찍 정형외과를 찾았다. 의사는 엑스레이를 보더니 "운동하세요? 준비운동을 잘해야 합니다. 스트레칭 아주 중요해요. 충분한 휴식과 영양 섭취도 필요합니다"라고 말했다. 평소에 다 했었다고 하니 "무리한 운동은 도움이 안 됩니다. 발은 될 수 있는 대로 쓰지 마세요"라며 약을 처방해 주고, 약식 깁스까지 해줬다.

주사위는 던져졌다. 어쩌겠는가? 나는 부작용은 없는지 통증 완화 효과는 어느 정도인지를 테스트하는 심정으로 알약을 삼켰다.

종일 깁스를 한 채로 조제약을 복용하니 통증은 반으로 줄었다. 다행히 이상은 없었다. 이 정도면 여행에는 지장이 없을 것 같았다. 여러모로 걱정되어 약은 하루만 먹고 중단했다. 양약 중독은 여행 중단 사태가 벌어지게 할 수도 있었기 때문이다. 그래서 나머지 약은 비상용으로 챙겼다. 저녁에는 깁스도 풀었다.

한없이 심란했다. 여행이나 제대로 할 수 있을지 모르겠다는 생각만 들었다. 당장 내일 여행을 떠나는데 이렇게 걱정만 한가득인 경우는 처음이었다. 그제야 지나온 세월을 돌이켜 보았다. 그동안 내 몸 상태에 관심을 갖고 꼼꼼하게 보살폈던가? 그러지 못했다. 피로가 몰려와도 쉬지 않고 너무 과도하게 몸을 사용했다. 특히 발은 거의 방치 수준이었다.

아무래도 여행을 다녀온 후에는 다른 획기적인 방법을 실행해야 할 것 같았다. 마침 새롭게 만난『맨발로 걸어라』라는 책에서는 맨발 걷기를 최고의 자연 치유 요법으로 소개하면서 "오늘날 많은 중년층, 노년층 사람들이 고통스러워하는 족저근막염, 무릎관절염, 고관절염, 요통, 척추관협착증의 근본 원인은 신발과 구두에 있다. 신발은 발바닥 아치의 스프링 효과를 원천적으로 차단한다. 그러나 맨발로 맨땅 위를 걷게 되면 통증 없는 건강한 근골격계가 구축된다"[2]라고 설명하고 있었다. 책은 읽기 전의 긴가민가한 의심을 완전

---

2   박동창,『맨발로 걸어라』, 국일미디어, 2021, 99~103면

히 해소시킴과 동시에 신뢰감을 주고 있었다.

아! 희망이 생겼다. 맨발 걷기는 아마 묘약과 다를 바 없을지도 모르겠다. 상상해 본다. 맨발로 땅 위를 걸어 다니는 자연인을. 앞으로 맨발로 흙길 걷기는 나의 새로운 도전이 될 것이다.

크로아티아의 기적

•

2019년 8월 10일, 우리 일행은 크로아티아(Croatia) 수도 자그레브(Zagreb)에 도착했다. 그리고 보스니아 헤르체고비나(Bosnia Herzegovina)의 북서부 도시인 바냐루카(Banjaluka)로 이동한 후 호텔에 투숙했다. 이날 발의 통증은 약을 먹지 않아서인지 어제보다 더 심했다. 약 기운이 다 떨어진 모양이었다. 하루 걸음수는 4,871보

사라예보 사건의 역사적 현장, 라틴 다리 ⓒ권수민

였다.

8월 11일은 보스니아 헤르체고비나의 수도 사라예보(Sarajevo)에서 관광을 했다. 흑백사진으로만 접하던 사라예보 사건[1]의 역사적 현장은 이미 많은 관광객들로 북적이고 있었다. 사건이 일어난 라틴 다리(Latin Bridge) 앞에는 조그만 박물관이 있었다. 평범했으나 당시의 절박했던 현장감이 조금 느껴졌다. 황태자 부부는 이 다리 위에서 살해되리라는 것을 상상이나 했을까? 안내원은 "방탄조끼까지 입은 것으로 보아 암살 위험은 생각했으나 무사고를 자신했던 것 같다"고 말했다. '사람의 앞일은 한 치 앞을 알 수 없다'더니 역사적인 사건에서도 예외는 없는 것 같다. 이 사건을 계기로 1개월 후에는 제1차 세계대전이 시작되었으니 말이다.

사라예보 다음으로 간 곳은 보스니아 최대의 격전지였던 모스타르(Mostar)였다. 차창 밖으로 보이는 마을의 분위기는 온통 흑회색이었고, 내전의 참상은 벽 곳곳에 박힌 총알의 흔적과 파괴된 건물로도 짐작할 수 있었다. 그러나 모스타르의 좁은 골목길에 늘어선 많은 기념품 가게, 카페, 레스토랑과 반들반들한 바닥의 돌길은 애잔한 감동을 불러일으키기에 충분했다. 전쟁의 아픔을 딛고 소생하려는 이름 없는 민초들의 의지가 읽혔기 때문이다. 이곳을 찾은 수많은 관광객과 함께 휩쓸리듯 '오래된 다리'라는 뜻의 스타리 모스

---

1   1914년 6월 28일, 오스트리아헝가리제국의 황태자 페르디난트 부부가 보스니아의 수도 사라예보에서 세르비아의 한 청년에게 암살된 사건이다.

트(Stari Most)와 구시가지 등을 관광한 후 메주고리예(Medjugorje)[2]로 이동했다. 이날의 걸음수는 1만 2,925보였다. 발바닥 통증은 어제보다 약간 더 심해졌다. 그러나 약은 먹지 않았다.

8월 12일에는 메주고리예에서 관광을 한 후 발칸반도 남동부의 작은 나라 몬테네그로(Montenegro)로 갔다. 관광정보지에 의하면 "코토르(Kotor)는 바이런[3]이 아름답다고 칭송한 항구 도시이고, 페라스트(Perast)는 발칸반도의 숨은 보석"으로 불린다고 나와 있었다. 그러나 두 곳은 기대에는 미치지 못했다. 그저 상업화된 관광지라는 느낌을 받았다. '육지와 바다의 가장 아름다운 만남'이라는 표현에 걸맞게 자연환경이 회복되었으면 하는 아쉬움이 남았다. 이날은 걸음수가 7,000보 남짓이었으나 약을 먹을까 망설여질 정도로 통증이 심했다. 그러나 하루만 더 참아보기로 했다.

8월 13일은 호텔에서 조식을 먹은 후 크로아티아 남부 도시 두브로브니크(Dubrovnik)로 이동했다. 이날의 일정은 주변이 성곽으로 둘러싸여 있다는 두브로브니크 구시가지 관광 및 성벽 투어였다. 구시가지는 중세 도시 유적지라는 사실이 믿어지지 않을 정도로 복원과 보존이 잘 되어 있었다. 구시가지는 전체가 석재로 이루어져

---

2 보스니아 헤르체고비나 서남부 치틀루크(Čitluk)에 속한 가톨릭교회 소교구 명칭이자 마을 이름이다. 1981년 성모마리아가 나타났다는 수상이 제기되면서 가톨릭 신도들의 순례지이자 관광지로 널리 알려졌다.

3 조지 고든 바이런(George Gordon Byron, 1788-1824)은 영국의 대표적인 낭만파 시인이다.

있었다. 궁전과 대성당 등 건축물뿐만 아니라 바닥까지도 전부 돌이었다. 거리는 크고 작은 사각형 모양의 돌로 정교하게 깔려 있었는데 그 위를 걷는 자체만으로도 기분이 한껏 상쾌해졌다. 계단식으로 된 좁은 골목길에 깔려 있는 돌도, 심지어 시장 바닥의 돌까지도 모두 고색창연한 기품이 흘러넘쳤다. 게다가 수많은 관광객의 발길에 반들반들 윤까지 나고 있었다. 구시가지 전체가 유네스코 세계문화유산으로 지정된 이유는 충분했다.

성벽 투어는 기대 이상이었다. 관광의 하이라이트라고 말하고 싶을 정도였다. 성벽의 높이는 25미터인데 올라가서 아래의 구시가지 거리를 보니 길 위를 걸어 다니는 사람들은 검고 큰 개미들처럼 보였다. 흡사 세월을 뛰어넘은 것 같기도 했다. 옛 시가지를 보며 인생무상이 느껴지는 것은 어쩌면 자연스러운 인지상정일지도 모르겠다는 생각이 들었다. 이번에는 시야를 상하좌우로 넓혀 멀리 바라보았다. 작열하는 태양 아래 흔들리는 푸른색의 아드리아해(Adriatic Sea)와 파란 하늘, 그리고 붉은 지붕들과 종탑이 눈에 들어왔다. 이 절경은 중세기에도 변함없이 존재했으리라. 이러한 대자연의 항구성은 인간이란 존재의 유한함과 왜소함을 더 절감하게끔 만들었다.

나는 계속 걸었다. 이미 발바닥의 존재는 내 의식 속에 없었다. 아니, 이미 통증이 사라졌기 때문이었나? 하여튼 무아지경으로 진경에 취해 멈추었다가 한동안 바라보고, 또 줄곧 걷고, 보면서 또 계속 걸었다. 무한정 이 길을 걷고 싶었다. 그렇다! 성벽의 길이가 1,925미터밖에 안 되어 아쉬웠다.

두브로브니크 성벽과 아드리아해의 정경 ©김나연

　지중해의 강렬한 태양은 뜨거웠다. 그러나 햇볕이 내리쬐는 곳을 걷다가도 그늘을 찾아 몸을 숨기고 잠깐 바닷바람을 쐬면 이내 시원해졌다. 관광객들은 꽉 찰 정도로 많았으나 성벽 투어는 즐겁기만 했다. 계단을 오르내리거나 좁은 통로를 지날 때는 사람들과 초근접 상태가 되어 어깨가 서로 닿기도 했다. 그러나 거부감은 생기지 않았다. 감염병 걱정이 없었을 때니까. 아, 그 당시가 진정으로 행복했던 때가 아니었을까? 마스크를 쓰지 않고 자유롭게 여행하던 모든 순간이 그립다.

　그날의 걸음수는 1만 6,192보였다. 가장 많이 걸었다. 조제약도 먹지 않았다. 그런데 무언가 몸이 가벼워진 느낌이었다. 다리는 묵직하고 뻐근했으나 분명 족저근막염으로 인한 통증은 아니었다. 발도 마찬가지였다. 발바닥의 통증이 다 사라졌다는 것은 숙소에 와서야 분명히 느꼈다. 안 아프니 오히려 이상했다. 그러나 내일 아침에는 다시 찌릿찌릿할지도 모른다고 생각하며 기대치를 한껏 낮추었다. 그래도 믿어지지 않았다.

크로아티아에서 기적이 일어난 걸까?

자연의 치유력,
플리트비체 호수 국립공원

•

아침 일찍 일어났다. 역시 통증은 없었다. 꿈이 아니었다. 그러나 너무 좋아하지 않기로 했다. 다시 아프면 실망이 너무 클 테니까. 그래도 야호! 쾌청한 날씨에 날짜까지 좋았다.

광복절 전날인 8월 14일, 제일 먼저 간 곳은 크로아티아의 스플리트(Split)였다. 로마의 황제 디오클레티아누스(Diocletianus, 245?-316)가 노년에 쉬기 위해 이곳에 건설한 디오클레시안 궁전(Diocletian's Palace)은 들어가는 입구부터 복잡했다. "4세기에는 5,000여 명의 사람들이 성곽 안에서 살았다"고 했다. 그런데 지금 이 궁전 안에는 몇 사람이나 있는 것일까? 컴컴한 지하통로, 상점들, 미로 같은 좁은 골목길, 황제 알현실, 종탑, 광장, 동상, 다양한 편의시설 등의 주변과 안에 어디랄 것 없이 인파가 넘치고 있어든 의문이었다. 로마시대 건축물 안에서 21세기를 살아가는 서민들과 관광을 위해 중세의 궁전을 찾아온 세계 각국의 사람들을 보면서 여기야말로 현대와 중세가 묘하게 공존하는 매력적인 장소라는 생각이 들었다.

스플리트에서 여유를 만끽했던 곳은 궁전 남문 앞에 있는 리바 거리(Riva Street)였다. 이 거리의 한쪽은 바다였다. 짙푸른 빛의 아드리아해! 그 물결 위에 햇살이 번지면서 하얗게 빛나고 있었다. 다른 쪽은 흰색 벤치와 야자수가 펼쳐져 있었고 바닥에는 하얀 대리석이 깔려 있었다. 멋진 산책로였다. 나는 느릿느릿 걷기도 하고, 앉아서 쉬기도 했으며, 'SPLIT'라는 조형물 앞에서 사진도 찍었다. 또 인근에 있는 과일 시장에 가서 생전 처음 보는 납작 복숭아를 사기도 했다. 먼 타국에서 이어지는 일상이 너무 자연스러워서 국내의 이웃 도시에 와 있는 느낌이었다. 이것으로 보아 세계는 하나의 생활권이 된 게 분명했다.

오후에는 트로기르(Trogir)와 프리모슈텐(Primošten)을 들러 관광을 한 후, 서부 아드리아해에 접한 항구 도시 자다르(Zadar)로 향했다. 이날의 걸음수는 1만 3,274보였고, 종일 통증은 없었다. 나는 행운이 달아나지 않도록 조심조심 정신을 다시금 가다듬었다.

이날이 8월 15일 광복절이라서 더 감격스러웠다. 비로소 완치된 것 같다는 확신도 섰다. 가벼운 발걸음으로 자다르 해변에 도착하니 짙은 청록의 바다에서는 파도가 인간이 만든 구조물인 '바다 오르간(Morske Orgulje)'[1]과 협연(協演)을 하고 있었다. 인공과 자연

---

1   세계에서 유일하게 파도가 연주하는 악기. 크로아티아 건축가 니콜라 바시치(Nikola Bašić)가 75미터의 산책로에 바다 쪽으로 구멍을 만들어 계단식으로 설계했다. 구멍의 크기에 따라 음의 높낮이가 다르다(출처: 이지

이 조화롭게 존재하고, 순백의 태양 빛을 느낄 수 있는 아름다운 곳이었다. 우리 일행은 일정상 자다르의 일몰 풍경은 못 보고, 다양한 시대에 세워진 건축물이 있는 구시가지만 관광하고 플리트비체(Plitvice)로 이동했다.

크로아티아의 플리트비체 호수 국립공원은 "유럽에서 가장 아름다운 자연적 가치를 지닌 곳, 요정이 사는 호수"로 불리는 곳이니 아름나울 거라고 생각은 했었다. 그런데 환상적인 분위기까지 자아내는 절경일 줄은 몰랐다. 발걸음을 멈추고 한없이 바라보고 싶은 충동이 일어나는 곳이 한두 군데가 아니었다. 솔직히 말하면 공원 전체가 내 시선을 떼지 못하게 만들었다. 그러나 마냥 감상할 수는 없었다. 세계 각지에서 모여든 관광객들과 함께 떠밀리듯이 계속 전진해야만 했으니까.

플리트비체는 감동과 함께 묵직한 과제도 안겨 주었다. 이제는 전 인류가 해결해야 할 난제가 되어 버린 "우리 인간은 자연을 보존하기 위해서 어떻게 해야 할까?"라는 질문에 대해 이곳은 정답을 주고 있었다. 크로아티아는 '돈'만을 추구하는 천박한 나라가 아니었다. 1일 입장 인원을 엄격하게 정해 놓고 지키고 있었다. 즉 자연이 파괴되지 않도록 애쓰고 있었던 것이다.

이 공원은 두 개의 산을 끼고 있고 호수가 16개, 폭포가 92개나

앤북스 크로아티아 자다르 여행정보).

플리트비체 호수 ©권수민

되는 광대한 지역이었다. 그렇지만 물을 만지는 것조차 전면 금지하고 있었다.

　호수의 물은 바닥까지 환히 보였고, 신비스러운 비취색을 띠고 있었다. 투명하고 맑은 물의 주인은 그 속에서 헤엄치고 있는 물고기 떼와 오리와 각종 생물이었다. 또한 모든 길과 표지판은 나무와 흙으로만 만들어져 있었다. 그야말로 자연환경이 오롯이 보존된 관광지였다. 호수 유람선은 전기 보트여서 수질오염 염려도 없었다. 신기하게도 매점은 단 한 군데도 없었다. 물론 쓰레기도 없었다. 그렇다. 이곳은 청정 별세계 같았다.

플리트비체는 영화 「아바타(Avatar)」의 모티브가 되었던 곳이라고 한다. 그렇지만 나는 이곳에 오기 전에는 플리트비체와 영화를 연관 지을 수 없었다. 물론 영화를 보면서 무언가 놀랍고 새로운 감동을 받기는 했다. 그러나 나비족이 살고 있는 행성은 너무 낯선 세계의 풍경이어서 생경하기만 했다. 게다가 현실세계에는 존재할 것 같지 않은 독특한 분위기를 보여 주고 있었다.

그래서 SF영화의 허구성은 당연히 그러려니 했고 과학의 발달에만 초점을 맞추어 영화를 감상했다. 이를테면 첨단 과학 기술의 도움을 받아 CG나 이모션 캡처를 이용했기 때문이라고 속단했다. 그러나 미래를 향한 공상의 세계만은 아니었다. 영화 속에서 비춰지는 자연의 모습과 모든 가치가 플리트비체에 존재하고 있었다.

영화를 만든 감독 제임스 카메론(James Cameron)은 플리트비체의 모든 코스를 여유 있게 답사하며 조망했을 것이다. 높은 전망대에서 아름다운 숲을 바라보며, 영화의 전체 스토리 구상을 했을지도 모르겠다. 호수 속의 물고기와 오리에게서 자유와 권리라는 가치를 떠올린 것은 아니었을까? 공원 안에 있는 호숫물에 누구도 손을 담글 수 없는 것을 보고 평등과 평화를 생각한 것은 아니었을까? 내가 허구라고 제외했던 부분은 카메론의 원대한 꿈이었을지도 모르겠다. 자연은 훼손하지 않고 보호하면 언젠가는 사람에게 반드시 보답하는 것 같다. 그래서 플리트비체는 세계적 거장에게 기발한 아이디어를 선물로 주었는지도 모르겠다.

어느덧 해가 많이 기울었다. 우리는 라스토케(Rastoke)라는 작지만 아름다운 숲속의 마을을 둘러보았다. 가는 곳마다 천연의 매력이 내 마음을 사로잡았다. 그러나 시간이 촉박하여 그곳도 떠날 수밖에 없었다. 우리는 서둘러 크로아티아의 해양도시 오파티아(Opatija)로 이동했다.

이날의 걸음수는 1만 7,255보로 지금까지의 여정 중 최고치였다. 그러나 발바닥 통증은 전혀 없었다. 오염되지 않은 깨끗한 자연이 내 발을 치유하는 데 힘을 준 것일까? 아마도 그런 것 같다. 아픈 증세가 사라지니 걱정도 사라졌다.

또다시 가고 싶은 나라, 슬로베니아

•

8월 16일 새벽에도 역시 가뿐했다. 1년 이상 고생했다는 사실이 오히려 거짓 같았다. 더구나 먼 타국에서 상쾌한 아침을 며칠째 맞이하다 보니 엉뚱한 의미 부여까지 하고 싶은 심정이 되었다. 혹시 동굴 관광을 제대로 하라고 숲의 요정이 '완치(完治)'라는 선물을 나에게 주고 간 것일까?

슬로베니아(Slovenija)의 포스토이나(Postojna)[1] 종유굴[2] 내부 관광은 퍽이나 흥미로웠다. 우리는 먼저 전기기관차를 타고 2킬로미터 정도를 지하로 들어간 후 내려서 약 1킬로미터 구간은 걸어 다니며 관람했다. 구간마다 번호가 있었는데, 오디오 가이드의 버튼을 누르면 설명이 자세히 나왔다. 동굴 안은 마치 조형박물관 같았다.

---

[1] 슬로베니아에 있는 마을로 유럽에서 가장 큰 석회 동굴이 있으며, 실이는 2만 570미터이다.

[2] 지하수가 석회암 지대를 용해하여 생긴 동굴. 크로아티아 카르스트(Karst) 지방 지형의 하나이다.

슬로베니아의 포스토이나 종유굴 ⓒ권수민

걸어 다니면서 절묘한 장관을 이루고 있는 수많은 종유석 · 석순 · 석주를 보며 설명을 들었다. 나는 2시간 정도 학창 시절의 나로 돌아가 지구과학을 열심히 공부하는 학생이 되어 있었다.

슬로베니아, 포스토이나 종유굴에서 인기 있는 석순은 아이스크림 모양의 브릴리언트였다. 그러나 내 눈길을 끈 것은 인간 군상을 생각나게 하는 이름 없는 석순들이었다. "석순은 100년에 1센티미터씩 자라며 동굴의 생성 기간은 200만 년"이라는 해설이 나왔다. 원시인이 출현한 그때쯤이란 말인가? 나는 그 세월의 무게를 짐작도 하기 어려웠다. 다만 "인생은 짧고, 의술(예술)은 길다"라고 한

히포크라테스의 말이 생각났을 뿐이다.

동굴은 그 자체로 영원불멸의 예술작품이었고 살아 있는 생명체였다. 그 속에서는 실제로 '올름(olm)'이라는 동굴 도롱뇽도 살고 있었다. 암석은 지금 이 순간에도 우리 인간이 몰라볼 만큼씩 자라고 있을 것이다. 대자연은 미미한 존재에 불과한 인간을 숙연하게 만드는 에너지를 가지고 있다.

오후에는 슬루베니아 호수 마을 블레드(Bled)로 갔다. 블레드 호수와 블레드 성을 처음 본 순간의 느낌은 황홀감이었다. 이곳은 동화 속의 아름다운 나라였다. 생기 가득한 호수에는 진짜로 하얀 백조가 고고하게 떠 있어 '백조 왕자'가 자연스럽게 연상되었다. 그리고 저 절벽 위에 세워진 빨간 지붕의 성안에서는 엘리제 공주가 왕자들의 옷을 짜고 있을 것만 같았다. 우선 사진을 몇 장 찍으며 설렘을 가라앉혔다.

이 호수는 율리안 알프스(Julijske Alpe)의 만년설과 빙하가 녹아서 만들어졌다고 했다. 맑고 푸르른 호수 주변을 무한정 걷고 싶었다. 6킬로미터의 산책로를 걸으며 직접 동화 속의 나를 현실에서 경험하고 싶었다. 처음에는 호숫가의 희고 깨끗한 흙길을 천천히 걷기 시작했다. 30분 정도 걸으니 호수와 숲 사이에 데크 길이 나왔다. 그다음에는 숲 사이의 다갈색 흙길이었는데 수많은 사람이 걷고 있었다. 여행객과 가족 단위의 현지인이 섞여 있었다 왼쪽으로 고개를 돌리니 마치 살아서 숨 쉬는 듯한 호수가 보였다. 둘레길을 걸어 처음 시작했던 지점에 오니 그제야 블레드 호수가 나에게 친근하게

다가오는 것 같았다. 넘실거리는 호수의 물을 통해 알프스산맥의 정기를 받은 것일까. 2시간 45분이라는 시간이 값지게 느껴졌다. 발의 통증이 없으니 날아서 온 것 같은 느낌도 받았다. 건강한 웃음이 절로 터져 나왔다.

이제는 절벽 위의 블레드 성과 친해질 차례다. 드디어 120미터 정도의 높은 꼭대기에 있는 성에 도착했다. 쌩쌩 부는 바람을 온몸으로 맞으며 앞에 펼쳐진 풍경을 바라보았다. 비로소 왜 이곳을 '발칸반도의 숨은 보석'이라고 했는지 알 것 같았다. 그렇다. 사람도 진정 아름다운 이는 자신의 모습을 드러내려고 애쓰지 않는다. 그래도 그는 고고하게 보인다. 블레드 호수가 곧 그랬다.

저 하늘의 구름 아래로 율리안 알프스산맥의 부드러운 능선이 보였다. 멀고 가깝게 이어진 선은 호수 둘레에 아름다운 자연 병풍을 만들고 있었다. 그 밑으로는 짙은 녹색의 임야가 펼쳐져 있고 호수와의 경계에는 마을 건물들이 나무 사이로 마치 보석처럼 깔끔하게 박혀 있었다. 가장 눈앞에 보이는 넓고 탄탄한 호수는 옥색 빛이 도는 청록이었다. 호수 한가운데에는 신비한 블레드 섬이 화룡점정 격으로 운치 있게 자리 잡고 있었고, 그 중앙에는 종탑이 있어 더욱 이상적으로 보였다.

다정하고 아늑한 분위기를 자아내는 세련된 풍경이었다. 멈추었으면 하는 나의 바람과는 달리 시간은 말없이 지나갔다. 어느새 하늘·산·마을·섬·호수는 명도와 채도가 조금씩 다른 파랑으로 변해 있었다. 환상적인 하모니를 이루고 있는 이곳에서는 고상한 매력이 발산되고 있었다. 또다시 오고 싶다는 생각이 마음속에서 일렁이기 시작했다. 호수 마을 블레드는 전혀 인위적이지 않았다. 그저 자연이 베풀어 주는 은혜를 조용히 보답하고 있었다.

슬로베니아의 수도 류블랴나(Ljubljana)에서는 좁고 긴 강줄기를 따라 한가롭게 걸으며 구시가지를 구경했다. 광장, 트리플 다리, 용의 다리, 성 니콜라스 대성당 등이 있는 아담한 도시였다. '류블랴나'는 슬라브어로 '사랑스럽다'는 뜻이고, 'Slovenija'라는 국명 속에도 'love'가 들어 있다. 그래서인지 이 도시는 '사랑'이 부각되게끔 애쓰고 있었다.

그 사랑의 첫 번째 주인공은 슬로베니아의 시인 프란체 프레셰렌[3]이다. 광장 중앙에 있는 시인의 청동상이 바라보는 방향은 바로 연인 '율리아 프리미치(Julija Primic, 1816-1864)'가 있는 곳이었다. "프레셰렌은 율리아를 보고 첫눈에 반했지만 신분의 차이로 죽을 때까지 속으로만 사랑했다고 해요. 하지만 로맨스 시는 많이 남겼대요"라는 가이드의 말! 역시 정신적 사랑은 고결하다. 두 번째 사랑의 현장은 '푸줏간의 다리(Mesarski Most)'였다. 2010년에 개통되었고 별칭이 '사랑의 다리'라고 했다. 다리 난간에는 무수히 많은 자물통이 매달려 있었다. 영원한 사랑을 바라는 연인들이 자물쇠를 매달고 열쇠는 강물에 던진단다. 너무나 뻔한 스토리에 슬며시 웃

---

3   프란체 프레셰렌(France Prešeren, 1800-1849)은 슬로베니아의 시인이자 독립운동가이며 국민의 아버지로 추앙받는 인물이다.

슬로베니아의 국민시인 프란체 프레셰렌과 그의 뮤즈 율리아 프리미치
©wikipedia

음이 나왔다.

　만약 슬로베니아와 류블랴나라는 이름에 걸맞게 사랑 박물관이라도 세웠다면 어땠을까. 더 존재감 있는 사랑 도시로 거듭나지 않았을까. 이를테면 인간의 도리를 알고 행동으로 사랑을 실천한 숨은 인물을 발굴하여 여행객들에게 소개한다면 감동에 재미까지 선사할 수 있지 않을까? 하여튼 슬로베니아라는 나라는 무척 인상적이었다. 하루 일정으로 관광을 끝내기에는 아쉬움이 남았다. 그러나 내일은 다시 크로아티아로 이동해야 했다. 걸음수는 1만 9,295보로 여행 중 최고치였다. 이렇게 기록은 계속 경신되고 있었으나 통증

은 없었다. 나는 지중해 체질이었던 것일까.

8월 17일에는 크로아티아의 수도 자그레브 구시가지를 천천히 걸어 다니며 관광했다. 자그레브 대성당을 들른 후 반옐라치치 광장을 거쳐 성 마르코 성당까지 갔다. 성당 크기는 작았지만 분위기는 아주 색달랐다. 자연스럽게 투박한 돌바닥과 정교한 지붕이 한눈에 들어왔다. 지붕 위에는 크로아티아와 자그레브의 문장(紋章)이 원색의 타일로 수를 놓은 것 같이 장식되어 있었다. 바탕은 빨강·파랑·흰색 타일로 디자인한 섬세한 체크무늬였다. 그리고 가장자리에는 황색으로 꼼꼼하게 무늬를 꾸몄다. 화려하면서도 깔끔했는데 묘하게도 순박하다는 느낌까지 받았다.

넥타이 전문 상점도 이색적이었다. 흰색과 빨강의 정사각형 모자이크 무늬의 넥타이를 출입구에 걸어 놓았는데 사람 키보다도 훨씬 컸다. 현지 가이드는 "원래 넥타이는 두꺼운 천으로 만들어 전쟁에 나가는 남편의 목에 매어 주는 용도였어요. 살아서 돌아오기를 기원하는 마음을 담아서 전했지요. 이 풍습은 맨 처음 자그레브에서 시작되었어요"라고 했다. 그러니 이곳은 넥타이라는 액세서리의 발원지인 셈이었다.

자그레브는 이외에도 스톤 게이트, 성 캐서린 성당, 부티크 갤러리, 실연(失戀)박물관 등 흥미로운 볼거리가 가득했다. '실연당한 사람의 이야기와 물건을 기증받아서 전시'하는 박물관이라니 그 발상이 참으로 기발하다는 생각이 들었다. 한 개인의 어긋나 버린 인연이 이 장소에서 정리되고 그로 인해 생긴 아픔도 치유될 수 있을 것 같았다. 물론 관람객에게는 반면교사도 될 수 있을 테고. 쇼윈도를 통해 내부를 슬쩍 구경하고 몇 발짝을 옮기니 아이러니하게도 이 건물의 왼쪽 지근거리에는 교회가 있었다. 가이드가 "저 교회에서 결혼식을 끝내고 곧장 박물관으로 달려온 커플도 있었다고 해요"라고 말하여 모두 실소를 금치 못했지만, 이 동유럽의 문화 거리는 다양한 인간사를 모두 포용할 것 같은 분위기여서 마음에 들었다.

활기 넘치는 자그레브의 돌라츠 시장을 마지막으로 우리는 모든 관광 일정을 끝냈다. 이날의 걸음수는 1만 3,589보였고 통증은 전혀 없었다. 출발 전의 걱정과는 달리 빡빡한 여행 일정도 무사히 소화하여 더없이 홀가분했다. 이제 족저근막염의 완치 요인을 찾고 재발 방지를 위한 방안을 강구해 볼 일만 남았다.

게으름을 주시하는 주문,
1만 보 이상 걷기

•

　8월 18일 낮 11시 10분, 인천공항에 도착했다. 기분부터 자못 달랐다. 떠날 때는 무거운 발걸음에 걱정이 태산 같았다. 그런데 며칠 만에 발걸음은 가벼워졌고 근심도 사라졌다. 이 시점에서 떠오른 인물은 율리우스 카이사르.[1] 그가 전투에서 승리하였듯 나는 고질병과의 싸움에서 승자가 되었다. 감격스러움에 맘껏 만방에 외치고 싶었다.

　'무사히 여행에서 돌아왔노라, 걸어 다니며 잘 보았노라, 마침내 족저근막염을 이겼노라!'

　8월 18일과 19일은 무조건 휴식을 취했다. 그리고 20일에는 체육관에서 가볍게 전신운동을 했다. 시간과 장소에 관계없이 통증

1　율리우스 카이사르(Galus Julius Caesar, B.C.100-B.C.44)는 고대 로마의 군인, 정치인. 젤라 전투에서 승리하고 원로원에 '왔노라, 보았노라, 이겼노라'라는 편지를 보냈다. 로마로 들어갈 때 무장 해제하지 않고 루비콘강을 건넜다.

은 전혀 느껴지지 않았다. 이런 일이 일어날 것이라고 상상도 못 했기 때문에 의아심은 점점 커져만 갔다. 과연 족저근막염의 완치 요인은 무엇일까? 재발을 방지하기 위해서라도 병증이 사라진 원인을 규명해야 하지 않을까?

그래서 장소, 날짜, 1일 걸음수, 발바닥 통증 정도, 양약 복용 여부를 일목요연하게 표로 나타내고자 한다. 그런 다음 여행 전후를 비교하며 개괄적인 내용을 분석해 볼 것이다.

〈걸음수와 발바닥 통증의 관계〉

날짜 (2019년)	장소	양약복용	걸음수	통증정도
8.5	실내 체육시설	X	7,119	10
8.6	산책로	X	7,632	10
8.7	실내 체육시설	X	6,995	10
8.8	실내 체육시설	X	7,680	10
8.9	병원, 집	O(약식 깁스)	508	5
8.10	인천, 자그레브, 바냐루카	X	4,871	7
8.11	사라예보	X	12,925	8
8.12	메주고리예, 코토르, 페라스트	X	7,050	9
8.13	트레비네, 두브로브니크	X	16,192	0
8.14	스플리트, 트로기르, 프리모스텐	X	13,274	0
8.15	자다르, 플리트비체, 라스토케	X	17,255	0
8.16	포스토이나, 블레드, 류블랴나	X	19,295	0
8.17	자그레브	X	13,589	0
8.18	인천국제공항	X	1,235	0
8.19	집	X	290	0
8.20	실내 체육시설	X	8,560	0

〈동유럽 여행 전의 생활〉

* 주 3~5회, 한 시간씩 근력과 유산소 운동

* 운동한 날의 1일 걸음수는 약 7,000보

* 트레드밀, 아스팔트, 보도블록에서 주로 걸음

* 4계절이 뚜렷한 온대성 기후

* 5대 영양소를 골고루 섭취하지 못함

* 발의 통증으로 많은 스트레스 받음

* 여행 전날 하루만 양약 복용

〈동유럽 여행 중의 생활〉

* 매일 걸음. 통증이 사라진 8월 13일은 1만 6,192보

* 8월 13~17일, 5일간의 1일 평균 걸음수는 1만 5,921보

* 흙, 나무, 자연석으로 조성된 자연 친화적인 길에서 걸음

* 기온이 높고 건조한 지중해성 기후

* 매 끼니 지중해식 식단으로 구성된 건강식

* 스트레스 없는 즐거운 여행

* 조제약은 복용하지 않음

　이상에서 살펴본 내용을 간략하게 정리하면 다음과 같다. 운동 횟수, 운동 시간, 길의 종류, 기후, 음식물 섭취, 정신적인 요인, 하루의 걸음수 등은 족저근막염 완치에 결정적인 영향을 준 것으로 판단된다. 그러나 이러한 분석은 한 개인의 체험이기 때문에 다른

연구 자료도 참고해 보고자 한다.

미국 매사추세츠대 연구진은 "하루 7,000보 이상만 걸으면 조기 사망이 50~70% 줄어든다. 1만 보까지는 사망 위험이 점점 감소하지만, 그 이상이 되면 점점 증가한다. 빨리 걷는 것은 과학적 근거가 없다. 건강 장수의 핵심은 하루 30분 이상 계속 움직이고 7,000보 이상 걷는 것이다"[2]라고 발표했다.

그런데 의구심이 생겼다. 1만 보 이상을 걸으면 사망 위험이 정말로 증가할까? 그러면 발병 위험도 높아진다는 말 아닌가. 그러나 내 경험에 의하면 오히려 질병이 깨끗하게 완치되었다. 뭐라고 속단할 수 없을 정도로 인체는 신비한 것 같다. 그래서 나는 '하루 30분, 7,000보 이상 지속적으로 움직이는 것'에만 주목하기로 했다. 즉 운동은 하루도 빠짐없이 해야 한다.

사실상 여행 전에 나는 우리나라의 일부 의사들이 권고하는 방법을 따랐었다. 1주일에 3~5회, 한 시간씩 운동하는 것. 그러나 나에게는 맞지 않았다. 오히려 병이 생겼다. 반면에 날마다 걸으니 완치되었다. 따라서 활동량이 적어진 노인들의 경우는 걷기 운동을 매일 하는 것이 좋을 것 같다. 물론 개인차는 있을 것이다. 이제 이러한 점을 고려하여 학자들의 연구와 내 경험을 바탕으로 족저근막염 탈출법을 다음과 같이 제시하고자 한다.

---

2   「하루 7000보 걷는 중장년층, 조기 사망위험 '뚝'」, 『한국경제』, 2021년 9월 22일 기사

〈족저근막염 완치를 위한 도전〉

* 1일 1만 5,000보 이상씩 5일간 연속해서 걷기

* 흙길이나 돌길 등 자연 친화적인 길에서 걷기

* 고온 건조하고 비가 안 오는 여름에 해풍을 받으며 걷기

* 하루 세 번 균형 잡힌 식사하기

* 공기가 깨끗한 장소에서 걷기

* 스트레스를 받지 말고 즐겁게 생활하기

그러니까 나는 '족저근막염 탈출 5일 프로젝트'에 성공했다고 볼 수 있겠다. 그렇다면 이제 앞으로 할 일은 무엇일까? 무엇보다 중요한 일은 족저근막염의 재발 방지를 위해 노력해야 할 것이다. 그래서 나의 연령, 체력, 경험 등을 감안하여 족저근막염 재발을 막기 위한 방법을 정했다.

〈족저근막염 재발 방지 방법〉

* 매일 1만~1만 2,000보 걷기

* 스트레칭과 근력 운동 날마다 하기

* 가능하면 매일 흙길에서 걷기

* 숲이나 산 또는 공원에서 햇볕과 바람을 맞으며 걷기

* 미세먼지가 최악인 날은 실내에서 1만 보 걷기

* 편식을 피하고 규칙적으로 식사하기

* 자신을 소중히 여기고 밝게 생활하기

결과부터 밝히자면 지금까지의 실천은 성공적이다. 완치 후 3년을 훌쩍 넘겼지만 족저근막염은 재발하지 않았다. 물론 방심한다면 재발할 가능성도 농후하다고 생각한다. 실제로 그런 조짐이 이따금 감지되고 있기도 하니까. 따라서 발이 정상적인 상태를 유지할 수 있도록 스스로의 인내력 발휘는 계속되어야 할 것이다. 스스로 관찰자가 되어 자신의 게으름을 면밀히 주시하며 독려해야 실패가 없을 것이다. 결국 승패는 자신의 의지에 달려 있으리라.

오늘따라 두브로브니크 성벽 투어가 무한정 그립다. 어디론가 훌쩍 떠나고도 싶다. 그러나 현실은 사회적 거리두기가 그 무엇보다도 중요한 때다. 그렇다면 지금 나에게 가장 필요한 일은 무엇일까? 작은 목표를 달성하고 성취감을 맛보는 일이 아닐까. 그래, 제2의 심장이라는 소중한 내 발에게 사정이나 해야겠다.

"오늘도 '1만 보 이상 걷기' 부탁합니다!"

장 자크 루소와 산책

•

철학자 칸트[1]는 『에밀』[2]의 어떤 부분을 읽다가 산책 시각을 깜빡했던 걸까? 시간을 지키지 못한 사실은 얼마나 지난 후에야 알게 되었을까? 시간별로 미리 계획을 세워서 규칙적으로 생활했던 철학자로 유명하니까 든 생각이다. 그러고 보니 『에밀』은 다시 읽어 보고 싶은 책 중의 한 권이었다.

어느 여름날 그렇게 벼르던 루소의 『에밀』을 드디어 책장에서 뽑았다.[3] 책의 두 면은 변색되어 이미 짙은 갈색이 되어 있었다. 그리고 나머지 한 면은 베이지색. 책은 이렇게 본래의 제 모습을 찾아가

---

1   칸트(Immanuel Kant, 1724−1804)는 독일의 철학자이다. 비판철학의 창
     시자로서 합리론과 경험론을 비판하며 종합하였다.

2   『에밀(Émile ou de l'éducation)』은 소설 형식을 취한 장 자크 루소의 교육론
     이다. 갓난아기부터 청년기까지 5부로 되어 있으며 1762년에 출판되었
     다. 칸트는 평생 같은 시간에 산책을 하였는데 오직 『에밀』을 읽을 때 산
     책 시간을 지키지 못했다고 한다.

3   장 자크 루소, 『에밀』, 정범구 옮김, 범우사, 1984

고 있었다. 흡사 나무 펄프로 만들어진 종이 뭉치가 다시 나무로 돌아가고 있는 것처럼. 루소가 말한 자연성이 바로 이 책에서 실현되고 있는 것일까? 이런 현상을 나무에게 주어진 자연적인 습성이라고 말해도 되는 것일까?

우선 뒷장에서 구입연도를 확인했다. 거의 40년이 되어 가고 있었다. 책 전체를 좌르륵 넘겨보니 연필로 그은 줄과 괄호가 가끔 눈에 들어왔다. 어떤 밑줄은 자를 대어 곧은 직선이었다. 앞표지를 손에 잡히는 대로 무심히 넘기니 역자의 '이 책을 읽는 분에게'라는 표제가 나왔다. 그리고 그 옆에는 '상을 드리겠습니다'라는 낙서가 있었다. 이건 분명 큰딸의 글씨였다. 반가웠다. 인쇄된 글자 옆에 앙증스러운 여덟 개의 글씨는 과감하게도 볼펜으로 쓰여 있었는데, 게다가 문장을 완성했다. 나이를 따져 보니 큰딸이 다섯 살 때였다. 하기야 큰애는 네 살 때부터 학습지를 하고 싶다며 날마다 졸랐으니까. 아이는 소원성취를 한 후에는 매일 무언가 쓴다고 시도 때도 없이 종이를 들고 펄럭이며 집 안팎을 통통거리며 다녔다. 그러더니 곧 한글을 깨쳤다. 그런데 누구에게 상을 준다는 말이었을까?

이튿날은 건조된 책을 수선했다. 한 장씩 넘기다 보니 앞표지 뒤에는 속장이 다섯 장이나 붙어 있었다. '에밀'이라는 속표지의 제목은 두 장을 넘기니 나왔다. 이런, 낙서가 또 있었다. 제목을 둘러싼 크거나 작거나 동글동글한 글자는 바로 '엄마의 이름과 학교명'이었다. 드디어 의문이 풀렸다. 그렇다. 책을 읽는 엄마에게 상을 주고 싶었던 거다.

아마도 다섯 살 아이의 눈에 이 책은 예사롭지 않게 보였을 것이다. 표지는 반질반질 매끈했고 남청색 바탕이었으며 한글·영어·한자와 이색적인 서양인 남성 ―장 자크 루소― 의 사진으로 꾸며져 있었으니까. 더구나 두툼했다. 그러니 이런 특별해 보이는 책의 주인인 엄마가 대단해 보였을지도 모르겠다. 이런 추리를 하다 보니 흐뭇해졌다. 그러나 곧 미안함이 밀려왔다. 아무리 바쁜 엄마였지만 이 귀여운 글씨를 이제야 보게 되다니. 아니, 그때 발견했다면 책에 웬 낙서냐며 꾸중했을까?

이렇게 과거를 회상하며 정신적인 산책을 하면 가끔은 큰 기쁨과 깨달음을 얻는다. 그래서 정신적 산책도 꼭 필요하다고 생각한다. 그러나 가장 중요한 때는 바로 지금이 아닐까? 오늘, 이 순간은 다시 돌아오지 않는다. 그리고 모든 일은 삶의 매 순간에 의해 좌우된다. 따라서 삶의 과정에서 산책은 필수 불가결한 조건이라고 해도 좋을 것 같다.

산책은 사전적 의미로 "휴식을 취하거나 건강을 위해서 천천히 걷는 일"이다. 또는 "가벼운 기분으로 바람을 쐬며 걷거나 지팡이를 짚고 산보하여 다니는 것"이다. "산(散)은 '흩어지다, 한가롭다'의 뜻을 지니고 있다. 책(策)은 '채찍·계책·책·지팡이'라는 뜻을 가진 글자였으나 의미가 확대되어 '꾀하다'나 '기획하다'라는 뜻도 갖게 된 글자"이다.

그러므로 산책은 신체적 산책과 정신적 산책으로 분류할 수 있을 것이다. 즉 바람을 쐬며 걷는 일은 신체적 산책이다. 명상하거나 여유가 있는 시간에 책을 읽는 일, 또는 글을 쓰기 위해 계획하고 시도하는 것은 정신적 산책일 것이다. 헌데 천천히 걸으면서 생각에 잠기는 경우도 허다하지 않은가? 그러니 산책을 정신과 육체로 구분한다는 자체가 억지인 것 같다. 그래, 인간의 유한한 삶 자체가 산책일지도 모르겠다.

예컨대 "루소는 파리의 사교계와 학자들과의 교제를 싫어했다. 그래서 『에밀』이 집필된 대부분의 기간 파리 교외의 몽모랑시 숲에 은거해 있었다"[4]고 한다. 그러면 이때 루소의 생활은 어떠했을까? 계속 글만 썼을까? 아닐 것이다. 장 자크 루소는 "매일 산책하며 보낸 여가 시간은 종종 유쾌한 명상으로 채워지곤 했는데, 그 기억을 잃어버려 몹시 안타깝다. 이제 앞으로 떠오르는 명상들은 기록해 두려 한다. 다시 읽어 볼 때마다 그 기쁨을 돌려받게 될 테니까"[5]라고 했다. 즉 『고독한 산책자의 몽상』을 쓴 해는 1776년이고, 『에밀』은 1760년에 집필했으니까 루소는 평생을 두고 매일 산책을 했다는 말이 되는 것이다.

자연의 생명력을 온몸으로 느끼며 숲길을 거니는 루소를 상상해 본다. 깊은 명상 속에서 심오한 이치와 기쁨을 얻었으리라. 따라서

---

4   위의 책, 15면
5   장 자크 루소, 『고독한 산책자의 몽상』, 14~15면

불후의 사상서 『에밀』은 자연의 일부인 인간이 자연과 조화를 이룬 최상의 환경에서 탄생했을 것으로 짐작된다. 실제로 루소는 "우리의 힘으로는 어떻게 할 수 없는 자연의 교육으로 인간의 교육과 사물의 교육을 이끌어 가야만 한다"라고 주장했다.

또한 루소는 "자연을 그르치고 그것을 속박하는 것은 모두 나쁜 취미다. 생명, 건강, 이치, 안락이 무엇보다 앞서야만 한다. 우아함이란 여유가 없이는 생기지 않는 법이며, 섬세한 아름다움이란 쇠약함을 뜻하지 않는다. 사람의 마음을 기쁘게 해주기 위해선 건강해야 한다"[6]라고 말했다. 그렇다면 이 조건을 충족시킬 수 있는 취미란 과연 무엇일까?

한 건강 정보 매체에서 각종 연구 결과와 전문가들의 조언을 토대로 산책에 관해 소개했는데[7] 그 이점은 이렇다.

* 산책은 스트레스 호르몬인 코르티솔의 수치를 떨어뜨린다.
* 산책은 몸 전체의 신진대사를 높이고 정신적 안정을 준다.
* 산책할 때는 뇌가 지속적인 자극을 받아 창의성이 향상된다.
* 앉아 있을 때보다 걸을 때 아이디어가 쏟아진다.
* 혈액순환을 증가시키고, 심장병을 예방한다.

6   장 자크 루소, 『에밀』, 21면, 499면
7   「앉았을 때보다 걸을 때 아이디어가 쏟아진다」, 『마음건강 길』, 2020년 4월 22일 기사

* 걷기를 하면 뇌의 해마를 키울 수 있어 기억 기능이 개선된다.

* 관절 손상을 막고 신체 회복 시간을 앞당긴다.

* 매일 산책하면 근력이 강화되고 뼈의 밀도가 유지된다.

* 햇볕을 쬐면서 꾸준히 걸으면 건강한 몸을 만들 수 있다.

산책의 이점이 이렇게나 많다. 이것으로 보아 루소가 암시한 좋은 취미란 역시 산책이었던 것 같다. 그런데 산책하는 일이 두뇌까지 좋아지게 한다는 것을 루소는 알고 있었을까? 아마 그는 경험을 통해 일찍이 체득했을 것 같다. 산책 중에는 기발한 착상이 가멸차게 쏟아져 나온다는 사실을.

그런데 루소는 사람의 마음을 기쁘게 해주기 위해서는 건강해야 한다고 하였다. 이 말이 나는 언뜻 이해가 되지 않았다. 그러나 곧 알게 되었다. 이를테면 내가 아플 때는 남을 기쁘게 해주기는커녕 나부터가 기쁘지 않았다. 아이가 아플 때도 마찬가지였다. 하다못해 길에서 다리를 끌며 힘겹게 걷는 추레한 노인을 보았을 때도 걱정스러운 마음에 은밀히 지켜보곤 하였다. 병원 입원실의 복도를 걸을 때는 저절로 경직되면서 기분이 우울해졌다.

따라서 각자 건강한 심신을 만드는 일은 단연코 개인의 일로 국한할 문제는 아니라고 본다. 요즘 나는 거의 매일 산책로를 걷는다. 팬데믹 이후에 본격적으로 숲을 찾았으니까 제대로 된 산책 경력은 4년 정도 되는 셈이다. 그러면서 확고한 뜻은 날로 더 강해지고 있다. 그 뜻이란 바로 습관화된 산책으로 건강을 지키자는 것, 나 자신과 남에게 기쁨을 주기 위해서 건강을 잘 관리하자는 것, 활력을 얻고 인지력 저하를 막기 위해 날마다 산책을 하자는 것, 산책으로 스트레스를 날려 버리자는 것이다.

　참, 가장 중요한 점을 빠뜨릴 뻔했다. 사실 나는 숲속 산책이 좋다. 첫째로 마음이 편안해진다. 그래서 앞으로도 계속 흙을 밟으며 걷겠다고 스스로 다짐도 했다. 이제야 드디어 자연과 함께 움직이는 즐거움을 알게 된 것일까?

Part 6

자연과
함께 사는 법

인간과 자연
이런 식으로 대립시켜 보면,
인간과 자연은
양립할 수 없는 것처럼 보인다.

그러나 인간 역시 자연의 일부
자연 속에 포함된 존재이다.
따라서 우리는 누구나 자연 그 자체이며,
필연적으로 자연의 본성을 가지고 있다. *

– 프리드리히 니체

• 프리드리히 니체, 『조역 니체의 말』, 149면

세 마리의 닭

•

　교육대학 시절이었다. 1학기 여름방학이 되어 집에 가보니 엄마
는 세 마리의 닭을 키우고 계셨다. 수탉 한 마리와 암탉 두 마리.
병아리보다는 훨씬 컸으나 그렇다고 다 자란 닭도 아니었다. 암탉
두 마리는 여러모로 대조적이었다. 한 마리는 아주 예뻤다. 날씬하
고 날렵했으며 깃털도 반들반들 윤이 났다. 게다가 갈색과 주황색
등 여러 색깔이 섞여 있는 아름다운 얼룩무늬였다. 다른 닭은 거친
깃털에 단조로운 황토색. 뭉툭해진 몽당빗자루 같다고나 할까? 수
탉은 붉은 볏과 긴 꽁지를 가지고 있기 때문인지 몸집도 커 보였고,
무척이나 늠름해 보였다.

　닭 세 마리는 항상 같이 다녔다. 사이가 좋았다. 한 번도 싸우는
것을 못 보았다. 그들은 울타리 밑에서 무언가를 콕콕 쪼아 먹다가
다른 장소로 종종종 이동하곤 했다. 그런데 한 3주쯤 지났을까? 그
날 나는 별스러운 장면을 목격했다. 어라? 수탉과 예쁜 암탉은 바
짝 붙어서 자리를 이동하고 있었다. 재빨리 황토색 암탉이 그들을
따라갔다. 순간 수탉이 뒤따라오는 암탉을 쪼아 대기 시작했다. 너

무나 아파 보였다. 그러자 황토색 암탉은 울타리 구석으로 쫓겨 가 힘없이 배회했다. 내가 무엇을 본 거지? 인간들 사이에서나 벌어질 만한 왕따와 차별이 닭들 사이에서 일어나고 있었다. 나는 수탉의 우쭐거리는 꼴이 밉살스러웠지만 너도 보는 눈이 있구나, 하며 어이없게 생각했다.

이때 예쁜 암탉의 태도가 궁금하지 않은가? 예쁜 암탉은 마음씨까지 고왔다. 틀림없이 미안해하는 듯한 몸짓이었다. 그래, 민망해하는 태도였다. 유심히 보니 닭들도 인간과 다를 것이 없었다. 보는 눈이 있고 미의 기준이 있고 두려워하는 감정이 있고 판단력까지 있는 것 같았다. 그 뒤로도 수탉은 무슨 이유인지 번번이 황토색 암탉을 쪼아 대고 구박하며 따돌렸다. 반면 옆에는 항상 예쁜 암탉만 데리고 다녔다.

그런데 어느 날 일대 사건이 일어났다. 예쁜 암탉이 알을 낳았다. 자그마한 초란을! 아무튼 야무진 닭이었다. 엄마는 "4개월밖에 안 되었는데 알을 낳았네" 하시며 신기해하셨다. 그런데 더 놀라운 일이 일어났다. 모성애가 생긴 것일까? 이 암탉은 제법 높은 볏가리에 올라가 알을 품고 앉아서 꼼짝하지 않았다. 반면 황토색 암탉은 그때부터 갑자기 기가 살아난 것처럼 보였다. 알을 못 낳아서 심통이 난 것일까?

웬일인지 며칠 후에는 예쁜 닭이 알 품기를 포기하고 내려왔다. 수척해졌다. 왠지 모르게 기도 죽은 것 같았다. 이유는 알 수 없었다. 21일 만에 병아리가 정말 나올까 하며 잔뜩 기대를 했었는데 아쉬웠다. 그러나 한 가지 의아한 점은 있었다. 그 초란이 무정란인지 유정란인지 알 수 없었다는 사실. 지금도 그 앙증스럽던 암탉의 모습이 눈에 삼삼하다.

그런데 종족 보존 본능 때문일까? 수탉은 예쁜 닭이 알을 품기 시작하면서부터 밉상 짓만 골라서 했다. 우선 못난 닭과 붙어 다니기 시작했다. 예쁜 닭이 내려왔는데도 황토색 닭하고만 다녔다. 아마 예쁜 닭은 어미 닭이 되지는 못했지만 예전처럼 수탉과 친해지길 바랐을 것이다. 그런데 이 매정한 수탉은 예쁜 닭에게 대뜸 대들더니 쪼아 대며 따라오지 못하게 했다. 더 가관인 것은 황토색 닭도 합세해서 같이 쪼았다는 것이다. 수탉은 그렇다 치고 이 암탉은 팥쥐 같은 닭? 고약했다. 예쁜 닭은 잔뜩 주눅이 들었다. 외로워 보였다. 그러나 그것도 잠시, 영리한 닭은 자존심이 있었다. 더 이상 따라가지 않고 혼자 다니며 열심히 모이를 쪼아 먹었다.

그래서 궁금한 점이 생겼다. 닭은 정말로 무언가를 알고 있는 것일까? 다음은 한 신문 기사 내용이다.

닭은 똑똑하며 속이는 능력이 있다. 자기인지 능력이 있고 최소 24개의 울음소리로 의사소통을 한다. 연산도 가능하다. 두려움, 기대, 분노 등의 감정을 느낀다. 7세 수준의 추론·유추 능력도 있고 서로 차별을 두고 사회적 상호작용도 한다.[1]

1 「닭은 사실 똑똑하다…속이는 능력 뛰어나」, 『서울신문』, 2017년 1월 4일 기사

그렇다면 공감 능력도 있다는 말 아닌가. 놀라웠다. 이른바 '닭대가리'라는 비하 표현과 배치되지만 난 이 내용을 의심하지 않는다. 세 마리 닭을 관찰한 결과다. 물론 닭들마다 차이는 있을 것이다. 그러나 인간도 마찬가지 아닌가. 천재가 있는가 하면 둔재도 있으니까.

결국 보고 듣고 생각하고 느끼는 것은 오직 인간들만의 전유물은 아닌 것이다. 따라서 인간이 모든 생명체의 기준이 되어서는 안 될 것 같다. '닭대가리'라는 말도 그래서 듣기 거북하다. 이를테면 닭도 인간과 마찬가지로 생명을 가진 존엄한 존재다. 인간의 개성을 존중하듯이 생물이 지닌 각각의 고유한 특성을 존중한다면 생물의 다양성도 보전될 수 있으리라 믿는다.

지난 일을 돌이켜 보면 이 세 마리의 닭은 참으로 행복했던 것 같다. 우선 그들은 자연스럽게 자랐고 자유가 있었다. 큰 감나무, 앵두나무, 꽃밭, 텃밭이 있는 꽤 넓은 울안을 닭 세 마리는 종일 마음대로 다녔다. 갖은 경험도 다 했다. 튼튼한 두 다리로 마음껏 걸어 다니며 구경도 하고 훼손되지 않은 부리로 씨앗과 벌레도 콕콕 실컷 쪼아도 먹고 사랑도 해보고, 우정도 나눠 보고, 배신도 경험하고, 질투도 해보고, 알도 낳아 보고, 실패도 해보고, 인간에게서 관심도 듬뿍 받아 보고.

닭의 해는 12년마다 어김없이 돌아온다. 그리고 그때마다 닭에 관한 이야기는 신문의 지면을 화려하게 장식한다. 그런데 그 순간을 비집고 어김없이 추억되는 일, 만 20세도 안 되었을 즈음에 내가 지켜보았던 세 마리의 닭은 애니메이션 영화에 등장하는 그 어떤 동물들보다도 더 기억에 생생하다.

참, 닭들도 의사소통을 한다고 했는데 혹여 셋 사이에 어떤 비밀이 있었던 것은 아닐까. 상상의 비약이 심한 걸까. 하여간 새삼 나머지 두 닭에게 미안한 마음이 든다. 인간의 기준으로 보고 판단해서. 아무튼 인상적인 장면들을 많이 연출해 주고 즐거운 추억거리를 만들어 준 닭들에게 고맙다. 자연계의 동물을 멸시하지 않고 소중한 생명체로 바라볼 때 진정 더 행복해지는 쪽은 인간들이 아닐까?

채식주의자가 되어야 하나?

•

　『고기로 태어나서』[1]라는 노동 에세이를 읽는 내내 마음이 착잡했다. 아니, 충격적이었다. 때때로 속이 울렁거리기도 했다. 나를 포함해서 그런 고기를 먹고 사는 인간들이 불쌍할 지경이었다. 이런 방식으로 사육된 닭, 돼지들의 고기를 먹어도 괜찮은 걸까. 그것으로 소시지나 햄 등 각종 인스턴트식품은 또 얼마나 많이 만드는가. 비건(vegan, 육류, 가금류, 생선, 달걀, 우유를 안 먹는 완전한 채식주의자)이 되어야 하나, 라는 고민도 저절로 생겼다. 그리고 한동안 고기와 계란을 쳐다볼 수도 없었다.

　동물들 ―닭, 개, 돼지― 의 사육 실태는 상상을 초월할 정도로 처참했다. 언젠가 영상으로 본 공장형 농장의 소들이 연상되었고 닭과 개들의 처절한 울음소리가 환청으로 들리는 듯했다. 그들도 생명을 가지고 태어났다는 점에 있어서는 인간과 다를 바 없지 않

1　한승태, 『고기로 태어나서』, 시대의창, 2018

은가. 그런데도 동물들은 생명체가 아닌 고기 취급을 받고 있었다. 게다가 사육 과정에는 기계적인 잔인함도 깊게 배어 있었다. 단적으로 이 책의 내용은 몇 가지 시사점을 던져 주고 있다.

첫째는 생명 존중에 관한 문제다. 아무리 동물이라고 해도 그들의 생명을 함부로 할 권리가 인간에게는 없다. 그런데도 공산품을 생산하듯 동물의 개체수와 생사를 마음대로 조절해도 되는 것일까? 그 생명의 주인이 인간들이란 말인가. 그럴 리가! 죽임을 당하는 수평아리들을 어찌할까.

둘째는 사육 동물과 지구 온난화의 관계다. 사육업자들이 수입을 올리려면 먼저 수많은 동물들을 먹여서 키워야 한다. 과연 동물들이 먹어 치우는 양은 얼마나 될까? 더구나 온실가스를 배출하는 동물들의 배설물과 트림은 기후에도 막대한 피해를 주고 있다. 또 이에 따라 발생하는 기온 상승, 가뭄, 사막화, 식수 부족 등의 악조건은 농사에도 큰 지장을 주고 있다. 이 순환구조가 너무 비정상적이라는 생각을 떨칠 수 없다. 지구를 살리기 위해서는 우리의 의식과 식생활부터 바꾸어야 할 것 같다.

셋째는 사육 방법이다. 이를테면 닭을 좁은 케이지에 가두어서 계속 알만 낳게 하는 것은 어떻게 생각해야 할까? 닭들은 날 수도 있고 걸어 다닐 수도 있는 조류다. 그러니 닭장이 넓지는 않더라도 올라앉을 수 있는 홰가 있고 부리로 땅 위에서 먹이를 쪼아 먹을 수 있도록 풀어놓고 길러야 하지 않을까. 그렇게 사육한다면 닭의 자연성이 훼손되지도 않을뿐더러 환경 오염도 다소 방지할 수 있을 거라는 생각이 들었다.

넷째는 기아와 비만 문제다. 매년 10월 11일은 '세계 비만의 날'이고 역설적이게도 해마다 9월 28일은 '세계 기아 해방의 날'이다. 정말 불공평한 세상이다. 먹거리가 풍부해서 고도비만자가 증가하는 나라가 있는가 하면, 물도 없어 고통 받고 있는 나라가 있으니 말이다. 만약 이런 실정을 감안한다면 인간과 지구를 함께 살릴 수 있는 해결책도 찾을 수 있지 않을까.

한편 『50 홍정욱 에세이』에서 저자는 "육식을 끊은 후 동물·환경·세상을 바라보는 시각까지 바뀌었다"고 토로하며 "교통수단보다 더 많은 온실가스를 내뿜는 육식을 끊음으로써 기후변화 대응에 보탬이 되고, 매년 600억 마리 이상 도축되는 가축들을 몇 마리라도 살린다는 자부심도 갖는다"[2]라고 했다. 이 말에 나는 너무나도 인간적인 공감을 느꼈다.

그래서 생각해 보았다. 세계인이 온난화의 큰 원인이 되고 있는 육식부터 줄인다면, 지구의 미래는 한층 더 밝아지지 않을까 하고. 게다가 각종 질병의 원인이 되는 비만에서도 벗어나고, 아프리카의 기아 문제도 많이 해소되지 않을까 하는 생각이 들었다. 이렇게 될 수 있도록 세계 각국에서 국가적인 차원의 엄격한 친환경 시스템을 구축하고, 아울러 자연과 환경의 회복이라는 차원에서 식량 정책을

---

2   홍정욱, 『50 홍정욱 에세이』, 위즈덤하우스, 2021, 130~131면

추진했으면 한다.

그렇다면 지구인으로서 나의 실천은? 우선 과식, 야식, 폭식, 식탐은 피할 것이다. 그리고 매일 같이 12시간 단식과 소식도 기필코 실행할 것이다.

이 집의 주인은 나일까?

•

　기후의 변화! 지구 온난화를 체감하고 있는 요즘이다. 겨울 같지 않은 포근한 1월, 한적한 산책로를 걷고 있는데 전방 30미터쯤 되는 곳에서 누런 고양이가 걸어오고 있었다. 흙길의 양쪽에는 낮은 통나무 울타리가 쳐져 있다. 오른쪽은 급경사 진 비탈이고 왼쪽에는 오르막 계단이 있다. 땅은 바짝 말라서 왕모래가 버석버석 밟혔다. 그동안 만난 고양이들은 이 정도 거리면 겁을 주지 않았는데도 재빨리 숨거나 전력질주로 도망쳤다. 그래서 고양이를 만나도 경계심 따위는 없었다. 알아서 피하니까.

　그런데 이상했다. 이 고양이는 길 한가운데의 위치를 고수하면서 천천히 계속 왔다. 혹시 멸종위기에 있다는 살쾡이인가 하는 생각이 들 정도였다. 드디어 고양이와 나는 지근거리에서 스치듯 지나갔다. 그는 심지어 동요도 하지 않았다. 달려들까 봐 오히려 내 속이 콩닥거렸다. 그가 어디로 가고 있는지 궁금했다. 다섯 걸음 징도 간 후 나는 무심히 뒤를 돌아보았다. 이미 사라졌을 거라고 생각하면서. 웬걸, 그 순간 고양이도 뒤를 돌아다 보았다. 고양이와 내 눈이 마주쳤다. 어라, 이런 일은 처음이었다.

예상은 계속 빗나가고 있었다. 고양이는 장한 일이나 했다는 듯이 갑자기 등을 땅에 대고 벌렁 누웠다. 내가 보고 있다는 것을 알고 있는 눈치였다. 말로만 듣던 모래목욕을 하는 것일까? 그는 온몸에 모래를 묻히더니 제 털을 여기저기 핥았다. 그루밍하는 시간? 그다음에는 온갖 고양이 자세를 다 보여 주더니 드디어 자랑스럽게 일어났다. 쇼를 끝낸 배우, 관객은 한 명. 그는 나를 빤히 바라보더니 느릿느릿 계단 옆 회양목 사이로 사라졌다.

신기한 애니메이션 한 편을 본 것 같았다. 박수라도 쳐야 할 것 같은데 무대는 뒷정리까지 이미 끝났다. 뭔지 모를 감동이 서서히 밀려왔다. 동물과의 자연스러운 교감이란 이런 것일까? 그나저나 저 고양이는 왜 나를 무서워하지 않았을까? 혹시 사람과 살았던 경험이 있었나? 그렇다면 버림을 받은 것일까? 만일 그런 경우라면 사람이 무조건 잘못한 거다.

그리고 4주 정도가 지났다. 명절 연휴 아침, 온 세상이 하얗게 변해 있었다. 일단 반가웠다. 올겨울에도 두어 번 눈이 오기는 했다. 그러나 쌓인 눈은 금방 녹아 버렸다. 우리나라의 작년 연평균 기온이 역대 두 번째로 높았다고 하니 분명 지구 온난화의 징후일 것이다. 하기야 스위스 글레치 부근의 론 빙하지구에서도 작년에만 빙하의 1%가 녹아서 없어졌다고 하지 않던가. 더구나 발포 수지 차폐

막으로 덮어놓았는데도 해빙을 막지 못했다.[1] 그러니 땅 위에 내린 눈은 어떻겠는가?

오후 2시쯤 마당에서 아름다운 설경을 잠깐 구경했다. 그런데 누군가 나를 보고 있다는 느낌이 들었다. 이런, 또 살짝 놀랐다. 누런 고양이였다. 서쪽에 있는 라일락 나무 위에서 양반다리 모양으로 균형을 잡고 앉아 있었다. 내 생전 나무를 타고 올라가 떡 버티고 있는 고양이는 처음 보았다. 그는 나를 주시하고 있었지만 눈치를 살피지는 않았다. 그저 태연하게 햇살을 받고 있을 뿐이었다. 그 유유자적한 태도는 경외심을 불러일으킬 정도였다.

이 신기한 광경은 평생에 한 번 볼까 말까 하리라. 모두에게 보여주고 싶었다. 마침 명절이라 아이들이 와서 놀고 있었다. "얘들아, 고양이가 라일락 나무에 앉아 있어. 발이 시려서 올라간 걸까?" 여러 사람이 우르르 나오자 잠깐 관망하던 고양이는 어느샌가 재빨리 달아나 버렸다. 서커스단의 광대 노릇은 하기 싫다는 듯이. 이 고양이가 산책로에서 본 고양이인지 아닌지는 분별할 수 없다. 털 색깔은 같다. 나를 무서워하지 않는 것도 같다. 그러나 요사이 길냥이가 너무 많기는 하다.

그나저나 고양이는 이 집의 주인이 '나'라는 것을 알까? 돌연 솟아나는 다른 차원의 생각들. 과연 이 집이 내 소유일까? 물론 내 명

---

1   「지구온난화 탓에 천막 덮인 스위스 빙하 지대」, 『사이언스타임즈』, 2021년 11월 1일 기사

의로 등록은 했다. 그러나 그 명의의 시한은 내 생이 마감할 때까지 아닌가? 유한한 인생, 잠시 이 집에 머무르다 가는 거다. 라일락은 어떤가? 나무도 마찬가지다. 따라서 집과 라일락의 주인은 내가 아니다. 그런데 이런 이치는 전 인류에게 적용된다. 대자연 속에서 누가 누구의 주인이란 말인가? 그런 의미에서 고양이나 개를 청결하게 보살피며 함께 사는 반려인들이 존경스럽다. 억지로 누가 시킨 것도 아닌데 생명 존중을 실천하고 있으니 말이다.

　그러나 심각한 문제도 안고 있다. 첫째는 환경오염 문제다. 이를테면 반려견의 목줄을 틀어쥐고 주인 행세는 하면서도 걸핏하면 공원을 개의 배설물 밭으로 만드는 반려인들도 틀림없이 있다. 제발 환경친화적 재질로 만들어진 배변 봉투를 가지고 다녔으면 한다. 또 봉투를 과시용으로 든 채 눈치만 살피지 말고 재깍 치웠으면 좋겠다. 갑자기 이런 대책이 떠올랐다. 운전면허증처럼 반려인 자격증을 만들면 어떨까? 사실은 작년에 이 글을 쓰면서 막연히 든 개인적 생각이었는데 정말로 시행하고 있는 선진국이 있었다. 『한국일보』 기사(「강아지 잔혹사: 그 많은 유기견은 어디서 왔을까?」, 2023년 2월 6일)에 따르면 독일 니더작센주는 반려견 면허제를 운영하면서 보유세를, 스위스는 입양 전 교육 의무를 부과하고 있다고 한다.

　둘째는 생명 존중 문제다. 한번은 반려인이 목줄을 고의로 잡지 않고 산책을 시켜 앞장서서 나타난 대형견 때문에 크게 놀란 적이 있다. 또 개보다 힘이 약한 반려인이 줄을 움켜쥐고 힘겹게 질질 끌려가는 모습을 보고 불안했던 적도 있다. 개 물림 사고로 남이 생명을 잃을 수도 있다는 사실을 외면하는 걸까? 정말 우려스럽다. 반려견 관련 법규를 숙지하고 꼭 지켜야 할 것이다.

쇼펜하우어는 "인생은 사실 길다고도 짧다고도 할 수 없다. 인생은 우리가 그것에 따라 다른 모든 시간의 길이를 추정하는 척도이기 때문이다"라고 말하며 자연스러운 수명을 100세로 보았다.[2] 충분히 수긍이 가는 견해다. 그럼에도 나는 요즘 인생이 부쩍 짧다고 느끼고 있다. 코로나19 사망자의 대부분이 65세 이상의 노년층이기 때문이다. 그만큼 노령자의 자기 생명 지키기는 더 힘들어진 것 같다. 따라서 반려견 문제는 또 하나의 큰 과제다.

어느 때고 시간은 쉼 없이 흐른다. 그리고 인간은 누구나 노화하고 결국은 생을 마감한다. 그렇지만 예기치 못하게 별안간 개에게 물려서 죽는다면? 섬찟하다. 과연 반려인들은 개 물림 사고의 증가를 어떻게 생각하고 있을까? 그것은 개의 잘못일까? 개의 책임이 아니라는 것을, 전적으로 반려인에게 책임이 있다는 것을 타인들은 모두 알고 있다. 올여름에도 8세 어린이가 개에게 물어뜯기는 끔찍한 사고가 발생했다. 타인의 삶을 이렇게 만신창이로 만드는 일은 절대로 용납할 수 없다. 내 목숨이 소중한 만큼 타인의 생명도 소중하다. 반려인들은 남을 존중하고 배려하는 사회 환경을 만들 수 있도록 각별히 신경을 써야 할 것이다.

---

2   아르투어 쇼펜하우어, 『쇼펜하우어의 행복론과 인생론』, 261면

그러면 각자 목숨의 주인은 누구일까? 자기 자신일까? 아닐 것이다. 내 생명의 주인은 없다. 다만 나는 나 자신의 보호자가 되어 내 삶을 성심껏 보살펴야 한다. 타인이나 반려동물의 삶도 마찬가지다. 생명은 그 자체로 존엄한 존재이므로 자학하거나 자살을 해서도 안 되는 것이다. 불현듯 윤동주 시인의 「서시」라는 시를 읽으며 새겨보고 싶어졌다. 지구, 자연, 환경, 생명, 생물들과의 교감, 자연과의 조화로운 삶에 대하여.

죽는 날까지 하늘을 우러러
한점 부끄럼이 없기를,
잎새에 이는 바람에도
나는 괴로워했다.
별을 노래하는 마음으로
모든 죽어가는 것을 사랑해야지
그리고 나한테 주어진 길을
걸어가야겠다.

오늘밤에도 별이 바람에 스치운다.[3]

- 윤동주, 「서시」

---

3   윤동주기념사업회, 『하늘과 바람과 별과 詩 - 윤동주 자선시집』, 연세대학교 대학출판문화원, 2020, 23면

능란하게 잘 숨는 암꿩

•

여기가 이렇게 멋진 장소였던가? 안개가 부옇게 낀 '유아동네숲터'와 그 위로 펼쳐진 숲의 정경은 한 폭의 은은한 수묵화를 연상케 했다. 몽환적인 정취 속에서 잠깐 멍하니 바라보고 있는데 어디선가 미세한 움직임이 전해 왔다. 시야에 갑자기 들어온 한 마리의 암꿩! 처음이라서 믿을 수가 없었다. 꿩은 숲터의 평평한 곳에서 제법 품위 있게 무언가를 쪼아 먹고 있었다. 아마 이 적막한 분위기를 틈타 살짝 나온 것 같았다.

사진을 찍어야 한다고 생각은 했으나 눈치챌 것 같아서 숨죽이고 꿩만 쳐다봤다. 환상적인 장면을 내 눈에 담는 것이 급선무라고 생각했다. 어, 꿩이 순식간에 사라졌다. 비 온 후의 숲은 온통 꿩의 보호색이었다. 아, 겨우 다시 찾았다. 구릉 위쪽이었다. 거기서 무언가를 콕콕 찍고 있었다. 그리고서는 또다시 사라졌다. 꿩과의 첫 만남은 이게 끝이었다. 한참 기다리며 휘둘러보았지만 오리무중이었다. 신출귀몰해 못내 아쉬웠다.

자연을 사랑했던 시인 도연명[1]과 그의 작품 「도화원기(桃花源記)」[2]의 한 장면이 떠올랐다. 마치 무릉도원에 잠시 놀러 갔다 온 느낌이랄까. 숲과 복숭아꽃과 평화로운 마을이 있는 별천지. 이날부터 여기는 내 추억의 장소가 되었다. 나는 꿩이 보고 싶을 때마다 이곳에 와서 그 자리를 보며 아련히 암꿩을 떠올리곤 했다.

　사실 이 숲터는 언뜻 보면 울퉁불퉁한 쓸모없는 땅에 불과했다. 그러나 꿩을 발견한 후에 유심히 보니 이곳은 나름대로 오밀조밀 꾸며 놓은 장소였다. 아이들이 소꿉놀이를 할 수 있도록 만든 부엌터, 평평하게 다듬은 마당 그리고 군데군데 크고 작은 돌로 쌓은 야트막한 축대. 또 2~3미터 높이의 완만한 구릉 위에는 튼튼한 그루터기도 하나 있었는데 5미터 정도의 밧줄이 묶여 늘어뜨려져 있었다. 숲터의 오른쪽에는 오솔길이 나 있었고, 그 옆에는 쌓아 놓은 통나무 더미까지 있어 운치를 더하고 있었다.

　꿩을 봤던 날은 오전 내내 비가 내렸다. 그러다 오후 2시쯤에 비가 그쳤다. 그 장소에 도착하니 오후 3시경이었는데 가는 도중 아무도 만나지 않았다. 그만큼 고요한 날이었다. 자신의 목숨을 노리는 포획자가 없는 틈을 타서 살며시 나타났을 것이다. 그래서 요즘

1　도연명(陶淵明, 365-427)은 중국 동진의 시인으로 이름은 잠(潛)이다. 민간 생활 자체와 자연을 노래한 시가 많다.
2　전쟁이 없는 세상을 꿈꾸던 전원시인 도연명이 자기의 이상향을 그린 산문 작품.

도 난 그날과 비슷한 환경이 조성되면 유심히 그곳을 쳐다보곤 한다. 추억의 장소는 화려할 필요도 명성이 자자할 필요도 없다. 그저 되풀이해서 그리워지는 곳이면 충분하다. 그런 곳이 진정한 추억의 장소가 아닐까.

그날 이후 보름 정도 지나갔다. 뜨거운 햇볕이 내리쬐는 여름날, 길 가운데에서 왼쪽 가시덤불을 노려보고 있는 까만 고양이가 한 마리 포착되었다. 그 숲터에서 불과 50보쯤 떨어진 곳이었다. 나는 천천히 가다가 걸음을 멈추었다. 고양이의 눈치가 어쩐지 이상했다. 이번에는 나와 덤불 쪽을 번갈아 바라보았다. 덤불은 꿩의 보호색이었다. 바로 그 사이로 꿩의 깃털이 살짝 비쳤다. 바스락거리는 소리와 함께. 반가웠다.

그러나 나는 대자연의 큰 법칙을 깨고 싶지 않았다. 그래서 가만히 지켜보았다. 긴장감이 감돌았다. 마음으로는 고양이를 쫓고 싶었지만 두 생명체 사이에서 공정해지고 싶었다. 어찌 인간이 참견할 일이랴. 동식물계의 약육강식과 생태계의 먹이사슬을. 고양이는 나를 꿩 편으로 인식하는 것 같았다. 그는 아쉬운 듯 내 눈치를 보더니 반대쪽 덤불 속으로 사라졌다. 아마 숨어서 사람의 동태를 살피고 있을 것이다.

암꿩이 보고 싶었다. 얼마나 컸는지, 어떻게 숨어 있는지. 조용조용 가까이 가보니 꿩은 덤불 속에 거의 갇혀 있었다. 꿩의 모습이 잘 보이지도 않을 정도였다. 한데 난공불락의 위치임은 틀림없었다. 그러니 고양이가 접근 못 했으리라. 그러나 꿩 입장에서는 어땠을까. 고양이가 가고 나니 이번에는 더 상위의 포식자가 나타난 것이다. 까투리(암꿩)는 이제 미동도 하지 않았다. 졸지에 나는 꿩잡이 취급을 받고 있었다.

이제까지 꿩은 자신의 목숨을 지키려고 얼마나 안간힘을 썼을까. 돌연 그 악전고투의 과정이 가엾게 여겨졌다. 꿩에게 빨리 자유의 시간을 주고 싶었다. 나는 서너 걸음 물러섰다. 그러고는 곧 다시 가보았다. 이런, 소리도 없이 도망쳤다. 고양이가 곧 나타날 것만 같아서 난 여섯 걸음 정도 뒷걸음질했다. 아니나 다를까, 검은 고양이가 슥 나타났다. 그는 꿩이 없어진 것을 확인하고는 사람의 반대 방향으로 냅다 달음박질쳤다. 이 작은 숲에서도 일촉즉발의 위기상황은 이렇게 진행되고 있었다.

가을이 가고 겨울이 왔지만 꿩은 더 이상 눈에 띄지 않았다. 그리고 2022년 1월 14일 나는 꿩에 대해 새로운 사실을 알게 되었다. 유네스코 세계문화유산으로 등재된 수원화성[3]에서다. 그동안 나는 자주 추억에 잠기곤 했다. 마스크 없이 자유를 누리던 크로아티아 두브로브니크 성벽 투어 때를. 그래서 이번에는 그때를 회상하며 화성에서 성벽을 따라 걷기로 했다. 단 마스크를 끼고, 거리두기를 실천하면서. 화성은 실제로 걸어 보니 내 예측과는 영 달랐다. 차를 타고 휙 지나치며 생각했던 그저 그런 평범한 성벽이 아니었다.

---

3   수원화성(水原華城)은 조선 후기 정조 때(1796년) 완성된 성곽으로 『화성성역의궤(華城城役儀軌)』에 의거 원형에 가깝게 복원되었다.

유럽의 성과 비교해도 전혀 손색이 없을 정도였다. 규모가 웅대했으며 짜임새가 있고 수려했다.

수원화성에는 10개의 치(雉)가 있었다. 여기에서 꿩 치(雉) 자를 보게 될 줄이야! '치'는 접근하는 적군을 막기 위한 구조물이었다. 성벽을 돌출시켜 과학적으로 축성하였는데 돌은 크고 견고했다. 그런데 왜 하필 '치'라고 했을까? '꿩의 특징은 자신을 능란하게 잘 숨기고 좌우를 잘 살펴보는 깃'이라는 설명이 쓰여 있었다. 즉 군사들이 꿩처럼 적에게 들키지 않고 주변을 살펴 적을 막아 낼 수 있도록 만든 시설물이라는 의미였다. 작명은 누구의 아이디어였을까? 정조일까, 아니면 정약용일까.

꿩을 못 본 지 7개월이나 되었다. 고양이들 때문에 아예 깊숙이 숨어 버린 것일까? 아니면 혹시 고양이에게 이미 희생된 것일까. 어떤 지역에서는 꿩이 너무 많아서 농작물 피해를 본다고 하던데, 여기에서는 단 한 마리도 살기가 힘드니 안타까웠다. 그러나 믿고 싶었다. 능란하게 잘 숨는 자신의 특성을 살려 이 산의 어딘가에서 잘 살고 있으리라고.

이 숲에는 이름 모를 여러 종류의 새들과 큰부리까마귀, 까치, 참새, 비둘기, 고양이, 청설모 등이 살고 있다. 이 중에서도 까치, 비둘기, 고양이가 유난히 많다. 언뜻 봐도 생태계 피라미드에 문제가 있다. 그래도 까치는 바닥에서 먹이를 찾다가도 사람이 나타니면 어느새 감지하고 일찌감치 콩콩 뛰면서 날아오른다. 그런데 비둘기는 어찌나 먹는 것에 집착이 강한지 비키지도 않는다. 그러고는 뒤늦게 한꺼번에 날아오른다. 이때 그 털에서 떨어질 해충, 세균, 매연물질은 생각만 해도 찜찜하다. 이렇게 도시 비둘기들은 산책로, 골목길, 놀이터, 하천변 등지에서 떼를 지어 다니며 보행에 지장을 주고 있다. 아무래도 비둘기는 도시 미관과 자연환경에 해를 끼치는 새로 변한 것 같다.

한편 고양이 문제도 심각하다. 그들의 주된 먹이는 주로 캣맘들이 제공하는 사료인 것 같은데 전혀 자연적이지 않다. 물론 고양이가 비둘기를 잡으려고 시도하는 장면을 두어 번 목격한 적은 있다. 그러나 모두 실패. 잡으려는 의지가 부족해 보였다. 하기야 공원 곳곳에 지저분하게 늘어놓은 플라스틱 용기에 사료가 가득가득하니 절박함이 있겠는가? 한술 더 떠 어떤 고양이들은 걸핏하면 공원의 벤치를 차지하고 앉아 한없이 졸고 있다. 야생의 사냥 본능은 다 소멸된 것일까? 게다가 고양이가 먹다 남긴 사료는 비둘기 떼가 수시로 드나들며 지저분하게 쪼아 먹는다. 천적이 공생 관계로 변한 기괴한 현장이다. 이러다가 쥐까지 꼬일까 염려된다.

그러나 다행히도 자연 생태계의 1~2차 소비자인 청설모는 이 숲에서 그 특징을 고스란히 지니고 제대로 살고 있다. 이 나무 저 나무로 미끄러지듯 옮겨 다니다가 땅에 내려와 잣송이를 안고 이쪽저쪽으로 뒹굴며 잣을 까먹는다. 그 본연의 모습은 보는 것만으로도 재미있다. 한시도 쉬지 않는 청설모를 보며 그 옛날 신석기인들의 삶을 상상해 본다. 겨울을 대비하여 도토리도 잔뜩 모았을 것이다. 여름엔 빗살무늬토기도 만들고 겨울에는 움집에서 돌도 날카롭게 갈았을 테고. 생존을 위해 끊임없이 궁리하고 자연을 이용하면서도 자연의 질서를 파괴하지는 않았을 것이다.

『논어집주(論語集註)』[4]에는 다음과 같은 공자(孔子, B.C.551-B.C.479)의 언행이 나온다.

공자가 자로[5]와 산골짜기의 징검다리를 건너려고 할 때였다. 마침 암꿩 한 마리가 푸드득 날아와 물을 마시고 모이를 쪼아 먹었다. 그 자연스러운 모습을 보고 공자가 "산의 돌다리에 있는 암꿩이 알맞은 때를 얻었구나"라고 말했다. 그러자 자로가 꿩을 잡아 그 음식을 스승에게 드렸다. 자로가 '때를 얻다'의 뜻을 '제때 맞는 음식'으로 잘못 알아들은 것이었다. 그러자 공자는 꿩과의 의리를 생각해서 고기는 먹지 않았다. 그렇지만 제자의 정성을 무시할 수 없어 냄새만 세 번 맡고 일어났다.

사실 공자는 꿩이 사람의 안색을 살피다가 앉을 자리를 선택하는 것을 보고 칭찬을 한 것이었다. 그러니 꿩의 죽음에 얼마나 마음이 착잡했을까. 그나저나 꿩은 왜 남자가 둘이나 있는 곳으로 날아와 물을 마셨을까? 한낱 새에 불과하지만 혹시 자신을 차별 없이 존중

---

4   중국 송나라의 주희가 『논어』의 문장과 구절에 대한 선대 학자들과 자신의 주석을 모아서 엮은 책

5   자로(了路, B.C.543-B.C.480)는 중국 춘추시대 노나라 사람으로 공자의 제자이자 정치가이다. 이름은 중유(仲由), 공문십철(孔門十哲, 공자의 제자 가운데 특히 학덕이 뛰어난 열 명)의 한 사람이자, 공자를 제일 잘 섬겼다고 한다.

하는 이의 인자한 표정을 읽었던 것은 아닐까? 성인(聖人)의 고고한 인품을 알아본 꿩이여! 하지만 제자는 그 경지에는 이르지 못했으니 어쩌겠는가. 동물도 존중받을 가치를 지녔다고 인식한 공자의 합리적 의식 세계가 고상하다.

한편 생명을 뺏기지는 않았지만 동물원에서 갇혀 살고 있는 야생 동물들의 상태는 어떨까? 필시 그들은 드넓은 대자연의 품을 자신의 본성이나 습성에 맞게 자유로이 살던 그 시절을 그리워하고 있을 것이다. 어쩌면 포획 당시의 공포심과 환경 변화 등으로 인해 이미 마음의 병에 걸려 있을지도 모르겠다. 인간들이 자연을 무분별하게 훼손하지 않는다면 더 다양한 생물들과 함께 살아갈 수 있는 지구환경이 조성되지 않을까? 또한 개체수를 조절하는 능력도 다시 살아날 수 있지 않을까?

매월당 김시습[6]은 그의 소논문 「애물의(愛物義)」에서 "생물을 사랑하는 바른 도리란 저마다 그 본성을 따르게 하는 것이다. 사람과 생물은 천지의 큰 변화 사이에서 함께 생겨났다. 그러므로 사람은 나와 동포다. 또 생물은 우리와 함께 살아가야 하는 존재다"[7]라고

---

6 김시습(金時習, 1435-1493)은 조선 전기의 학자. 호는 매월당이며 생육신의 한 사람이다. 수양대군이 왕위를 선양받는 사건이 일어나자 승려가 되어 방랑 생활을 하며 절개를 지켰다. 한국 최초의 한문 소설 『금오신화(金鰲新話)』를 지었다.

7 김시습, 『매월당 김시습 금오신화』, 심경호 옮김, 홍익출판사, 2000, 304면

했다. 옳지 않은가. 인간도 타고난 본성에 맞게 자연 위에 군림하려는 욕심을 버려야 한다. 그것이 자연계의 모든 생명이 함께 어우러져 살아갈 수 있는 유일한 방법일 것이다.

요컨대 인간도 꿩과 마찬가지로 자연의 일부다. 따라서 자연을 사랑하는 길은 곧 나 자신을 지키는 일이 된다. 그러니까 우리 인간도 자신의 본성을 잘 따르는 꿩처럼 살면 어떨까. 나 자신을 보호하면서 사랑하고, 자연의 섭리를 존중하면서 말이다.

PS. 2022년 3월 3일 오후 3시 50분, 포근한 봄날이었다.

"꿔어꿔어어" 난데없는 부스럭 소리와 함께 들려오는 성숙한 수꿩의 소리. 왼쪽 산비탈에는 말라 버린 초목이 마구 엉켜 있었고, 급경사진 바닥에는 바삭거리는 낙엽이 수북이 쌓여 있었다. 눈을 씻고 찾아보았으나 꿩은 이미 온데간데없이 사라져 버렸다. 이제 소리도 들리지 않았다. 작년 여름에 암꿩을 보았으니 거의 9개월 만이다. 그 암꿩은 호리호리했었다. 물론 울음소리도 내지 않았다. 장끼(수꿩)가 그 까투리를 부르는 구애의 소리였나? 이곳은 유아놀이숲터에서 왼쪽 계단을 따라 60미터 정도 올라간 지점이다. 그동안 이 가파른 비탈에서는 새도 고양이도 일절 볼 수 없었다. 자신의 본성으로 목숨을 지킨 꿩들이 마냥 대견스러웠다.

그러고 나서 2개월이 지난 5월 2일 오후였다. 수꿩을 또 보았다. 어렸지만 꺼병이(꿩병아리)는 아니었다. 꼬리가 긴 장끼였다. 지난 3월에 존재를 알게 된 그 장끼는 어쩐지 아닌 것 같았다. 이 꿩은 오솔길을 가로질러 5~6미터를 눈 깜박할 사이에 이동했다. "와아, 빠르다." 동행과 같이 찾아보았으나 역시 없었다. 그러나 꽤 운수 좋은 날이었다. 횡재를 얻은 기분이 이럴까?

다시 며칠이 지났다. 5월 11일 오후, 암수 두 마리의 꿩을 보았다. 서걱서걱 조심스럽게 걷는 소리가 예사롭지 않았다. 나는 그쪽을 주시했다. 앗, 찾았다! 목에 흰색 띠를 두른 멋진 장끼였다. 살며시 같이 걸음을 옮겼다. 그런데 금방 사라졌다. 지난주에 본 그 수꿩일까? 더 큰 것 같기도 했다. 이번에는 더 조심스러운 사각사각 소리, 암꿩이었다. 까투리도 이내 자취를 감추었다. 그러나 작년에 봤던 그 꿩은 아니었다. 이렇게 못 자랐을 리 없다.

마음이 놓였다. 이 숲에서 꿩들은 최대한 조심하면서, 날렵하게 종횡무진으로 걷거나 숨거나 날면서 잘 살고 있었음에 틀림없다. 암수가 사이좋게 다니고 있지 않은가? 더 풍요로운 숲으로 변모하는 것도 시간문제다. 이제 안심이다. 꿩 커플, 파이팅!

아하, 한때 꿩을 걱정했던 내가 우습기는 하다. 자연을 훼손하지 않고 원형대로 잘 보존하고 관리하면 동식물은 알아서 다들 잘 살 텐데 말이다. 고백하자면 꿩 때문에 이 숲이 더 좋아졌다.

자, 오늘도 자연 속으로
여행 한번 떠나 볼까?

•

생각의 전환은 정말 필요한 것 같다. 산책을 해야 하는 이유에 대해서도 마찬가지였다. 코로나19 사태가 오래 계속되고 있으니까, 체육관도 폐쇄되었으니까, 걷기 운동을 해야 하니까 등등으로 사족을 달다 보니 스스로 수동적으로 변해 가고 있는 것 같았다. 그래서 생각을 바꾸기로 했다. '어차피 걸으려면 밖으로 나가야 하니 여행을 간다고 생각하자'라고. 생각을 살짝 바꾸었을 뿐인데 확실히 다른 기분이 되었다. 그때부터 나는 여행을 떠나는 마음으로 집을 나섰다. 자, 오늘도 자연 속으로 여행 한번 떠나 볼까? 출발하기 전 나에게 주술을 걸듯 건네는 말이다.

내가 다니는 산책 코스는 A부터 E까지 있다. 그날의 코스는 날씨, 시간, 몸 상태, 기분, 동행자 등에 따라 달라진다. 그래도 접근성이 좋은 A 코스는 그중 가장 많이 도는 길이다. 그리고 그곳을 걷는 중에 나타나는 세 장소 —A1, A2, A3— 는 나에게는 좀 특별한 곳이다. 첫인상도 좋았고 언제 가도 여행자를 반기는 듯했으니까.

A 코스의 출발점인 소나무 군락 아래의 대나무 동사 주변에는 조

약돌, 짱돌, 통나무로 만든 물결 모양의 길이 있다. 나는 워밍업을 하듯 가볍게 밟으며 두서너 바퀴를 돈다. 그다음 경사가 급하고 꽤 높은 시멘트 계단을 오른 후 아스팔트로 포장된 도로를 건너 또다시 몇 개의 계단을 오른다. 그러면 보도블록이 깔린 길이 나온다. 여기서 불과 스무 걸음쯤 걸어가면 자연석으로 만든 돌층계가 나오는데 그 위에는 흙길이 펼쳐져 있다. 그렇다! 바로 여기에서 예닐곱 계단만 오르면 눈앞의 아늑한 작은 숲길로 들어서는 것이다.

처음 이 숲에서 받은 인상은 놀라움이었다. "이런 숲이 대도시의 도로변 가까이에 숨어 있었다니, 마치 천국 같아. 저 위의 완만한 연갈색 계단은 천국의 계단" 하며 경탄했었다. 햇빛까지 투과되어 일순간 현실감이 지워졌었다. 하늘과 맞닿아 하늘거리고 있어 더 신비한 연둣빛 어린잎. 그날부로 나는 이곳을 '천국'(A1)이라고 명명했다. 도시와 숲의 경계는 그저 돌층계였다 ― 오랜 세월 자연적 풍화 작용에 의해 만들어진 각기 다른 모양의 자연석으로 가지런히 쌓아 만든 계단이다. 그래, 나는 어린 시절 천국에는 오색영롱한 빛과 울창한 나무숲이 있을 거라고 상상했었다.

한편 이 숲의 땅 밑에는 거대한 바위가 파묻혀 있을 것으로 짐작되었다. 군데군데 조금씩 드러난 암석의 규모가 예사롭지 않아서다. 그리고 숲길 양옆으로는 각종 튼실하고 커다란 나무가 50~60그루 정도 서 있는데 한결같이 개성 있고 듬직한 모습이었다. 특히 살구나무까지도 다른 나무와 함께 키가 컸다. 그래서인지 땅에 떨어진 붉은빛이 도는 노란 살구는 눈에 많이 띄어도 나무에 매달린

열매는 목을 뒤로 한껏 젖히고 아무리 찾아보아도 안 보였다. 기사에 의하면 서울 녹번역 부근에 있는 살구나무는 높이가 13미터에 수령이 약 196년 정도 되었다는데[1] 여기 살구나무도 100년은 족히 넘었을 것으로 짐작되었다.

그다음으로 특별한 두 번째 장소는 큰 산의 축소판 같은 아기자기한 낮은 산등성이를 내려오면 나타난다. 내리막과 오르막이 있던 오솔길 신행에서 안식처를 찾은 느낌이랄까. 숲길은 서너 명이 나란히 걸어갈 수 있을 정도의 너비로 100미터가량 이어져 있었다. 그런데 반전이 있었다. 50보 정도 내려가니 오른쪽에 둥그런 네모 모양의 터가 있었다. 처음에 그 안에 들어갔을 때는 희한하게도 외부에서 이쪽을 못 볼 것 같은 착각이 들었다. 그곳에는 꽤 딴딴한 나무도 20여 그루 서 있었고 나무 그루터기도 대여섯 개나 있었다. 그때 마침 붉은 낙조가 나뭇가지 사이로 보였다. 한 바퀴 둘러보는 사이에 석양은 조금 더 내려가 있었다. 아름다웠다. 자연에게서 선물을 받은 느낌이랄까? 몇 바퀴를 더 돌며 매력적인 은신처를 찾았다고 쾌재를 불렀다. 한동안 서쪽을 향해 멍하니 서 있으니 마음이 편안해졌다. 이곳은 '안방'(A2)으로 명명했다.

첫 번째 숲보다 규모가 큰 이곳은 나무가 숲길을 따라 100그루도 넘게 서 있었다. 또 단풍나무, 벚나무 등 우람한 나무 뒤의 산자락

---

1   「녹번역 e편한세상 캐슬, 200살 살구나무 품다」, 『환경과 조경』, 2020년 11월 6일 기사

에는 천군만마와도 같은 나무들이 늘어서 있었다. 그러나 이 숲은 첫인상과는 다르게 사람들에게 꽤 인기 있는 장소였다. 그 사실을 뒤늦게 알고 나서 나는 실소를 금할 수 없었다. 심지어 여름에는 해먹을 매달아 놓고 휴식을 즐기는 사람도 있었다. 또 연인들의 데이트 장소로도 애용되고 있었는데 어떤 커플은 스탠드형 모기장까지 펴놓고 안에서 희희낙락거렸다. 그런가 하면 할머니 몇 분은 날마다 여기로 출근을 하셔서 빙 둘러앉아 화투를 치거나 낮잠을 주무시곤 했다.

그러나 사람이 보이지 않을 때의 이 숲은 고요하고 포근하면서도 정갈한 분위기를 자아냈다. 그래서 나무들끼리 다정한 대화라도 나누는 것 같은 느낌을 받곤 했다. 특히 북풍이 이 숲을 세차게 지날 때의 '슈우웅' 하는 소리는 은미(隱微)하지만 더 깊고 오묘하게 들려서 '이 숲에는 나무들의 정령이 깃들어 있는 것이 분명해'라는 생각이 저절로 들곤 했다.

A 코스에서의 세 번째 대상은 나무이다. 이 나무는 산등성이에 있던 두 군데의 아담한 숲들과는 다르게 독립영양생물로서 엄청나게 큰 '아까시나무'(A3)이다. 이 나무는 산의 둘레길 위에 점잖게 서 있다. 따라서 낮은 산의 둘레를 한 바퀴 돌고 오면 이 나무를 다시 만날 수 있다. 처음부터 이 숲길은 내 마음을 잡아끌었다. 나무가 흡인력을 가지고 있기 때문인 것 같기도 했다. 나무를 보면서 걷노라면 어느덧 마음까지 경건해졌으니까. 어쨌든 이 나무에 대한 첫인상은 대견함이었다.

사실 아까시나무가 거목으로 자랄 수 있다는 것을 나는 이 나무를 보고 처음 알게 되었다. 나무의 종류가 궁금해서 고개를 뒤로 젖히고 위를 보니 뜻밖에도 연녹색 아까시 잎이 저 멀리 하늘 위에서 산들거리고 있는 것이 아닌가. 솔직히 내 눈을 의심했다. 왜냐하면 어린 시절 나는 가시 달린 가지가 사방으로 뻗은 나무 같지도 않은 이 나무를 어디에서나 볼 수 있었기 때문이다. 또한 아까시에 대한 인식도 좋지 않았다. 어렸을 때부디 간간이 어른늘에게서 일제가 큰 나무는 베어 가고 지기(地氣)를 끊으려고 말뚝을 박거나 아까시를 심었다고 들었다.

그나저나 이 아까시나무는 "자연 발생적으로 만들어졌다"는 이 오솔길 위에 언제부터 서 있었던 것일까? 또 이 숲에는 어째서 아까시가 이다지 많을까? 여러 의문을 풀기 위해 검색해 보니 우선 이 나무의 이름은 아카시아(오스트레일리아 원산)가 아니고, 아까시(북아메리카 원산)였다. 또 아까시의 수명은 100년이고 60년 된 나무의 밑동은 1미터 정도[2]라고 나와 있었다.

그래서 며칠 뒤에 이 나무의 밑동을 측량해 보니 지름이 딱 1미터 3센티미터였다. 그러니 이 아까시 수령은 어림잡아 60년 정도가 되는 것이다. 그렇다면 1960년대 초반, 산림녹화사업이 한창일 때 이 숲에도 아까시를 대량으로 심었단 말인가? 아귀가 이렇게 들어맞다

---

2   출처: 두산백과 '아까시나무' 항목

니 신기할 따름이었다. 지금 이 나무는 높이가 대략 30미터가 넘는 위용을 자랑하고 있다. '우아함', '모정'이라는 꽃말을 꼭 닮은 어머니 나무여! 기후 위기도 꿋꿋하게 이겨 나가길.

나의 초등학교 고학년 시절에는 주변에 있는 산이 온통 벌건 민둥산이었다. 어느 날 선생님은 근처 야산으로 우리를 데리고 가셨다. 우리들 키와 거의 비슷한 비실거리는 어린나무들이 헐벗은 산기슭의 한쪽에 심겨 있었다. 수백 그루는 되는 것 같았다. 그렇지만 '이 묘목들이 언제 자라지? 땅도 말랐잖아. 저 넓은 텅 빈 산에는 언제 나무를 다 심지?'라는 의아심만 들었다. 그래서 벌거숭이산이 푸른 산이 될 거라는 말도 도통 믿어지지 않았다. 경사진 비탈은 메말라 있었다. 마른 모래흙에 아이들이 죽죽 미끄러질 때마다 뿌연 흙먼지가 연기처럼 일어났다.

우리는 한 그루의 나무 앞에 한두 사람씩 서서 나무젓가락으로 벌레를 잡기 시작했다. 다닥다닥 붙어 있는 송충이들! 징그러워서 몸을 떨어 가면서도 우리는 쉬지 않고 잡았다. 이곳저곳에 붙어 있던 '산림녹화'라는 표어가 우리 뇌리에 당연한 과제로 자리 잡고 있을 때였다. 1960년대 산림운동에 동참했던 어린 시절을 돌이켜 보니 새삼 가슴이 벅차오른다. 단 아까시에게는 미안하다. 이로운 나무였는데 오해를 했으니.

맨 처음 이 둘레길을 이웃에 사는 분과 걸을 때였다. 곳곳에 회양목, 사철나무, 주목, 철쭉나무 등의 관목이 들어차 있어 구청에서 관리를 잘하고 있다고 생각했다. 그랬더니 "아니에요. 오륙 년 전에 이 길을 항상 걸으시던 어느 어른께서 심으신 거예요. 아들이 아버지 칠순이라고 오백만 원을 드렸다고 해요. 해외여행 가시라고요. 그런데 그 돈으로 몽땅 나무를 사서 이렇게 심으셨대요"라며 미담의 자초지종을 소상히 들려주었다.

오, 이 시대의 숨은 위인이시다. 부전자전이라더니 존경스러웠다. 효성스러운 아들의 뜻을 오래 지구상에 남기려고 수백 그루의 나무를 여기에 심으신 건까? 싱싱하게 자라고 있는 키 작은 나무들을 보니 그분의 인자함이 그대로 전해져 오는 것 같았다. 식수를 하신 후 날마다 나무들에게 따뜻한 눈길을 보내셨겠지. 틀림없이 그분께선 지금 살고 계신 근처의 자연뿐만 아니라 망가지고 있는 지구환경도 걱정하고 계시리라. 부디 이런 이야기가 자연 파괴 문제에 경종을 울리는 사례가 되었으면 한다.

헨리 데이비드 소로[3]는 "의사들이 환자에게 공기와 환경을 바꿔보라고 권하는 것은 현명한 일이다"[4]라고 말했다. 역사는 정말 돌고 도는 것 같다. 팬데믹으로 세계 각국에 환자가 넘쳐 나는 이 시국에 꼭 맞는 처방을 미국의 소로가 168년 전에 내렸으니 말이다.

그래서 낯모르는 그 어르신께 더 고맙다는 생각이 드는지도 모르겠다. 현재 도심 속에 있는 공간의 공기와 환경을 바꾸기 위해 솔선

---

3   헨리 데이비드 소로(Henry David Thoreau, 1817-1862)는 미국의 사상가, 문학자, 생태주의자이다.

4   헨리 데이비드 소로, 『월든』, 한기찬 옮김, 태일소담출판사, 2010, 390면

하여 나무를 심으셨으니까. 그런데 나무 심을 자리가 어떻게 그분의 눈에 뜨이게 되었을까? 아마도 녹지공간 확대에 관한 관심이 지대했기 때문일 것이다.

　회양목의 작디작은 연노랑 꽃들이 수줍게 피어났다. 그 어르신이 또 생각났다. 이참에 이 자연의 향에 고마움을 실었다. 자, 우리도 무언가 해야 하지 않을까. 신종 코로나바이러스 감염증이 더 이상 퍼지지 않도록 당장 창문부터 열고 공기부터 바꾸는 것이 좋겠다. 그리고 자연이 다시 살아날 수 있도록 생활환경을 깨끗하게 관리하고, 자연을 존중하면서 보호해야겠다. 자연을 살리는 것만이 자연의 일부인 인간이 살 수 있는 길이 아닐까?

지구를 살리려면

●

　이미 50년 전이다. 1972년 스톡홀름에서는 '오직 하나뿐인 지구' 라는 슬로건으로 국제회의가 열렸다. 환경 보호 의식을 높이기 위해 114개국이 모여 6월 5일을 세계환경의 날로 정하기도 했다. 그럼에도 불구하고 오늘날 자연환경은 어떤가? 한마디로 말해 최악으로 내몰려 있는 상태다. 지구 온난화로 인한 자연재해와 팬데믹이 그것을 방증하고 있다.

　2021년 9월 28일 밀라노에서 열린 '청소년기후정상회의'에서 환경운동을 하는 18세의 학생 그레타 툰베리(Greta Thunberg)는 "세계 정상들이 기후 변화의 대응에 대하여 공허한 약속만 하고 행동은 하지 않는다"[1]라고 일갈했다. 약속을 믿었던 청소년들의 실망이 느껴졌다. 과연 그동안 어떤 일이 있었던 걸까?

　2015년 제21차 유엔기후변화협약 당사국총회에 모인 195개국은

1　「"더 나은 재건 어쩌고저쩌고" 바이든 · 마크롱 흉내내며 조롱한 툰베리」, 『한국일보』, 2021년 9월 29일 기사

지구의 평균 기온 상승폭을 섭씨 1.5도 이하로 유지하자는 내용의 파리협약을 채택했다. 하지만 선진국들이 약속을 지키지 않아서 목표 달성은 이루어지기 어렵게 됐다. 게다가 2021년 제26차 총회에서는 온실가스 감축을 약속한 193개국 중 24개국만 실행 계획을 제출했다.[2]

그렇다면 그동안 어떤 나라들은 탄소중립이나 녹색경제에 대해 약속만 하고, 뒤에서는 자국의 이익만을 생각했던 것일까? 또 팬데믹으로 전 인류가 고통받는 이 상황에 대해 반성하는 정상은 있을까? 아마도 여러모로 실망스러워서 툰베리가 "희망은 권력자들의 결정에서 나오지 않고, 행동을 취하는 사람들에게서 나온다"라며 전 세계인의 공동 대응을 촉구했나 보다. 그렇다. 힘없는 청소년들이 해결책을 제시한 것이다.

그리고 2022년 1월 17일 자 『연합뉴스』에는 이런 기사가 실렸다. 미국 마노아 하와이대학교의 국제연구팀이 "지구 생물의 7.5~13%가 멸종이 진행되었고, 인간은 이 위기를 초래한 당사자다. 이렇게 문제가 심각한데도 정치적 의지가 부족하다. 위기를 그대로 받아들이는 것은 인류의 공동 책임을 폐기하고 지구가 6차 대멸종을 향해 나아가게 하는 길이다"[3]라고 발표했다.

2　「1.5도 이상 더워지면 다 죽는데… 미국·중국은 "관심 없어"」, 『한국일보』, 2022년 10월 29일 기사

3　「"지구 생물종 7.5~13% 이미 멸종"…6차 대멸종 진행 중」, 『연합뉴스』,

정말로 생태 위기의 심각성은 다각도로 나타나고 있다. 예를 들자면 기후 위기로 꽃가루를 옮기는 화분 매개 곤충의 수가 줄어 농작물 생산량이 감소했고, 그 영향으로 전 세계에서 매년 40만 명 이상이 사망하고 있다는 것[4]이다. 자, 꿀벌이 살 수 없는 지구라면, 지구의 동식물이 멸종되고 있는 자연환경이라면, 우리 인간인들 끝까지 살아남을 수 있을까?

따라서 지구 온난화를 막기 위한 세계 각국의 급진적인 대응이 절실하게 필요하다. 우선은 탄소 배출량 상위권 나라들은 화석연료 사용을 줄이고 기후 위기에 대응하려는 계획을 세워야 한다. 또한 경제성장을 가로막는다는 이유로 이권만을 생각하지는 말아야 할 것이다.

그러면 우리 개개인은 기후 문제를 해결하기 위해 어떻게 해야 할까? 봄비같이 느껴지는 1월 상중순의 겨울비, 빨리 녹아내리는 12월의 눈, 아열대 기후로 느껴지는 여름철 폭염, 수시로 덮치는 최악의 미세먼지 등의 지구 온난화를 체감하는 와중에 그저 걱정만 하면서 살아서는 안 될 것이다. 툰베리의 주장처럼 모두 행동을 취하는 사람이 되어야 하겠다.

2022년 1월 17일 기사

4   「꿀벌·나비 실종에 연간 40만 명이 초과 사망했다」, 『한국일보』, 2023년 1월 12일 기사

나는 타샤 튜더[5]의 자연주의적 삶을 경모한다. 19세기의 생활을 즐겼던 그녀의 자급자족을 흉내조차 낼 수 없지만 그녀의 모습과 정원을 사진으로 보는 것만으로도 마음의 위안을 느꼈다. 홀로 자녀를 키우며 그림까지 열심히 그렸던 그녀는 자신의 꿈도 함께 키워 나갔고, 부지런히 땅을 맨발로 누비면서 아름다운 정원을 몸소 가꾸었다.[6] 만일 세상 사람들이 그녀의 겸허함과 생명 사랑과 자연을 존중하는 삶을 조금씩이라도 본받는다면 자연의 원상회복도 가능할 것이라고 믿는다.

이런 관점에서 내가 실천하고 있는 일도 밝혀야 할 것 같다. 물론 한 사람의 아주 미약한 힘이다. 그럼에도 불구하고 '낙숫물이 댓돌을 뚫을 수 있다'는 가능성을 믿고 실행하고 있다.

* 곡식을 씻은 뜨물로 설거지를 한다.
* 텀블러, 손수건, 천으로 된 에코백을 항상 가지고 다닌다.
* 전자 폐기물을 줄이기 위해 휴대폰은 아껴서 쓴다.
* 추위와 더위는 의복과 환기로 조절한다.
* 구입한 옷은 헌 옷이 될 때까지 오래 입는다.
* 나무와 화초 사이에 있는 거미줄을 제거하지 않는다.

5   타샤 튜더(Tasha Tudor, 1915-2008)는 미국의 동화작가, 삽화가, 원예가, 골동품 수집가이다.
6   타샤 튜더, 토바 마틴, 『타샤의 정원』, 공경희 옮김, 윌북, 2017

* 잔디밭에 제초제를 뿌리지 않는다.

* 크릴새우를 어획하여 만든 건강기능식품은 사 먹지 않는다.

* 가능한 한 교통수단을 이용하지 않고 많이 걸어 다닌다.

* 지붕에 태양광 패널을 설치, 가정에서 생산된 전기를 사용한다.

* 화석연료를 쓰지 않기 위해 인덕션 레인지를 사용한다.

* 물건의 재사용과 순환을 위해 쓰지 않는 물품은 기증한다.

* 자선단체에 자동이체로 월정액을 기부한다.

　사실 부끄럽다. 한 바가지의 물이라도 아껴야 한다는 마음일 뿐인데 지구를 살린다든지, 자연을 보호한다든지, 신재생 에너지를 이용한다든지, 자원을 낭비하지 않는다든지 등의 거창한 의미를 부여하는 것 같아서. 그러나 희망은 행동을 취하는 사람들에게서 나온다고 하지 않았던가. 그럼에도 불구하고 당연히 개인의 활동이라는 한계를 느끼고 있다. 그래도 우리 모두 기후 위기를 막기 위한 활동은 포기해서는 안 될 것이다.

　나는 희망한다. 세계 각국의 정상들이 기후협약의 목표 달성을 위해 힘쓰기를, 그간의 새로운 기술을 총동원해서라도 지구 온난화라는 대참사를 막기를! 건강한 자연환경을 만들기 위해 애쓰는 청소년들을 무한히 응원한다.

Part 7

폭력,
약자의 굴레

적을 알고 나를 알면
백 번 싸워도 위태롭지 않을 것이다.

적을 알지 못하고 나만 알면
한 번은 이기고 한 번은 지게 될 것이다.

적을 알지 못하고 나도 알지 못하면
싸울 때마다 반드시 위태롭게 될 것이다.*

– 손자

● 손자, 『손자병법』, 김원중 옮김, 휴머니스트,
  2020, 123면

●● 손자(孫子, B.C.544?-B.C.496?)는 중국 춘추
  시대 오나라의 손무(孫武)로 병법가이다.

그 예쁘던 새댁은
그 후 어떻게 살았을까?

•

나의 사춘기는 평범하게 지나갔다. 그래서 그 시절에 대한 특별한 이야깃거리는 별로 없다. 그러나 나 자신에게 "자의식이 싹트기 시작한 때는 언제인가?"라는 질문을 한다면 "사춘기 때 '어떤 일'을 목격하고부터"라고 분명히 말할 수 있다. 나는 이 사건의 피해자를 알기 전까지는 외모에 대해서도 별 관심이 없었다. 내 생김새는 말할 것도 없고 타인의 얼굴에도 무관심했다. '날씬하다'에 대한 개념도 없었다.

나는 청소년기 초반인 12세[1] 때 내가 여자라는 자각을 처음으로 했다. 물론 '어떤 일'이 동기가 되었다. 그때가 감수성이 가장 예민한 시기였던 것일까? 나는 그 당시의 일을 너무나 또렷하고 생생하게 기억하고 있다. 나의 자아를 일깨운 그 '사건'은 중학생이던 1학

---

1   2023년 6월 28일부터 시행된 '만 나이 통일법'에 의해 계산하면 생일이 지나지 않았기 때문에 12세가 된다. 그러나 세는 나이로는 14세이다. 이 장에서는 변화하는 현시대에 맞추어 '만 나이'로 표기할 것이다.

년 여름방학에 일어났다.

우리 집에는 신혼부부가 세 들어 살고 있었다. 시골에서 결혼해 도시에 방을 얻어 신접살림을 차린 부부였다. 나하고 언니가 함께 쓰던 방은 신혼부부의 방과 대각선의 위치에 있었다. 우리 방에서 나와 마루에 서면 부엌 옆에 있는 그 부부의 방이 보였다. 유난히 피부가 흰 새댁은 너무나 예뻤다. 새댁은 집에서 주로 시원해 보이는 옷감으로 만든 한복을 입었다. 그런데 어느 날 원피스를 입은 새댁을 보게 되었다. 나는 의외의 모습에 깜짝 놀랐다. '아니, 날씬하기까지 하잖아!' 내 기준으로 보았을 때 '날씬하다'라는 말은 저런 모습에 쓰는 표현이어야 했다.

항상 조용하기만 한 새댁은 나를 보면 친근한 미소를 지었다. 웃는 얼굴은 더 아름다웠다. 보기 드문 미인이었다. 나는 일찍이 다른 사람의 신체나 외모의 아름다움에 감탄한 적도 없었다. 아니 숫제 몰랐다고 하는 편이 낫겠다. 어쨌든 전혀 모르던 어른과의 관계에서 이렇게 기분 좋은 교감을 느껴본 것도 처음이었다. 새댁과 한 집에서 산다는 것만으로도 즐거웠다.

새댁은 종일 방에 앉아서 말없이 바느질을 했다. 여름철이었기 때문인지 언제부터인가 방문은 온종일 열려 있었다. 열린 방문으로 새댁의 모습이 보였다. 그런데 신랑은 하는 일 없이 날마다 빈둥빈둥 놀았다. 새댁의 삯바느질로 먹고사는 게 분명했다. 저 두 사람은 어떻게 만난 걸까? 어떻게 결혼까지 하게 되었을까? 내 눈에 두 사람은 전혀 어울리지 않았다. 새댁이 너무 아까웠다. 그래서 '나는 절대로 저런 남자와는 결혼하지 않을 거야'라고 마음먹곤 했다. 그리고는 새댁이 사는 모습과는 완전히 다른 멋지고 새로운 나만의 미래를 그렸다. 새댁을 동정하면서도 나에게는 나의 미래에 대한 사고의 확장이라는 반대급부가 있었던 셈이다.

여름방학의 어느 날이었다. 우연히 나는 상상도 못 했던 광경을 목격하고 말았다. 그것은 바로 남자가 새댁을 무자비하게 주먹으로 마구 때리고 발로 펑펑 차는 등 폭력을 휘두르고 있는 모습이었다. 그녀는 말 한마디 없이 그대로 맞고 있었다. 한쪽 팔로 얼굴과 귀빰을 가린 모습이었다.

나는 심장이 꽉 막혀 꼼짝할 수도 없었다. 잠시 나는 넋 빠진 듯 서 있었다. 순간 남자가 나를 발견한 듯했다. 폭력을 멈추더니 방에서 천천히 나왔다. 그리고 신발을 신고 나를 힐끗 쳐다보더니 의미 모를 웃음을 흘렸다. 그 야비한 웃음에 소름이 쫙 돋았다. 나는 마루 위에 얼어붙었다. 남자는 천천히 뒷마당 쪽으로 사라졌다. 이제 내 시야에는 새댁만 남았다. 그녀는 아무 일도 없었다는 듯 눈물을 닦고 흐트러진 머리와 옷매무새를 고쳤다. 그러더니 바느질을 계속하는 것이 아닌가! 너무 뜻밖이었다.

속상하고 화가 났다. 새댁의 모습은 '그동안 계속 맞았으면서 안 그런 척한 것 아닐까?'라는 의심이 들 정도였다. 새댁의 부모님은 이런 사실을 알고 계실까? 힘센 남자가 약한 여자를 저렇게 구타하다니! 성별로 보았을 때 새댁과 나는 한편이었다. 우리 편은 피해자고 약자였다. 더구나 새댁은 바느질까지 하면서 돈을 벌어 남자를 먹여 살리고 있지 않은가. 나는 새댁이 그런 대우를 받는 것이 너무 억울했다. 그렇지만 도울 방법이 없었다. 내가 그냥 겁 많은 소녀에 불과해서 더 답답했다. 물론 엄마에게 말씀은 드렸다. 그러나 엄마는 "부부 싸움에는 함부로 끼어드는 것이 아니란다"라고 하셨다. 더구나 새댁이 도와달라는 말도 안 했기 때문에 더욱 곤란하다고 하셨다.

그 당시에는 엄마의 말씀이 아리송하기만 했다. 그러나 어른이 되고서야 납득이 좀 되었다. 어른들은 부부 사이에서 벌어지는 폭력은 무조건 부부 싸움으로 취급하는 것 같았다. 또 부부 싸움을 대수롭지 않게 여기는 것처럼 보였다.

우리나라 속담에 '부부 싸움은 칼로 물 베기'라는 말이 있다. 부부는 싸움을 해도 표시도 안 나고, 금방 풀어진다는 뜻이다. 또 '부부 싸움은 개도 안 말린다'라는 속담도 있다. 다른 사람이 간섭하면 안 된다고 경고하고 있다. 게다가 '싸움 끝에 정이 붙는다'라는 속담은 어떤가? 싸움을 하면 금실이 좋아진다고, 은근히 싸움을 부추기면서 놀리기까지 한다. 이렇게 부부 싸움은 부부 사이의 흔한 일로 간주되고 있는 것 같았다.

그러면 부부 싸움과 가정폭력은 어떻게 다를까? 표준국어대사전의 사전적 의미를 보면 가정폭력은 '가정 내에서 벌어지는 폭력과 학대 행위'이다. 부부 싸움은 '부부가 서로 옥신각신 다투는 일'이다. 그렇지만 부부 싸움이 심해지면 가정폭력이 될 수 있으니 분명 애매한 면이 있다. 따라서 가정폭력을 부부 싸움의 범주 안에 넣는 것은 문제가 있어 보인다. 예컨대 새댁의 경우는 서로 옥신각신 다투지도 않았다. 일방적으로 구타를 당했다. 그렇게 죽도록 맞으면서도 새댁은 한마디 말도 하지 않았다. 이래도 부부 싸움일까? 따라서 가정폭력이라는 큰 테두리 안에서 부부 싸움을 바라보아야 그나마 인명 피해를 줄일 수 있을 것 같다.

그 사건 이후 새댁의 얼굴에서는 웃음기가 사라졌다. 나와 시선도 마주치지 않았다. 이제 새댁의 의식 속에 나는 존재하지 않는 것 같았다. 그 대신 절망의 그림자가 새댁의 얼굴에 드리워졌다. 그 당시에 새댁의 영혼은 완전히 말살된 상태였던 것 같다. 아마 새댁이 받은 정신적, 육체적 상처는 내가 상상할 수 없을 정도였는지도 모르겠다.

얼마 후에 새댁은 다시 시골로 이사를 갔다. 그들이 떠난 직후에는 사뭇 걱정이 밀려와서 가슴이 두근거리기까지 했다. 그렇지만 내가 할 수 있는 일은 아무것도 없었다. 그저 그녀가 무사하기만을 바랄 뿐이었다. 그 뒤로 오랜 세월이 흘렀다. 그런데도 지금까지 새댁이라는 말은 오로지 그녀만을 생각나게 한다. 아직도 만감이 교차한다.

그 예쁘던 새댁은 그 후 어떻게 살았을까?

12세 소녀의
세 가지 결심

•

　지금 생각해 봐도 새댁은 가정폭력 피해자였다. 그 남편은 잔인하게 폭력을 휘두른 범죄자일 뿐이었다. 또 아내의 존엄성을 무자비하게 훼손했으니 인륜마저 저버린 자였다. 여자는 무방비 상태로 테러를 당한 것이고! 이 사건은 처음으로 내가 여자라는 자각을 갖게 했다. 나는 새댁과 같은 여자였다. 그리고 우리는 힘이 약했다. 이 사실만으로도 새댁에게 끈끈한 유대를 느꼈던 것 같다. 그래서 새댁의 원통한 감정이 그대로 나에게 이입된 것인지도 모르겠다. 절망스러운 감정을 표출하지도 못하는 새댁처럼 나도 은근히 냉가슴을 앓았으니 말이다.

　그날 나는 난생처음으로 타인의 입장이 되어 골몰히 생각했던 것 같다. 그러므로 이 사건이 사춘기였던 나를 심리적으로 변화시키는 촉발점이 되었다는 것을 부인할 수 없다. 또한 내 자의식이 싹트기 시작한 것도 새댁 구타 사건을 목격하고부터라고 분명히 말할 수 있는 것이다. 충격적인 이 장면은 기나긴 세월이 흐르는 동안에도 사라지지 않고 간혹 얼핏 떠올랐다 사라지곤 했다. 이 사건은 나에게 여성 인권의 중요성에 대한 내적 결의를 다지는 기폭제 역할을 했던 것 같기도 하다.

이 새댁 구타 사건이 남에게는 아무것도 아닐 수 있다. 그럼에도 불구하고 나는 일대 사건으로 기억하고 있다. 이유가 무엇일까? 그동안 보거나 들은 부부 싸움과는 양상이 너무 달랐기 때문 아닐까? 1960년대만 해도 여름이면 이집 저집에서 흔히 싸우는 소리가 들려왔다. 골목을 지나다가 우연히 본 적도 여러 번 있다. 그런데 내가 본 대다수 여자들은 싸울 때 남자보다 더 바락바락 고함을 질러댔다. 살림살이를 마당에 패대기치는 여자도 있었다. 어떤 여자들은 울부짖기까지 하며 난리를 떨었다. 그래서 잠깐 들은 소리와 목격한 장면으로는 도저히 승패를 가릴 수 없었다. 누가 특별히 불쌍하다 할 것도 없었기에 눈살 한번 찌푸리고 지나치면 그만이었다. 그런데 새댁의 경우는 매우 달랐다. 나는 그때 사실 남자보다 새댁에게서 더 강도 높은 충격을 받았다. 모진 매를 견디는 새댁을 이해할 수 없었다. 그 움츠린 형상을 떨쳐 버릴 수도 없었다. '지렁이도 밟으면 꿈틀'한다는데 여자는 전혀 반항하지 않았다. 외마디 소리도 없었다. 도망도 안 가고 맞대들지도 않았다. 여자는 팔려 온 노예처럼 웅크린 채 자신을 포기하고 있었다. 집집마다 새댁처럼 쥐 죽은 듯이 맞고 사는 여자들이 많을 것만 같아 몸서리가 쳐졌다.

사건 당일 내 머릿속은 새댁에 대한 연민으로 가득 차 있었다. 저렇게 불행한 여자가 되지 않으려면 어떻게 해야 할까? 나는 식구들이 모두 잠든 그날 밤에 세 가지 중대한 결심을 했다.

첫째, 결혼 후에도 꼭 직장생활을 할 것이다. 새댁은 하루 종일 집에서 혼자 삯바느질을 한다. 그러니 남의 눈에 띄지도 않고, 돈도 별로 못 벌고, 집안일과 구분도 안 되어 대우를 못 받는 것이다. 나는 무조건 날마다 깔끔한 정장을 입고 좋은 직장에 다니는 사람이 될 것이다. 둘째, 결혼 후 맞고는 절대로 안 살 것이다. 나는 어려서부터 누구와도 싸운 기억이 없다. 그런데 만일 결혼하여 남편이 깡패 같은 사람인 것을 알게 된다면 당장 이혼할 것이다. 셋째, 내가 존경할 수 있는 착하고 능력 있는 사람과 결혼할 것이다.

나의 비장한 각오는 다소 추상적인 면이 있기는 했다. 그러나 지금까지 12세 소녀의 순수한 굳은 의지가 잘못되었다고 생각한 적은 단 한 번도 없었다. 또 내 생각의 골격도 거의 변하지 않았다. 따라서 인생에 있어서 가장 중요한 시기는 12세인 것 같다는 생각마저 드는 것이다. 이렇게 내 직업관과 결혼관의 기반은 가정폭력을 당하는 여성을 본 것이 단초가 되었다.

결국 그 일을 계기로 나는 나 자신의 내면에 대해서 분명히 알게 되었다. 폭력이라는 야만 행위를 내가 얼마나 싫어하는지를, 또 내가 가치 있다고 여기는 것이 무엇인지를. 따라서 그날부터 내가 내 인생의 주체가 되었으며 동시에 자아의식도 높아지기 시작했다고 확실히 말할 수 있는 것이다.

한 소녀에게 설렘을 주었던 새대이여! 당신께서 깨끗힌 마음의 소유자였기에 소녀의 마음이 움직였을 겁니다. 꾸미지 않아 더 아름다웠던 분, 어디서나 아무 일 없이 잘 살기만을 빌었답니다.

가정폭력을
없앨 수는 없을까

•

정말 인생은 짧은 것 같다. 눈 깜짝할 사이인 것이 맞다. 아직도 눈앞에 선한데 벌써 60년 가까운 세월이 흘렀으니 말이다. 1960년 대 중반에 그렇게나 어여뻤던 새댁도 이제는 팔순을 넘겼을 것이 다. 그렇다면 기나긴 시간이 흘러가는 사이 우리나라 여성의 인권 은 얼마나 신장되었을까?

한 기사에 따르면 우리 사회는 남녀 갈등이 심각하다는 응답이 63%였고, 심각하지 않다는 응답은 31%였다. 즉 '남녀 갈등이 심각 하다'가 전체의 반 이상이었고 심각하지 않다는 쪽보다 두 배나 높 았다. 한편 20대 여자는 73%가 가정 내 성차별이 심각하다고 대답 했으며, 20대 남자는 30%만 그렇다고 인정했다.[1] 나는 이 결과가 모든 사람에게 해당되는 절대적인 것이라고 생각하지는 않는다. 그 리고 여성의 인권은 반백 년 전보다 확실히 향상되었다고 체감하고

---

[1] 「우리 사회는 젠더 이슈에 얼마나 민감한가」, 『한국일보』, 2021년 2월 25 일 기사

있기도 하다. 그러나 단견을 가지고 근시안적으로 속단하는 것은 금물일 것 같다.

세계경제포럼(World Economic Forum)의 2021년 3월 31일 자, 글로벌 성 격차 보고 2021(Global Gender Gap Report 2021)을 보면 한국은 남녀평등 순위에서 156개국 중 102위였다. 그런데 더 우려스러운 점은 2006년도의 92위보다 10단계나 하락했으며, 경제적 참여 부문에서는 123위라는 사실이다.[2]

따라서 현 상황을 더 냉정하게 직시해야 할 것 같다. 세계경제포럼 보고서와 국내 20대 남녀의 조사 결과는 남녀 성차별이 심각하다는 점을 공식적으로 증명하고 있기 때문이다. 따라서 여성의 권리가 후퇴된 것은 사실인 것 같다.

예컨대 2020년 4월에는 직원 성추행 사건으로 부산광역시장이 사퇴했다. 또 같은 해 7월에는 서울특별시장의 권력형 성범죄가 미투로 폭로되었다. 결국 두 곳에서는 2021년 4월, 재보궐선거가 실시되었다. 이렇게 사회지도층이 저지른 여성 인권유린 사건은 곧 남녀 불평등 상황의 증거인 듯해서 더한층 걱정스럽다. 그래서 앞으로 나아갈 길이 더 험난해 보인다.

그렇다면 남녀평등을 위해서 우리는 무엇을 어떻게 해야 할까? 아마도 가정 안에서 성차별이 심각하다고 대답한 여성들은 속한 가

---

2   「한국 성평등 수준 102위⋯ WEF "경제적 성별 격차 해소에 268년 걸린다"」, 『여성신문』, 2021년 4월 1일 기사

정에서 피해자이거나 가족의 피해를 목격한 사람들일 가능성이 농후하다. 그런 여성이 남성보다 압도적으로 많다는 사실에 우리는 주목해야 할 것 같다. 만일 이러한 국내 실정을 무시한다면 한국의 여권 신장은 요원할 것이기 때문이다.

따라서 가정에서부터 실질적인 성평등이 이루어질 수 있도록 정부의 각 부처에서 구체적인 정책 수립과 교육, 투자 등에 적극 관심을 가져야 할 것 같다. 만일 여성이 경제활동에 더 많이 참여할 수 있는 여건이 조성된다면 남녀평등 지수도 상승할 것이기 때문이다. 부디 코로나19 대유행도 잘 극복하고, 여성의 경제활동 참가율도 증가할 수 있기를 고대한다.

그러면 새댁 구타 사건과 같은 가정폭력의 현 상황은 어떨까? 나는 그것에 대해 잘 알지 못한다. 다만 가정폭력은 일반적으로 잘 알려지지 않고 있으며 집중적으로 다뤄지지 않는다는 느낌이 든다. 또한 피해자도 새댁처럼 도움을 청하지 않는 경우가 대부분인 것 같다. 그래서 그저 유추하는 수준 ─국내에서 가장 비율이 높은 '이혼 사유'를 보고─ 이다. 나는 몇 년 전에 우연히 신문 기사를 보고 실망한 적이 있다. 이혼 사유의 1위는 바로 '외도와 폭행'이었기 때문이다. 자동적으로 그 옛날 새댁이 떠올랐다. 그리고 수십 년이 흘렀는데도 여전히 심각한 가정폭력이 암암리에 자행되고 있다고 생각하게 되었다. 그렇다면 이처럼 뿌리 깊은 우리 사회의 가정폭력을 없앨 수는 없을까.

그런데 이쯤에서 솔직하게 털어놓아야겠다. 다음 이야기를 써야 할 바로 이 시점에 이르렀을 때 나는 고민에 빠졌다. 과거의 경험을 기록하는 것에서 글을 끝낸다면 무슨 의미가 있을까 하는 생각이 들었기 때문이다. 게다가 새맥 사건은 여전히 나에게는 의문투성이이기도 했다. 나는 속 시원하게 그 원인을 풀고 싶었다. 도저히 납득할 수 없었던 미심쩍은 문제들에 대하여.

또한 거기에 더하여 가정폭력의 방지책과 해결 방안까지 섭렵하여 유의미한 결론에 도달하고 싶은 욕구도 있었다. 그러니 공허한 메아리에 불과한 탁상공론식의 식상한 글을 쓰고 싶었겠는가. 그러나 앞이 보이지 않았다. 흡사 블랙홀 같은 곳에서 빠져나갈 수 없게 된 것만 같은 그런 기분이었다.

아! 이것은 필연이라고 하는 것이 맞을 것 같다. 고심하던 바로 당일이었다. 신간 서적 중에서 내 눈길을 단박에 끄는 책이 있었다. 『살릴 수 있었던 여자들』3의 저자는 미국의 가정폭력 전문가인 레이철 루이즈 스나이더(Rachel Louise Snyder). 나는 즉시 온라인으로 책을 주문했다. 마음을 태우고 있을 바로 그때 새로운 길을 찾게 되다니! 그렇다. 이 일도 일종의 기적이라는 생각이 들었다. 어쩐지 예감도 왔다. 원하는 답이 이 책에 있을 것만 같은. 책을 기다리는 심정은 여느 때와는 사뭇 달랐다. 두근두근 조바심까지 났으니까.

3   레이철 루이즈 스나이더, 『살릴 수 있었던 여자들』, 황성원 옮김, 시공사, 2021

『살릴 수 있었던 여자들』을
읽으며

•

2021년 4월 2일, 책을 받자마자 즉시 읽기 시작했다. 그러나 나는 이 책을 보는 내내 우울감에 휩싸였다. 마음이 한없이 조여 와서 한숨이 저절로 나오곤 했다. 속이 막혔다. 그렇지만 책을 구입한 목적이 없다고 하더라도 결코 중단해서는 안 되는 그런 종류의 책인 것만은 확실했다. 나는 난해한 논문을 읽을 때처럼 필요한 곳에 연필로 밑줄을 그었다. 간혹 포스트잇을 붙이기도 했다. 한 장 한 장 읽어 내려가는 사이에 저절로 '이 책은 모든 사람들의 필독서가 되어야 한다. 특히 청소년들은 반드시 읽어야 한다'라는 생각이 들었다. 다 읽고 난 후에는 "가치가 있는 책이란 바로 이런 책일 것"이라며 다른 사람에게 소개도 했다. 내가 알고자 했던 그 이상으로 갈증을 풀어 준 책이었다.

레이철 루이즈 스나이더는 이 책의 「후기」에서 "가정폭력에 대한 처방을 제시하지 않을 생각이었다"라고 공언했다. 그러면서도 "책을 다 쓰고 난 다음에 내가 도달한 결론은 가정폭력 문제는 너무 어마어마하고, 인생은 워낙 부서지기 쉽기 때문에 테이블에 아무것도 남아 있지 않을 때까지 모든 것을, 모든 생각을, 다 시도해 봐야 한다는 것 그리고 우리는 더 많은 시간과 더 많은 목숨을 잃을 수 없다는 것이다"[1]라고 말했다. 나는 이 말을 곱씹어 보았다. 바로 내가 알고 싶어 했던 내용에 대한 답이었다. 가정폭력의 현 상황, 방지책, 해결 방안을 이보다 더 압축하여 직접적이면서도 암시적으로 제시할 수는 없었을 것이다. 그럼에도 불구하고 폭력 현장을 목격했던 12세 소녀였을 때부터 지금 이 순간에 이르기까지 내가 품었던 궁금증 중 몇 가지를 자세히 들여다보려고 한다.

첫 번째 의문이다. 나는 앞에서 새댁이 '테러'를 당한 것이라고 표현했다. 그러나 '부부 사이의 폭력에 테러라는 단어를 써도 무방한 걸까?'라는 의문이 생겼다. 또한 21세기 대한민국의 가정폭력 실태에 대해서도 파악하고 싶었다.

스나이더는 「서문」에서 "요즘 친밀한 반려자의 폭력이나 친밀한 반려자의 '테러'라는 용어를 사용하는 추세다. 나는 수년간 더 나은 용어를 만들어 보려고 노력했지만 아직 답을 찾지 못했다. '테러'라는 단어가 폭력적인 반려 관계에 대한 내부의 느낌에 가까운 편이라고 생각하긴 하지만 말이다"[2]라고 했다. 순간 안도감을 느꼈고, 인정받은 것 같아 자부심도 높아졌다.

---

1   위의 책, 455~456면
2   위의 책, 45면

또한 「후기」에서도 "이 책은 미국의 이야기를 들려주고 있지만 친밀한 반려자의 '테러'와 살인 사건의 증가 양상은 어느 나라건 동일하다"라며 '테러'라는 단어를 직접 사용하였다. 사소한 것 같지만 나는 글쓴이에게 일종의 동료의식을 느꼈다. 나 역시 이 책을 읽기 전부터 '테러'는 가정폭력 현장을 가장 적절하게 표현한 단어라고 생각했기 때문이다. 따라서 그녀와 나 사이에 탄탄한 공감대도 구축되었다고 생각했다.

한편 스나이더에 의해 확실히 알게 된 사실이 있다. 가정폭력은 세계적으로 증가하고 있다는 점이다. 특히 "어느 나라건 동일하다"라는 표현에서는 한국도 예외가 아니라는 것을 알 수 있었다. 하기야 이 땅에서도 가정폭력의 흉포화 경향은 간간이 뉴스를 통해서도 접하고 있는 실정이다.

두 번째 의문이다. 나는 새댁 부부의 결혼 스토리를 궁금하게 여겼다. 새댁은 내가 판단하기에 완벽했다. 순하고 인물 좋고 성실한데다 예절이 몸에 배어 있었다. 그러나 남편은 무직이었고 게을렀으며 인상도 좋지 않았다. 그래서 두 사람의 결혼은 풀 수 없는 수수께끼 같았다.

스나이더는 「PART 1」에서 "두 사람의 관계가 너무 빠르게 진지해졌다는 사실 역시 중요하다. 짧은 구애(이것을 첫눈에 반한 사랑이라고 치자)는 사적인 폭력의 특징이다"[3]라고 말한다. 「PART 2」에서는 "폭력이 잠재된 연애를 하는 대부분의 사람들은 아주 어릴 때부터 사귀었다. 때로 그것은 남은 삶 동안 끈질기게 이어지는 패턴이 된다"[4]라고 하였다. 새댁의 경우는 아무래도 '짧은 구애' 쪽이었던 것 같다. 새댁은 얌전했으며 연애 경험도 없어 보였다. 따라서 결혼을 목적으로 접근한 남자의 거짓된 언행을 진심이라고 믿어 버린 것은 아니었을까 의심이 되는 것이다.

세 번째 의문이다. 새댁의 남편은 폭력을 행사한 후 웃음을 흘릴 정도로 만족해했다. 무슨 이유일까?

스나이더는 여러 해 동안 빈민국 취재를 하면서 가정폭력을 접했다고 했다. 그리고 이 상황을 "여성들은 남성들에게 자유를 빼앗긴 채 짐승 취급을 당했다. 남성들은 주로 육체적 폭력을 통해 규칙을 만들었다"[5]라고 말한다. 또한 "유대교, 이슬람교, 기독교, 천주교에서는 전통적으로 하인, 노예, 동물 같은 다른 재산을 규율하고 통제하는 것과 대동소이한 방식으로 아내를 다스리는 것이 남편의 권한이었다"[6]라고 밝힌다. 아, 비로소 의문이 풀렸다. 남편은 새댁을 통제해야 하는 소유물로 취급했으며, 폭력으로 규칙을 만들고

---

3 위의 책, 153면
4 위의 책, 212면
5 위의 책, 26면
6 위의 책, 37면

스스로 만족해했던 것이다.

네 번째 의문이다. 새댁이 웅크린 채 고스란히 맞는 모습은 충격적이었다. 왜 그런 모습이었을까?

「PART 1」에서 스나이더는 말한다. "남자는 여자보다 우뚝 서 있고, 여자의 웅크리고 있는 자세는 이 커플의 역학에 대해 뭔가를 알려 준다. 권력과 통제에 대해"[7]라고. 그렇다. 바로 이 장면이다. 새댁이 구타를 당할 때와 똑같아서 경악스러웠다. 권력을 가진 남편은 여자를 내려다보며 구타를 했다. 권력이 없는 새댁은 자기방어를 위해 몸을 작게 웅크리기만 했다. 새댁은 권력자에게 통제를 받는 구속된 자에 불과했던 것이다.

다섯 번째 의문이다. 나는 새댁이 구타당한 직후 아무 일도 없었던 것처럼 바느질을 계속하는 것을 보고 그동안 계속 맞았을지도 모른다는 추측을 했었다. 정말 그랬을까?

스나이더는 「PART 3」에서 "주먹질은 갑자기 등장하지 않는다. 폭력은 시간을 두고 진화한다. 처음에는 얼굴이나 옷차림 트집, 고함으로 시작한다. 즉 통제도, 학대도 한 번에 일어나 때려눕히지 않는다. 라돈처럼 시간을 두고 천천히 새어 나온다"[8]라고 말한다. 과연 그랬던 것 같다. 습관화된 매질! 만일 그날의 육체적 폭력이 처

---

7   위의 책, 147면
8   위의 책, 406면

음이었다면 새댁이 과연 그렇게 아무 저항 없이 무력하게 맞고만 있었을까? 그 남편도 처음에는 언어폭력으로 시작했을 것이다. 아내의 월등한 외모를 웃음 띤 교활한 눈으로 노려보며 생트집을 잡았을까?

여섯 번째 의문이다. 새댁은 남편이 구타할 때 쥐 죽은 듯 무반응으로 일관했다. 왜 저항하지 않았을까?

스나이더는 「PART 1」에서 "가족폭력 피해자 여성들에게는 착실함이라는 공통점이 있다. 무슨 방법을 쓰더라도 삶을 유지하는 투지와 결연함이 있다. 그들은 중단하지 않는다"라고 말한다. 또한 「저자의 말」에서는 "학대받았던 사람의 '수치심'과 '낙인'이 갖는 함의"[9]에 대해 의문을 제기했다. 나는 이 부분을 읽을 때 오싹한 기분이 들었다. 어쩌면 이렇게 똑같을 수가 있을까? 착실함은 곧 새댁의 특징이었다. 더구나 수치스러워 매질을 참았다고 생각하니 기가 막혔다. 그렇게 숨기고 싶었는데, 여중생에게 들켜 버린 거다. 매 맞는 여자로 낙인찍힐 거라고 생각한 걸까? 새댁은 그 뒤에도 가정을 지키려고 얼마나 많은 노력을 기울였을까? 궁금증이 풀리니 12세 소녀 때보다 더 마음이 아려왔다.

일곱 번째 의문이다. 나는 어린 마음에도 새댁이 고아일지도 모른다는 생각을 했었다. 그 정도로 새댁이 외톨이로 보였다. 과연 어

---

9   위의 책, 56면, 444면

떤 경우였을까?

　스나이더는 「PART 1」에서 남편에게 살해당한 미셸에 대해 분석하면서 자유의 박탈 상태에 놓인 피해자를 "자기 집안에 갇힌 소극적인 인질"로 부른다고 소개한다. 그리고 "위압적 통제의 또 다른 중요한 요소는 피해자를 자신의 가족에게서 고립시키는 것이다"[10]라고 말한다. 그렇다면 새댁도 그런 구속된 상태가 아니었을까? 그러고 보니 온종일 집에서 놀고 있던 남편이 수상쩍기는 했다. 새댁을 종일 감시했던 것일까? 그러나 내가 확실히 아는 것은 그들을 방문한 사람이 아무도 없었다는 정도이다.

　가정폭력은 전쟁과 다를 바 없다. 책을 다 읽고 든 생각이다. 피해서 도망을 다니는 배우자를 끝까지 찾아다니며 호시탐탐 해칠 기회를 노리는 책 속의 가해자들은 테러리스트와 진배없다. 그리고 새댁은 흡사 적에게 잡힌 포로 같았다.

　이제 자기의 목숨을 지키기 위해서는 전략이 필요할 것 같다. 우선 병법을 알아야 하지 않을까? "지피지기면 백전불태!"[11] 만일 '나를 안다'는 전제하에 '상대편을 안다'면 싸우지 않고도 이길 수 있단다. 그래, 스나이더가 제공한 중요한 자료를 바탕으로 자기 자신을

10　위의 책, 72~74면

11　知彼知己 百戰不殆(「모공(謀攻)」, 『손자병법』, 123면)는 "적을 알고 나를 알면, 백 번 싸워도 위태롭지 않다"는 뜻이다. 모공(謀攻)은 "교묘한 전략으로 적을 공격한다"는 의미이다. 그러나 손자는 싸우지 않고 적을 굴복시키는 것을 최상의 전략으로 보았다.

지킬 수 있는 방법을 알아보는 게 좋겠다.

그 방법으로는 우선 **첫째,** 사랑한다는 말에 속지 말아야 한다. 왜냐하면 가해자들이 누구나 똑같이 악용하는 수법이기 때문이다. 「PART 3」에서 스나이더는 "나는 사랑이 모든 걸 정복한다고 믿지 않는다. 이 세상에는 사랑보다 더 강해 보이는 것이 많다. 의무, 분노, 두려움, 폭력이다"[12]라고 규정하면서 "화자가 누구건 대본은 충격적일 정도로 비슷하다"[13]라고 말한다. 세계 각지에 흩어져 살고 있는 가해자들의 말 ─사랑하기 때문에 폭력을 썼다─ 이 유사하다는 것이 소름 끼치지 않은가? 그러니까 가해자가 하는 사랑의 말과 사과와 눈물과 약속 등을 쉽게 믿어서는 안 되는 것이다. 물론 가해자가 여성일 경우도 마찬가지다.

둘째, 피해자는 가해자의 말을 듣고 위축되거나 수치심을 가져서는 안 된다. 스나이더는 「PART 2」에서 "폭력범들은 학대행위를 합리화하고, 피해자에게 책임을 전가하면서 자신의 폭력을 최소한으로 축소한다"[14]라고 말한다. 그런 것 같았다. 새댁이 주눅 잡히니 그 남편은 웃었다. 자신이 무직인 것도, 폭력을 쓴 것도, 새댁이 복이 없기 때문이라고 뻔뻔하게 뒤집어씌웠을 것 같다.

셋째, 처음부터 어떤 종류의 폭력도 용인하지 말아야 한다. 스나

---

12 레이철 루이즈 스나이더, 『살릴 수 있었던 여자들』, 345~346면
13 위의 책, 243~244면
14 위의 책, 244면

이더는 "폭력은 비꼬기, 고함, 물건 던지기, 욕설, 주먹질, 발길질, 흉기 사용, 살인으로 진화"[15]한다고 하였다. 그러니까 어떤 종류의 폭력도 애초에 용납하지 말아야 한다. 나쁜 싹은 뿌리가 내리기 전에 단호하게 제거해야 한다. 그 남편도 처음에는 비굴하게 빈정거리며 농담처럼 시작했을지도 모르겠다.

넷째, '살인 가능한 고위험 요인'을 알고 대책을 세워야 한다. 스나이더는 「PART 1」에서 "기물 파손, 거짓말, 자아도취, 알코올, 만성 실업, 약물 중독, 질투, 가족 단절, 목조름, 스토킹"[16] 등의 요인을 잠재적 살인자의 특징으로 열거했다. 새댁의 남편에게도 해당되는 것이 몇 가지 있다.

다섯째, 부모 형제나 친구들과 단절해서는 안 된다. 스나이더는 "가해자들은 배우자를 '가족과 친구로부터 고립'시킨다는 특징을 가진다"고 밝히며 "남편 로키는 미셸의 엄마가 찾아오면 화를 냈다. 결국 미셸은 엄마에게 오지 말라고 했다. 이제 남편은 미셸을 그녀의 부모로부터 차단시키는 목적을 달성했다. 이 사실만으로도 로키는 잠재적인 살인자인 것을 예고한다"[17]라고 말했다. 그러고 보니 그 남편도 새댁을 가족으로부터 고립시켰던 것 같다.

여섯째, 짧은 구애에 넘어가지 말아야 한다. 첫눈에 괜찮게 느껴

---

15   위의 책, 405~406면
16   위의 책, 115~116면
17   위의 책, 74면

지는 것은 사랑이 아니다. 단순한 호기심일 확률이 높다.

일곱째, 아주 어릴 때부터 연인으로 사귀는 일은 피해야 한다.

여덟째, 자립과 자기 발전을 위해 꾸준히 공부해야 한다. 가해자는 피해자가 활동하고 발전하는 것을 극도로 싫어한다. 피해자를 순종하게 만든 후 마음대로 통제하기 위함이다.

아홉째, '참사랑'과 '거짓 사랑'을 구분할 수 있어야 한다. 이를테면 자신의 재산을 사회에 환원한 자선사업가 김만덕[18]이나 한국의 슈바이처라고 불리는 장기려[19] 같은 분들의 사랑은 참사랑이다. 참사랑은 수많은 사람을 도와주고 죽어가는 사람도 살린다. 거짓 사랑은 그 반대다. 자기 반려자까지도 정신적·육체적·사회적으로 고립화·피폐화시키고 죽이기까지 한다. 예컨대 이 세상에서 반려자를 가장 이해해 주는 사람은 자기뿐이라고 세뇌하고 마음대로 조종한다.

열째, 모든 위태로운 상황에 최대한 철저히 대비하기 위하여 도움을 받을 수 있는 각종 기관, 교육 프로그램, 상담사, 긴급대응전화, 쉼터 등에 대해서 미리 조사해 둔다.

가정에서의 폭력 방지책 및 해결 방안을 알아보았다. 스나이더는

---

18 김만덕(金萬德, 1739-1812)은 조선 정조 때의 여성 기업인으로 굶주린 제주도 백성들을 위해 전 재산을 털어 육지에서 쌀을 구입하여 도민들을 구휼했다.

19 장기려(張起呂, 1911-1995)는 의료 활동과 사회봉사 활동을 펼친 외과 의사로 1979년 막사이사이상(Ramon Magsaysay Award)을 받았다.

시시콜콜 처방을 제시하지는 않았지만 가정 내부에서 벌어질 수 있는 모든 형태의 폭력 상황과 관련 기관에서 하는 일을 조목조목 펼쳐 보였다. 그래서 글 행간에 배어 있는 글쓴이의 사고에서 유의미한 방안을 꽤 찾을 수 있었던 것이다. 그렇지만 절대적인 답은 없는 것 같다. 따라서 스나이더의 의견처럼 가정폭력을 막기 위해서는 모든 방법과 생각을 다 시도해 보아야 한다. 오직 한 번뿐인 소중한 내 인생을 가해자에게 맡겨서는 안 될 것이다.

스나이더는 집필 기간에 대해 자세히 소명하지는 않았지만 책은 10년 정도의 노력 끝에 나온 것 같았다. 특히 중간에 1년간은 폭력과 관련된 일체의 것과 거리를 두었다고 실토했다. 얼마나 힘들었으면 심리치료사를 찾아다니거나 그림을 그리면서 마음을 달랬을까. 충분히 이해가 되었다. 나는 읽기만 하는데도 힘들고 괴로웠다. 그러니 글을 쓰는 사람은 오죽했겠는가. 이제 책 속에서 빠져나와야 할 시간이다. 레이철 루이즈 스나이더에게 맘껏 박수를 보내고 싶다. 정말 대단하다!

수치스러운 일은
내가 저지르지 않았다

•

  나는 강간 피해자와 가정폭력 피해자를 구분하고 싶지 않다. 여성이 가정폭력 피해자인 경우에는 대부분 강간 피해자와 다를 바 없는 고통스러운 나날을 이어 갈 것이기 때문이다. 특히 공포심과 수치심을 느낀다는 점에서는 거의 동급일 것이다. 그렇지만 자신의 정신 건강과 생명 보전을 위해서 이 두 마음은 반드시 버려야 할 것 같다. 그렇다면 무서움과 치욕스러움을 극복할 수 있는 방법이 있기는 한 걸까?

  미국의 캐서린 햄(Kathleen Ham, 1947-2021)은 폭력 피해자들의 거울이 될 수 있을 것이다. 법정에서 2차 가해까지 당한 피해자로서 수치심을 과감하게 깨부수고 세상 밖으로 나왔기 때문이다. 그녀는 26세이던 1973년 여름, 복면강도에게 강간을 당했다. 그러나 그녀는 법정에서의 난폭한 반대신문으로 만신창이가 되어 고향으로 돌아갔다. 그 후 트라우마로 32년 동안을 죽은 듯이 숨어서 살았고 결혼도 하지 못했다. 캐서린 햄은 2005년 『뉴욕 타임스』와의 인터뷰에서 "내가 부끄러워할 일이 없으므로 내 이름을 밝혀도 좋다고 말했다. 이 말을 한 순간 내 삶의 모든 것이 달라진 듯했다"[1]라고 털어놓았다.

캐서린 햄의 기사는 여러 측면에서 내 마음을 흔들었다. 끔찍한 고초를 겪은 그녀에게서 한줄기 강한 희망을 보았다. 햄의 용기가 가정폭력과 강간 피해자들의 본보기가 되었으면 좋겠다는 생각을 하게 되었다.

이를테면 캐서린 햄은 칼이 목을 겨누고 있는 상황에서 자신의 목숨을 지켜냈다. 이보다 더 용감한 일이 있을까? 인간 승리라는 생각이 들었다. 강한 정신력과 침착성과 판단력이 있었기에 가능했을 것이다. 그런데도 그녀는 법 앞에서 온갖 수모를 당했다. 그래서 고향의 품으로 돌아가서도 불안과 자기혐오와 공포 속에서 살아야 했다. 그러나 그녀는 지혜로웠다. 최악의 환경에 매몰되지 않았고 용기를 되찾았다. 그리고 사건의 진실을 다시 세상에 알렸고 진정한 평화와 자유를 획득했다.

속담에 '죄짓고는 못 산다'라는 말이 있다. 그런데 죄를 지은 사람이 누구인가? 바로 강간범이다. 때로는 가정폭력범이다. 그러므로 수치심과 불안감은 당연히 그들의 것이어야 한다. 피해자들은 이 단순한 진리만을 생각했으면 한다. 항상 두려워하면서, 반성하면서 조심스럽게 살아야 하는 인간들은 죄지은 사람들이라는 것! 피

---

1   「한 강간 생존자의 32년만의 정의」, 『한국일보』, 2021년 3월 22일 기사

해자의 잘못이 아니라는 것!

니체는 "세상에 존재하는 악의 4분의 3은 공포심에서 태어난다. 그것은 체험하지 않은 것도 두려움에 떨게 만든다. 그러나 공포심의 정체는 현재 자신의 마음 상태가 어떠한가에 달려 있다. 그것은 자신의 힘으로 변화시킬 수 있다"[2]라고 말했다. 물론 옳은 말이지만 변수가 있을 것 같다. 가령 이 세상에는 진짜 나쁜 사람이 있는 것 같아서다. 상대가 스토커처럼 계속 괴롭힌다면? 그래서 니체의 방법도 확증할 수 있는 해결책이라고 완전히 수긍되지는 않는다.

그러므로 위협에 직면하지 않도록 먼저 자신이 처해있는 상황을 정확하게 파악하고 빈틈없이 준비해야 할 것 같다. 그다음에는 이것을 토대로 삼아 스스로 두려움을 이길 수 있는 강력한 마음의 힘을 탑재하는 일 또한 중요할 것 같다.

그래서 나는 캐서린 햄이 더없이 대단하다고 생각한다. 그런 끔찍한 신체적·정신적 충격을 당한 뒤에도 자기의 목숨을 버리지 않았고 로스쿨을 졸업해 변호사가 되었으며 고질화된 공포심에서도 벗어났기 때문이다. 그러나 햄은 너무 오랜 세월 두려움의 고통 속에서 살았다. 만일 니체의 말처럼 상상의 두려움에 떨지 않았다면 더 빨리 세상 밖으로 나올 수 있지 않았을까?

직접 당해 보지 않은 사람은 이런 말을 할 자격조차 없을지도 모

---

2   프리드리히 니체, 『초역 니체의 말』, 39면

르겠다. 그렇지만 세상은 바뀌어야 한다. 폭력이 없는 평화로운 세상으로. 따라서 폭력을 근절시키기 위한 노력의 일환으로 가정에서 일어나는 성폭행도 법의 엄중한 심판을 받아야 한다고 생각한다. 그렇게 된다면 피해자가 공포와 수치심의 늪에 빠지는 경우도 당연히 줄어들 것이기 때문이다.

그렇다면 폭력에서 파생된 불안과 치욕스러움에서 피해자들을 속히 벗어나게 하려면 우리는 어떻게 해야 할까? 먼저 그들을 남들로만 취급해서는 안 될 것이다. 피해자들에게는 잘못이 없다. 단지 재수 없게 폭력이라는 벼락을 맞은 것일 뿐 그 같은 불운은 누구에게나 닥칠 수 있다. 그런데 방관, 차별, 손가락질로 또다시 피해자들에게 절망감을 안겨 주어서야 되겠는가.

예컨대 캐서린 햄처럼 변호사가 되었는데도 수치감과 공포심으로 정상적인 생활을 할 수 없었다면 그 사회는 건강하지 못하다는 방증이 될 수 있을 것이다. 따라서 우리는 폭력 피해자들이 위험에 처하지 않도록 그들에게 계속 관심을 가져야 하며 아울러 손쉽게 도움을 줄 수 있는 체계도 갖추어야 할 것이다. 이를테면 애초에 폭력 피해를 방지할 수 있도록 사회안전망을 갖추고 제도적으로 강력한 장치를 마련하는 것도 꼭 필요한 일이다.

그렇게 한다면 수치심과 두려움에 사로잡힌 피해자들이 끝내 생명을 잃는다거나 가정이라는 감옥에 갇혀 위협을 받는 일도 막을 수 있을 것이기 때문이다. 아무쪼록 공평과 정의가 실현되고 각종 폭력이 사라지는 세상이 오기를 간절히 희망한다.

Part 8

경청과 독백이
삶에 미치는 영향

귀에 달콤한 소리를 경계하고
충고에 귀를 기울여라.
경청할 줄 알아야 발전이 있다.

충고할 줄 아는 벗을 얻어라.
충고를 무시하고 자기 고집대로 하다가
자기 자신을 망치는 경우가 있다.

널리 듣고 깊이 검토하라.
나는 내 마음대로 하지 않는다.
상대방의 의견을 최대한 존중한다. *

– 호암 이병철 **

• 이병철, 『호암어록 – 기업은 사람이다』, 호암재
  단, 1997, 100–101면, 103면, 226면, 303면,
  306면

•• 이병철(李秉喆, 1910–1987)은 대한민국의 기업
   인, 삼성그룹의 창립자.

아기의 표정이
좋아 보이지 않는구나

•

경청이란? 나에게는 자녀 교육의 밑거름이었다. 그 밑거름이 없었다면 아이들을 어떻게 키웠을지 상상하기 힘들다. 나는 어려서부터 누구의 말을 듣고 나서야 움직이는 그런 소극적인 딸은 아니었던 것 같다. 엄마의 말씀에 의하면 '제가 알아서 하는 아이'였다. 따라서 내가 정말로 경청다운 경청을 하기 시작한 때는 첫째를 출산한 이후라고 할 수 있다.

1978년 8월, 여름방학을 이용하여 친정에 갔다. 첫 출산을 한 후 4개월 반 만이었다. 나는 자랑스럽게 아기를 엄마에게 안겨 드렸다. 아기는 출생 직후부터 순둥이라는 말을 들었다. 시간 맞춰 주는 대로 잘 먹고 잘 잤다. 보채지도 않았다. 게다가 우량아였다. 늘 상위 10% 안에 들 정도로. 그러나 엄마는 아기를 유심히 바라보시더니 걱정스러운 안색으로 "아기의 표정이 좋아 보이지 않는구나"라고 하셨다. 무슨 뜻인지 여쭈어보니 한숨과 함께 "아기가 생기가 없다"고 부언하셨다.

나는 평소에 틈나는 대로 아기를 한없이 바라보곤 했었지만 표정에 문제가 있다고는 전혀 생각하지 않았다. 엄마의 그 말씀을 듣고 우선 아기를 찬찬히 관찰해 보았다. 아기는 양미간을 약간 찡그리고 있는 것 같았다. 눈빛은 맑았으나 건조했다. 분유병을 물고 열심히 빠는 모습도 다분히 수동적으로 보였다. 어떤 동작에도 의욕이 결여된 것 같았다. 그때 처음으로 아기를 보면서 고민을 했다. 아기도 한 사람의 어엿한 인간이다. 희로애락을 느끼고 그것이 표정에 나타나야 하지 않을까? 뒤늦게 깨달음이 왔다. 비로소 엄마의 말씀이 무엇을 뜻하는지 알 것 같았다.

아기의 표정을 생기 있게 만드는 방법은 무엇일까? 이튿날부터 나는 퇴근해서 집에 오면 무조건 아기를 등에 업었다. 그리고 동네의 골목길을 누볐다. 나는 걸으면서 등에 업힌 어린 딸에게 계속 말을 걸었다. 아기는 옹알이로 대답을 했다. 저절로 웃음이 터져 나왔다. 뒤돌아보며 "까꿍, 까꿍!" 할 때마다 아기는 깔깔 웃었다. 단단하게 맨 띠 위로 자기 엉덩이를 받친 엄마의 손길과 등의 포근함을 만끽하고 있는 것 같았다. 아기는 내 말을 알아들었다는 듯 말 타듯이 다리를 구르곤 했다. 모녀간의 교감은 말소리와 눈빛으로 때로는 몸짓으로 이루어졌다.

어느 초가을 저녁, 나는 여느 날과 다름없이 집에 오자마자 아기를 업고 집을 나섰다. 그날은 큰 도로 쪽에 있는 시장 입구까지 쭉 내려갔다. 길거리의 노점 상인들과 행인들의 모습은 활기찼다. 근처의 느티나무 밑에서는 아이들 여럿이 떠들썩하게 놀고 있었다. 반면 돌아오는 골목길은 한산했다. 나는 맘껏 신나서 아기에게 말

을 했다. 뒤를 보며 눈도 마주쳤다. 옹알이는 점점 길어지고 있었
다. 나는 아기를 어르며 "어이구, 그랬어? 우리 아기 똑똑하기도
하지!"라며 칭찬을 연발했다.

마침 뒤돌아보았을 때 텅 빈 골목길 아래쪽 멀리에서 한 남자가
걸어오고 있었다. 그 사람과의 간격은 점점 좁혀지고 있었다. 내가
또다시 돌아보니 그는 어느새 대여섯 발짝 뒤였다. 연세가 지긋하
신 분이었다. 나는 민망하여 이야기를 멈추었다. 잠시 후에 "고놈,
정말 잘 생겼구먼, 허허허" 하는 소리가 옆에서 들렸다. 그분이 아
기를 보고 계셨다. "뒤에서 보니 아기를 너무 예뻐하는 것 같아서
어떻게 생겼는지 보려고 빨리 왔어요"라며 또 웃으셨다. 후훗, 딸
은 당시 남자아이 같았다.

세월은 흘러 첫째와 둘째는 초등학교 5학년과 4학년, 셋째는 1학
년이 된 해였다. 여름방학에 친정에 가니 엄마께서는 "애들 표정이
참 밝구나" 하시며 무척 흡족해하셨다. 언니도 "동네 사람들이 하
는 말이 있어. 엄마가 직장생활을 하는 집 아이는 교실에서 보면 꼭
티가 나고 주눅 들어 보인다고. 그런데 애들은 전혀 그렇지 않네"
라며, 신기한 듯 아이들의 얼굴을 말끄러미 바라보았다. 사실 당시
삼 남매의 모습이 이따금 스치고 지나간다. 함박꽃처럼 활짝 핀 얼
굴들이.

지난 일을 가만히 돌이켜 보면 나의 자녀양육 방식에 지대한 영향
을 주셨던 분은 어머니이다. 그래서 아기의 뚱한 표정은 지금도 내
뇌리에 반성 자료로 각인되어 있다. 당시에 엄마가 아기를 보신 느

낌을 솔직하게 말씀해 주시지 않으셨다면? 또 내가 그 문제에 대해 고민하지 않았다면? 그러나 다행히 그런 일은 일어나지 않았다. 엄마의 외손녀를 향한 남다른 관심과 예리한 눈썰미가 새삼 감탄스러울 따름이다.

그렇다면 경청은 지혜의 다른 이름이 아닐까? 이 일을 계기로 자녀의 심리와 정서 발달을 표정으로 가늠할 수 있다는 것을 알게 되었으니까. 또 아기의 마음을 읽는 법을 어느 정도 터득하게 되었으니까. 내가 본 아기들은 절대로 표정을 거짓으로 꾸미지 않았다. 이러한 산 경험은 나에게 세 가지 주요한 시사점을 제공했다.

첫째, 주변 사람들이 내 자녀에 대해서 해주는 이야기는 고마워하며 경청하는 것이 바람직하다. 의식을 집중해서 듣고 소통하면서 화자의 의도를 찾아야 한다. 그 내용에 반감을 가질 필요는 없다. 그대로 따르지 않아도 상관없다. 간혹 자녀를 폄하한다고 곡해하는 사람들을 본 적이 있는데 속단은 금물! 자녀가 안고 있는 문제가 보호자의 눈에는 안 보일 수도 있다. 자기 방식만 고집했던 사람들이 실패하는 경우를 그동안 드물지 않게 보았다. 고집을 버리고 오히려 반면교사로 삼으면 좋을 것 같다.

둘째, 독서와 경청은 뇌의 활동과 직접적인 관련이 있다. 그래서 책을 읽는다는 행위 자체도 경청과 똑같은 효과를 거두는 것 같다. 내가 아이들을 양육할 시기에는 인터넷이 없었기 때문에 책에 많이 의존했다. 저술자들의 전문적 지식과 사례 연구는 실질적으로 많은 도움이 되었다. 요즘은 인터넷 검색으로도 유익한 정보를 얻을 수 있다. 그러나 유해 정보도 같이 오기 때문에 신중히 분석·분류하여 수용해야 할 것 같다. 부모의 정보력이 자녀의 진로에 영향을 미친다는 말을 곧이곧대로 믿지는 않지만 교육 관련 신간 서적을 읽는 것은 적극 권유하고 싶다. 책은 자녀 문제의 원인과 맥락을 찾는데 효과적이었다.

셋째, 책으로도 해결할 수 없는 일은 혼자서 고민하지 말고 평소에 뜻이 통했던 분들에게 상담을 청해야 한다. 자녀 교육을 위해서타인과 대화하고 경험이 많은 분의 이야기를 경청하는 것은 부끄러운 일이 아니다. 나도 처음 초등학생을 둔 학부모가 되었을 때 대선배 선생님에게 가끔 조언을 구했다. 그때마다 진심 어린 도움말을해주셨던 K 선생님 같은 분이 계셨기에 그 시기를 무난하게 넘길수 있었다. 인간은 사회적 동물인 게 맞다.

교사 재직 시절, '인복이 많다'는 말을 몇 번인가 들었다. 정말로그런 것 같다. 그래서 도움을 주셨던 분들 ―읽었던 책의 저자들도포함해서― 덕택으로 자녀를 탈 없이 키울 수 있었다고 생각한다.그중에서도 내 말을 늘 경청해 주셨던 두 분의 메리 포핀스(Mary Poppins),[1] 특히 이분들에 대한 감사한 마음은 이루 다 글로 표현할

---

1   메리 포핀스는 뮤지컬 영화 「메리 포핀스」(1964)에 나오는 보모의 이름이다. 영국에서 이 단어는 훌륭한 보모의 대명사처럼 쓰인다. 나도 삼 남매의 양육 과정에서 메리 포핀스라는 캐릭터처럼 아이들의 마음을 소중히 여기는 심성이 착한 두 분의 도움을 받았다.

길이 없다. 그러고 보면 행운의 여신도 내 소망을 경청하셨음에 틀림없다.

요컨대 주변 분들에게서 들었던 주옥같은 말들, 우연히 책에서 읽은 한 줄의 글들이 모여 내 삶의 자양분으로 작용했을 것이라는 사실을 부인할 수 없다. 이것이 곧 경청의 힘이 아닐까?

호암 이병철
그리고 연산군

•

언제부터였을까? 아주 오래전부터 나는 한 기업인에게 관심을 갖고 있었다. 얼마나 가난한 이 나라였던가. 그런데 그는 한 개인의 힘으로 기업을 일으켜 수많은 사람의 삶을 책임지고 있었다. 그래서 이러한 인물들이 많이 나온다면 우리나라는 틀림없이 부강한 나라가 될 수 있을 것이라 생각했다.

바로 호암 이병철, '경청' 하면 떠오르는 인물. 그가 '경청'을 평생의 모토로 삼았다는 것은 이미 대중에게 널리 알려진 사실이다. 이를 증명이라도 하듯 『호암어록』에는 이와 같은 경구들이 나온다.

* 남의 이야기를 경청해야 발전이 있다.
* 경영자는 남의 충고를 귀담아들을 줄 알아야 한다.
* 서로 충고하고, 이것을 담담하게 받아들이는 기풍을 조성하라.
* 사람을 평가할 때는 여러 사람의 의견을 들어보아라.[1]

---

1   이병철, 『호암어록 – 기업은 사람이다』, 100~101면, 228면

구구절절 옳지 않은가. 또 호암은 말했다. "인재제일(人才第一)은 내가 오랫동안 실천해 온 경영 이념이다. 기업가의 정성이 사원 한 사람 한 사람의 마음에 전달되어 있는 한 그 기업은 무한한 번영의 길을 걸어갈 것이다"[2]라고. 이렇게 사람을 존중하고 경청을 실천했으니 그 정성이 사원들의 마음에 닿아 많은 인재가 배출되었을 것이다.

대기업의 창업자가 사원들의 의견에 일일이 귀를 기울이는 과정을 거쳐 결정을 내린다는 것이 어디 쉬운 일인가? 대면했던 이들이 회장 앞에서 느꼈을 안도감의 깊이가 헤아려졌다. 상대편이 나를 신뢰하는 상황에서는 설령 견해 차이가 생긴다 해도 경청한 후에 검토할 테니 위험부담도 최소화될 것이다.

한편 더글러스 스톤(Douglas Stone)은 "의견 차이가 생겼을 때 논쟁을 하는 것은 도움이 되지 않는다. 우리가 해야 할 일은 상대방의 말을 경청하는 것이다. 내 의견만 내세우지 말자"[3]라고 말했다. 이 견해는 호암의 경영관과 대동소이하다. 마치 하버드의 경영 전문가 교육 프로그램에 호암이 직접 참여하여 전문적 조언을 해준 것처럼.

그러면 호암의 경영 철학의 바탕은 무엇과 통해 있을까? 호암은

---

2   위의 책, 76면
3   더글러스 스톤 외, 『대화의 심리학』, 김영신 옮김, 21세기북스, 2003, 48~50면

말했다. "나는 어려서부터 독서를 게을리하지 않았다. 책 속에는 내적 규범이 담겨 있다. 간결한 말 속에 사상과 체험이 응축되어 있어 인간이 사회인으로서 살아가는 데 없어서는 안 될 마음가짐을 알려 준다"[4]라고.

공부! 곧 동서고금의 책에서 찾은 진리 탐구와 실천이었다. 이런 추측은 『호암어록』에서도 쉽게 확인할 수 있다.

* 경영자는 쉴 새 없이 공부해야 한다.
* 실천이 가장 중요하다.
* 판단력을 잃지 않도록 늘 자기를 돌아보라.
* 지성과 사리에 밝은 사람과 사귀어라.
* 인간 사회에서 최고의 미덕은 봉사다.
* 기업의 사명은 국가, 국민 그리고 인류를 위한 것이다.
* 기업의 사회적 책무는 부의 환원에 있다.
* 남을 살려야 자기도 살 수 있다.
* 세계를 상대로 비약하자.[5]

온전히 내면화된 호암의 사상과 체험에 절로 숙연한 마음이 되었

---

4   이병철, 『호암자전(湖巖自傳)』, 중앙일보사, 1986, 418면
5   이병철, 『호암어록』, 12, 34, 45, 167, 224, 227, 294, 303면

다. 사실 요즘 개인, 가족, 집단 이기주의 등에 매몰되어 인간으로서의 자신의 도리를 지키지 않는 일부 오너들도 있지 않은가. 그런데 호암은 역시 큰 그릇이었다. 내로라하는 위치에 있는데도 항상 자신을 주도면밀히 점검했고 겸손하게도 남의 의견에 귀를 기울였다. 또한 홀로 호의호식하려고도 하지 않았고 너그럽게 국민과 인류를 마음에 품었다.

나는 그가 성현의 경지에 이른 인물 같다는 느낌을 받았다. 그래서 대한민국 남성들이 롤모델로 삼으면 좋을 것이라는 생각까지도 했다. 아마도 내 심중의 성인(聖人)은, 책 속에서 찾은 인간의 도리도 평생 실행했으리라. 따라서 대적하지 못할 내공도 쌓였을 테고 값진 성과는 고차원적인 가치 창출로 이어졌을 것이다. 그리고 마침내 삼성은 한국의 자존심이 될 만한 세계 일류 기업으로 우뚝 서게 되었을 것이다.

헌데 모순되게도 호암과 함께 생각나는 한 사람이 있다. 바로 연산군이다.[6] 너무 대조적이지 않은가? 연산군도 왕위에 오른 초기에는 정상적으로 나라를 다스렸다. 그러나 점차 주색에 탐닉했고 공포정치를 했다. 심지어 왕실의 어른이나 충신들의 충언에는 기괴망측한 폭력을 행사했다. 살해도 서슴지 않았다. 연산의 뇌 속에는 경청도, 공부도, 백성도 존재하지 않았다.

---

6   연산군(燕山君, 1476-1506)은 조선 제10대 왕으로 12년의 치세 동안 극도의 폭정을 자행하다 조선 최초의 반정(反正)으로 폐위되었다.

그렇다면 연산군의 실정의 단초는 무엇이었을까? 짚이는 바는 세 가지다. 첫째, 언로를 막았다. 임금에게 간하는 것을 못하게 했으니 경청과는 철저하게 담을 쌓은 것이다. 둘째, 책도, 조언하는 사람들도 멀리했다. 즉 대대로 해오던 국정 협의와 학문 연마를 하는 경연(經筵)을 없애 버렸다. 셋째, 소시오패스로 추정되는 후궁 장녹수에게 이용당했다. 아니면 사이코패스인 연산군이 미천한 연상의 여자에게 의존한 것일까?

장녹수는 어떤 사람이었을까? 그녀의 출생, 신분, 경력, 생김새, 나이 등이 두루 미심쩍지만 그것들을 거론하고 싶지는 않다. 그러나 인간성과 생활태도까지 간과해서는 안 될 것이다. 예컨대 실수로 장녹수의 치마를 밟은 옥지화라는 기녀는 참형을 당했다. 이 소름 끼치도록 잔인한 사건 하나만 봐도 그 됨됨이가 짐작된다. 연산과 장녹수는 참으로 패악스러운 남녀였다. 누가 누구에게 영향을 준 것일까?

그러나 엄밀히 따져 보면 일차적 책임은 나쁜 길을 선택한 연산에게 있다. 그는 책을 멀리하고 놀기만 좋아했다. 간언을 듣지 않으려고 숫제 사간원[7]까지 없애 버렸으니 경청했을 리 만무하다. 또 왕이면서도 아집에 빠져 자기 행복만 추구했다. 물론 정상인의 눈에 그것은 행복이 아니고 타락이다. 이와 같이 경청을 하지 않는 자는

---

7   사간원(司諫院)은 조선시대에 임금에게 간하는 일을 맡아보던 관사.

판단력도 마비되고 균형감도 상실하고 여자 보는 눈도 천박해지는 것 같다. 결국 연산은 스스로 악의 덫을 만들었고 그 속에 갇혀 비정상적인 일만 저질렀다.

이를테면 환관 김처선은 1505년, 죽음을 무릅쓰고 연산군의 비행을 직간했다가 왕에 의해 처참한 죽임을 당했다. 이 일은 호암이 평소에 좌우명으로 삼았던 "남의 이야기를 경청해야 발전이 있다"거나 "남을 살려야 자기노 산다"라는 말이 영원불변의 참된 이지라는 것을 방증한다. 실제로 사회적 윤리 규범과 대척점에 서서 악행을 일삼던 연산군은 1506년 폐위된 뒤 두 달 만에 역병에 걸려 죽었으니 말이다. 만약에 연산이 '경청'과 '공부'를 중요하게 여겼다면 어땠을까? 아마 폐위되지도, 국력이 약해지지도, 장녹수 같은 여자에게 홀리지도, 병에 걸려 일찍 죽지도 않았을 것이다.

호암은 "기업의 사명은 국가, 국민 그리고 인류를 위한 것이다"라고 하였다. 세계의 모든 사람들이 골고루 혜택을 받을 수 있게 베푸는 일이 본인의 사명이라고 생각했음에 틀림없다. 더없이 고결한 삶의 경지가 느껴진다. 그렇다면 한 인간으로서 우리의 사명은 무엇일까? 기본적으로 인류가 다 행복하게 살기를 바라는 마음가짐이면 충분하지 않을까 생각해 본다. 이런 정신 상태의 소유자라면 성실하게 자기의 자리에서 각자의 책임을 다할 테니까. 이기주의나 파괴주의에는 절대로 동조하지 않을 테니까.

이따금 아직도 나이에 어울리지 않게 실수를 하는 나 자신을 보면서 다시금 깨닫곤 한다. 인간이란 완벽하지 않은 존재임을. 그러나 어차피 인간이니까, 나이가 많으니까 하며 자기 합리화를 습관적으로 하지는 않으려 한다. 끝까지 헤매지 않고, 정신 차리고 살고 싶다. 호암처럼 경청하고, 깊이 검토하고, 실천에 옮기고 타인들도 모두 잘되기를 바라면서 말이다.

내가 알아야 할 모든 것

•

아주 오래전이다. 우연히 놀이터에서 목격한 일이지만 잊히지 않는다. 네다섯 살 정도의 아이가 울면서 아빠에게 뛰어갔다. 어떤 애가 때렸다며. 애 아빠는 다그쳤다. "누구야, 누구?" 때린 아이는 이미 사라지고 없었다. 남자는 아들에게 때리는 법을 가르치기 시작했다. 주먹을 불끈 쥐더니 "자, 주먹. 무조건 코를 때려. 세게!" 그러고는 "아빠 코를 때려 봐"라고 시키기도 했다. 남자의 분노에 찬 목소리는 한동안 놀이터에 쩡쩡 울렸다.

'친구를 때리지 않기'와 '사이좋게 놀기'는 유치원에서 가르치는 기본 행동들이다. 아이의 아빠도 어렸을 때는 선생님의 말씀을 귀 기울여 잘 듣고 바르게 행동하는 아이였을지도 모르겠다. 그러나 부모가 된 지금은 알아야 할 것을 망각한 것도 모자라 어린 아들에게 폭력을 가르치고 있었다.

소크라테스는 "자신이 불의를 당하면 그대로 되갚으려 하지만, 그것은 잘못된 생각이다. 어떤 상황에서도 불의를 행해서는 안 되기 때문이다"[1]라고 말했다. 역시 윤리를 중시한 철학자답다. 이렇게 대의를 따르는 것이 옳지 않을까? 그런데 보호자가 자녀에게 번번이 비도덕적 행동을 강요한다면 그 아들은 사사건건 가치관의 혼란에 빠질지도 모르겠다. 그리고 결국은 미래의 학교폭력 가해 학생이 될지도 모를 일이다.

세 아이가 초등학교에 다닐 때 읽었던 책이 있다. 책 이름부터 마음에 들었다. 로버트 풀검(Robert Fulghum)의 『내가 정말 알아야 할 모든 것은 유치원에서 배웠다』.[2] 그렇다. 자녀들이 알아야 할 모든 것은 유치원에서 다 가르친다. 그런데 가정에서 부모가 유치원과 보조를 맞추지 않아서야 되겠는가?

유치원에서는 정말로 세상을 옳게 살아가는 데 필요한 것들을 유아들에게 다 가르친다. 그런데 이것은 어른에게도 여전히 중요한 요소다. 이를테면 나는 자녀들이 성년이 된 이후에 진지하게 두어 번 말했었다. "조직 사회에서 신입 사원들에게 중요한 것은 예절, 나이 들고 지위가 올라갈수록 유념할 것은 겸손"이라고. 그런데 성실하고 도덕적인 사람들이 실천하고 있는 이 예절과 겸손도 실은 유치원에서 배운 덕목들이다.

1   플라톤, 『소크라테스의 변명 · 크리톤 · 파이돈 · 향연』, 박문재 옮김, 현대지성, 2019, 75면
2   로버트 풀검, 『내가 정말 알아야 할 모든 것은 유치원에서 배웠다』, 박종서 옮김, 김영사, 1992

따라서 우리는 가끔이라도 유치원에서 배운 핵심 내용을 잘 지키며 살고 있는지 스스로 반추해 볼 필요가 있다. 그러나 요즘 생각 없이 사는 사람들이 늘고 있는 것 같아 우려스럽다. 예컨대 한 지인의 아들은 어려서부터 내향적이었다. 그 모친은 자식만을 위해 사는 것처럼 모든 희생을 마다하지 않았다. 드디어 아들은 유명 대학에 합격했다. 그런데 "합격하자마자 아이의 태도가 돌변했다"고 한다. 존댓말이 반말로 바뀔 정도로 말이다. 아마 유치원에서 배운 것은 이미 이 아들의 뇌리에서 소멸했는지도 모르겠다. 놀이터에서 아들에게 폭력을 가르치던 그 아빠처럼.

만일 이런 사람들이 득세한다면 우리 사회는 어떻게 될까? 나는 한창 사회문제가 되는 갑질과의 연관성을 의심해 본다. 갑질을 하는 이들은 이미 재벌이나 사회지도층에 속하는 사람들만은 아닌 것 같다. 즉 갑질 문화가 일반인들의 생활 속까지 침투하여 만연하게 된 것 같다는 생각이 든다.

자, 그렇다면 크고 작은 다양한 갑질을 하는 그들은 과연 누구일까? 회사에서는 아랫사람에게 갑질하고, 집에서는 부모님에게 갑질하고, 아파트에서는 경비원에게 갑질하는 이들 말이다. 혹시 '유치원에서 배운 우리가 알아야 할 그 모든 것'을 이제는 쓸모없다며 모조리 버린 이들이 아닐까? 이런 사람들은 자기가 누구인지는 알고 있을까. 올바른 가치관과 정체성은 있을까. 그들이 약자로 취급하는 대상은 정말 약자일까.

한편 갑질을 하는 이들은 자기에게 대항할 수 없는 만만한 상대를 고른다고 한다. 게다가 상대의 말을 묵살하면서 정의로운 척까지 한다고 한다. 일류대를 나왔으니 똑똑하다고, 취업의 관문을 통과했으니 강자라고 하면서 말이다. 그러나 명백한 착각 아닌가? 정의는 올바른 도리를 아는 것이지 마음대로 사는 것은 방종일 뿐이다. 강자는 학력, 권력, 재력 등을 이용하여 부당한 일을 저지르는 자가 아니다. 더구나 경청하지 않는 교만한 자도 아니다. 단지 그들은 '우리가 꼭 알아야 할 것들'을 버린 자들일 뿐이다.

그렇다면 우리는 어떻게 살아야 할까? 철학자 소크라테스의 제자 파이돈은 "사실 나는 소크라테스 선생님을 보면서 놀라워한 적이 비일비재했다. 그렇지만 내가 가장 놀란 것은 이런 것이었다. 첫째는, 너그럽게 청년들의 견해를 경청하고 받아들였다는 것이다"[3]라고 말했다. 놀라웠다. 나는 이때 비로소 "소크라테스보다 더 지혜로운 사람은 없다"[4]라고 말한 델포이 신전[5] 여사제[6]의 대답이 수긍이 갔다. 역시 경청은 지혜롭고, 도덕적이고, 인격적인 사람에게서

---

3   플라톤, 『소크라테스의 변명·크리톤·파이돈·향연』, 153면

4   소크라테스의 친구 카이레폰이 신탁을 얻기 위해 한 질문은 "소크라테스보다 더 지혜로운 사람이 있는가?"였다. 그에 대한 대답이다.

5   '델포이의 신'은 아폴론을 가리키며 델포이는 고대 그리스의 도시였다. 델포이의 아폴론 신전은 그리스는 물론이고 주변 국가에도 거룩한 장소로 여겨졌다.

6   여사제는 신전에서 신탁을 주관하였고 '피티아'라 불렸다. 그 당시에는 일반인은 물론 유명한 철학자와 사상가들도 델포이의 신탁을 중시했다.

볼 수 있는 최상의 자세인 것 같다.

그렇다면 소크라테스는 신탁을 전해 듣고 어떻게 행동했을까? 그는 말했다. "나에게 지혜가 없다는 것을 나는 알고 있다. 그래서 신탁의 의미를 푸는 것이 중요하다고 여겼다. 그래서 지혜롭다고 소문이 난 사람들 중 한 사람을 찾아갔다. 그러나 그 사람[7]과 대화하면서 느낀 것이 있다. 우리는 모두 대단하고 고상한 무엇에 대해 아는 것이 없다. 그러나 그는 자기가 안다고 착각하고 있었다. 그러고 보니 적어도 이 '작은 것 한 가지'에서는 내가 그 사람보다 더 지혜로운 것 같았다. 그 후에도 나는 계속 지혜롭다는 사람들을 찾아다녔으나 다 똑같았다. 그래서 번번이 나는 곳곳에 있던 많은 사람들에게 미움을 사게 되었다"[8]라고.

어떠한 비난에도 결코 멈추지 않았던 지혜의 발걸음이 거룩하기 그지없다. 그런데 만일 소크라테스가 여사제의 대답에 안주했다면 어땠을까? 소문으로만 지혜로울 뿐인 다른 사람들과 별반 다르지 않은 삶을 살지 않았을까? 플라톤[9]이라는 제자도 얻지 못했을 테고, 지혜의 의미도 찾지 못했을 것이다. 결국 신탁의 뜻을 풀 수 있

---

7 소크라테스가 대화하면서 시험한 어느 정치가인데 그 사람의 이름을 밝히지는 않았다.

8 위의 책, 18~20면

9 플라톤(Platon, B.C.428?~347?)은 고대 그리스 귀족 출신의 철학자로 소크라테스의 제자이다. 아테네에 아카데메이아를 세워 학생들을 가르쳤으며 『소크라테스의 변명』을 비롯하여 많은 책들을 저술하였다.

게 만든 것은 다른 여러 사람의 의견을 경청했기 때문이라고도 할 수 있다.

이렇게 '경청'은 때로는 기적 같은 일도 만들어 내는 것 같다. 그래서 이 시점에 소크라테스의 대답을 간절한 마음으로 '경청'하고 싶어졌다. 초고령 사회가 눈앞에 있는 이때 나이 든 사람들이 지향해야 할 삶에 대하여! 그래, 스스로 윤리철학자 소크라테스의 답변이나 상상해 보아야겠다.

"노인들이여, 청년들의 의견을 경청하고, 숙고하시오. 나이가 많다고 자기가 다 안다고 착각하지 마시오. 오히려 나이 어린 주변의 아이들을 진심 어린 눈으로 바라보시오. 그들의 순수한 분별력과 창조력을 보면, 틀림없이 가슴이 벅차오를 겁니다. 이번에는 자신의 유년 시절을 돌아보고, 현재의 자신과 비교해 보시오. 이제 가르치려는 일은 그만! 지금부터는 당신의 내재 역량을 계속 키우며, 내게 맞는 일을 찾고, 변해 가고 있는 세상을 배우는 편이 나을 것이오. 그러나 나 자신을 잃어버리지 않도록 자기 내면의 말을 경청하는 일도 정성껏 해야 할 것이오."

가해자의 말을
경청해야만 할까?

•

벌써 오륙 년 전이다. 학교폭력으로 자살한 여중생 두 명의 충격적인 기사가 1년여의 간격을 두고 신문에 연달아 실렸었다. 그리고 삼 년 전에는 공군 여성 부사관의 기사가 났었다. 그런데 이런 글을 읽으면 순간 드는 생각이 있다. 그러니까 직감이다. '남들에게 시달리다 아깝게 갔구나. 그 누구보다도 순수하고, 도덕적이고, 올바른 사고방식의 소유자였을 텐데'라는.

두 여중생도 그저 마음 여린 소녀들이었을 것이다. 만일 그들에게 실수가 있었다고 하더라도 남들이 나서서 고의적으로 해코지할 일은 절대로 아닌 것이다. 실수하지 않는 완벽한 사람도 있던가? 그런데 학폭 가해 학생들은 갖은 방법을 동원하여 피해자를 괴롭혔다. 피해 학생이 버티고 살아갈 수 없을 정도로 말이다. 이렇게 가해자들은 나이로는 미성년자지만 그 악의적인 행위는 성년 범죄자와 크게 다르지 않아 우려스럽다.

그런데 가해자들이 피해자를 괴롭히는 도구 중에서 언어는 경청과 직접적인 연관이 있다. 이를테면 가해자가 보낸 욕설 문자 폭탄

271

을 피해자가 무시한 채 경청하지 않는다면 정신적 타격을 받지 않을지도 모른다. 그렇지만 집단적인 험담이나 따돌림을 골똘히 경청한다면 그 충격으로 정신 건강을 해칠지도 모른다. 그렇다면 가해자들이 노리는 것은 무엇일까? 혹시 자기들이 다짜고짜 보낸 메시지를 피해자가 경청하고 무너지기를 바라는 것은 아닐까?

이런데도 가해자의 말을 경청해야만 할까? 타인의 약점을 잡고 괴롭히는 것으로 즐거움을 얻는 인간들이 쏟아 낸 말이 바이러스처럼 내 몸속으로 파고들어 온다는 것 자체가 잘못된 것 아닐까. 더구나 그 험언을 자신의 시청각 기관을 통해 뇌에 전달하여 저장까지 해놓는다면 밤잠인들 잘 수 있을까. 이것은 바로 가해자가 바라는 것인지도 모른다. 따라서 내 머릿속을 나를 헐뜯는 말로 가득 채워서는 안 될 것이다. 그러나 전혀 영향을 받지 않을 수는 없을 테니 그게 문제다.

그렇다면 이것을 이겨 낼 수 있는 길이 없을까? 나는 그 방법을 우리나라 속담에서 찾아보았다. 피해자에게 꼭 필요한 처방 둘! 즉 '한 귀로 듣고 한 귀로 흘린다'와 '들은 귀는 천년이고 한 입은 사흘이다'라는 속담이다. 즉 악담을 지껄인 자는 곧 잊어버리지만 들은 사람은 그 치욕스러움을 죽을 때까지 잊지 못한다는 말이다. 그러니까 가치 없는 악담은 무조건 흘려보내자. 어차피 중상모략한 자는 자기가 얼마나 질이 나쁜 소행을 저질렀는지조차 모르거나 고의적으로 모르는 척할 수도 있다.

한편 "이 세상에서 피해자의 말을 듣고 공감해 줄 사람이 단 한

명이라도 있었다면 그는 죽지 않았을 것"이라는 말들을 한다. 그럴까? 그러나 본인이 피해 사실을 말하지 않는다면 그 사건의 내막을 뭇사람들이 어떻게 알겠는가. 그러니 말도 하지 않고 그대로 죽음의 길로 가서는 절대로 안 된다. 자기의 말을 경청할 소양을 갖춘 사람들은 의외로 주변에 많다. 그런데도 가족에게조차 공감하고 보살펴 줄 기회조차 주지 않아서야 되겠는가.

그래서 이런 경우에 침묵은 금이 아니다. 즉 가해자들이 얼마나 나에게 모진 짓을 했는지, 내가 얼마나 이 세상에서의 삶을 포기하고 싶은지, 심지어 자해하고 싶은 충동까지 느끼는지를 주변 사람들에게 낱낱이 밝혀야 한다. 결국 이런 과정을 거쳐야 자기편이 된 조력자들도 얻을 수 있을 것이다.

사실 뒷담화는 나쁘다고 말들을 하지만 이런 경우는 그렇게 치부할 문제는 아니라고 생각한다. 더구나 가해자들은 내 인권을 무시하고 시시각각으로 내 생명권을 위협하고 있다. 이런 때는 적극적인 대응으로 나 자신을 지켜야 한다. 그러나 혼자 가해자를 상대하기는 어려울 것이다. 따라서 내 말에 동조하는 사람들을 되도록 많이 만들고 필요하다면 수사기관의 도움이라도 받아야 할 것이다. 즉 이 시점에서는 충고나 자책보다는 집중해서 들어주고 같이 분노하며 가해자를 응징할 수 있는 방법을 모색해 줄 사람이 필요하다. 만일 밤낮으로 자신에게 힘을 줄 수 있는 한 사람이 곁에 있다면 얼마나 든든할까?

그렇다면 그 한 사람을 찾아야겠다. 과연 누구일까? 정신건강의

학과 전문의 정우열은 "힘들수록 자신과 친해져야 해요. 사람이 그렇게 훌륭하지가 않아요. 나와 타인이 사람이기 이전에 짐승이라는 것을 인정하고 지나친 기대를 하지 마세요"[1]라고 말한다. 그렇다. 유일하게 나는 나와 24시간을 같이 있다. 따라서 모든 인간관계 중에서 가장 중요한 관계는 나와 나 자신의 관계일 것이다. 이제는 자신에게 힘을 줄 수 있는 한 인간으로서의 나를 냉철하게 이성적으로 바라보아야 할 것 같다.

그렇다면 자신과 친해지기 위해서는 어떻게 하는 게 좋을까? 내가 나의 말벗이 되면 어떨까? 그리고 숨김없이 털어놓는 거다. 가족에게조차 말할 수 없던 속내까지도 기탄없이 모두. 그리고 그 말을 스스로가 경청한다면 점점 자신을 존중하고, 보살피려는 마음이 생기지 않을까. 어느새 내가 나의 보호자가 되어 나에게 편하게 기대고 있지 않을까.

그렇다면 가해자는 어떻게 여겨야 할까? 의사의 조언대로 상처를 주는 그 가해자들을 사람이기 이전에 '짐승'이라고 생각하면 어떨까? 그리고 차라리 기대를 하지 않는다면 오히려 가해자가 불쌍해 보일지도 모르겠다. 또한 익명으로 사이버 공간에서 괴롭힌다면 가해자야말로 그만큼 떳떳하지 못한 인간일 테니 실체도 없고, 도덕도 모르는 게임 속의 가상 인간이라고 여기면 어떨까. 그렇게 생각

---

1   「'육아빠 의사' 정우열… "힘들수록 자신과 친해져야 해요"」, 『한국일보』, 2022년 8월 8일 기사

한다면 결국 승리자는 멘탈이 강한 내가 되지 않을까.

요컨대 언제 어디서나 내 말을 경청하는 확실한 '내 편'인 '나 자신'과 친구가 된다면 어떤 난관도 극복할 수 있을 것이다. 또 경청할 가치가 없는 말을 흘려보낼 담력도 강해지리라 믿어 의심치 않는다. 우리 모두 꿋꿋하게 살아 나갔으면 좋겠다.

마치 모놀로그 연극배우가
된 것처럼

•

인생을 고해라고 했던가. 나에게도 역경이 많았다. 그것을 돌파하기 위해 시도한 방법이 수십 가지도 넘을 것이다. 그중에서 가장 효과가 좋았던 것은 나 자신과의 대화였다. 나는 빈 공간에서 혼잣말을 하면서 내 목소리를 들었다. 내 음성의 떨림 정도는 내 심리 상태를 반영했다. 각본 없는 독백은 가감 없이 드러나는 생각이라는 생명체였다. 나는 내 말소리를 들으며 문제의 자초지종을 정리했다. 마치 모놀로그 연극배우이자 관객이 된 것처럼! 몰입해서 말했고 침잠하여 경청했다. 어느 시점에 이르면 느껴졌다. 마음이 한결 가벼워졌음을. 따라서 혼돈의 상태에서 벗어나 해결의 실마리도 어렴풋이 보이기 시작했다.

더글러스 스톤은 "자기 자신에게 귀 기울임으로써 내면에서 일어나고 있는 상황을 알 수 있다. 즉 자신의 생각을 정확히 알고 있어야 그것을 조절할 수 있고, 상대방에게 초점을 맞출 수 있다"[1]라고 말했다. 틀림없었다. 자신에게 집중해서 경청하니 생각의 윤곽이 잡히는 순간이 왔다. 나는 펜으로 형식 없이 기록했다. 내 생각을 대충 알게 되는 때는 이즈음이었다. 다음은 상황에 따라 감정의 수위 조절을 했다. 자연스럽게 해결책도 나왔다. 이 과정이 내 사고의 균형을 잡아 주었던 것 같다.

그러나 주의할 점이 있다. 내 경험상 내면의 소리를 듣지 않고 무작정 생각만 하는 것은 짧을수록 좋았다. 잡념은 끈질긴 잡초와 같다. 어린 시절의 공상과는 결이 달라 정신건강에도 좋지 않고 자칫 피해망상에 사로잡히거나 우울감에 빠질 수 있다. 그래서 끓어오르는 잡념은 서둘러 끝내기로 마음먹고 시간도 정했다. 하루 2분 이내로! 잡념에 빠지지 않겠다는 마음의 다짐이라고 할 수 있겠다.

인생은 유한하다. 기대 여명(餘命)도 살아온 세월과 비교해 보니 짤막하기 이를 데 없다. 첫딸을 업고 동네 골목길을 누비던 때가 엊그제 같은데, 지금 이 순간에도 평균수명을 향해 성큼성큼 다가가고 있으니 말이다. 그래서 요즈음은 여생을 어떻게 보낼 것인가에 대해서도 진지하게 묻곤 한다. 답은 간단명료하다. 내 여생 프로젝트를 완수하기 위해서 몸과 마음을 많이 움직여야 한다는 것!

1   더글러스 스톤 외, 『대화의 심리학』, 236면

* 내 안의 소리에 귀를 기울이며, 매일 나와 소통한다.

* 내가 나를 언제나 아끼고, 존중하면서 돌본다.

* 나 자신에게 최대한 예절을 지킨다.

* 내 죽음에 대해서도 나 자신과 대화를 나눈다.

* 나에게 나타나는 노화 현상을 겸허하게 받아들인다.

* 타인의 눈을 의식하지 않고, 내 마음을 챙긴다.

* 죽음이 찾아오는 날까지 나의 내면적 성장을 스스로 돕는다.

* 이 세상 모든 사람이 다 잘 살기를 바란다.

이 외에도 자잘한 이야깃거리는 많다. 그중에서도 요즘 나의 관심거리 중 하나는 치매다. 이유는 간단하다. 주로 노인에게 나타나는 병이며, 경청을 실천할 수 없을 것 같아서다. 이 병에 걸리면, 상대편의 말인들 귀 기울여 듣고 판단할 수 있겠는가. 자기 내면과의 대화는커녕 남과의 대화도 불가능해질지 모른다. 얼마나 허무한가. 자기 의지대로 듣고, 말하고, 행동하지 못할 테니까. 타인에게 폐를 끼치고, 그것마저도 인식하지 못하고, 자신이 누군지도 기억하지 못할 테니까. 그런 삶은 내가 원하는 바가 아니다.

다시 생각해 본다. 내 소망은 '치매에 걸리지 않는 것'이지만 앞일은 아무도 모른다. 그러나 내 에너지가 없으면 내 뜻대로 살 수 없을 것이라는 건 알고 있다. 그래서 모두 —나와 타인들— 를 위하여 이즈음 나는 돌다리도 두들겨 보고 건너는 심정으로 조심조심 생활하고 있다. 그리고 나 자신에게 최대한 유리한 환경을 제공하려고 마음을 쓰고 있다.

하지만 끝내는 자연으로 돌아간다는 사실에도 안정감을 느낄 수 있도록 나를 배려한다. 물론 내 심신을 자유롭게 만드는 내면과의 심리적 대화도 진행형이다. 그날까지 쭉 자기 주도적으로 살 수 있도록 늘 나 자신의 소리를 경청하고자 한다.

Part 9

오늘도 밥 한 숟가락의
지성이 그립다

- 부모님

효도는
낡은 것도, 새로운 것도 아니며,
바로 인간이 인간답게 살아가는
고귀한 도리이다.

효행은
인간의 본성에서 자연스럽게 우러나오는
변함없는 질서이며 법도이다.

그리고 효는
물질만능 시대를 지키는 등불이다.•

- 호암 이병철

• 이병철, 『호암어록』, 263면

저는
그렇게 살고 싶지 않아요

•

한여름의 이른 새벽이었다.

"짹짹찌르, 찌르찌르르, 찌익찌르르."

종다리 노랫소리에 깼다. 생기가 넘쳤지만, 어딘가 모르게 여느 때와 좀 다르게 느껴졌다. 중첩된 소리라고나 할까? 혹시 종달새들이 떼 지어 집에 놀러 온 걸까? 다른 날은 지저귀는 소리가 청아하게 들려왔다면 이날은 매우 가깝게 들려오고 있었다.

그 소리에 이끌려 현관문을 살며시 열고 나가 보니, 푸르른 정원은 평화로운 새의 천국이었다. 새끼로 보이는 두 마리는 철봉에 나란히 앉아 있었다. 어린 새들은 부리를 연신 쩍쩍 벌리며 짹짹거렸다. 다행히 새들은 나를 알아차리지 못했다. 어라? 어미 새로 보이는 새가 어디선가 후드득 나타나서는 새끼에게 무언가를 부리에 넣어 주고 재빠르게 날아갔다. 그런데 곧 다른 한 마리가 날아왔다. 아빠 새인가? 아기 새들은 아빠 새가 물어다 준 먹이도 경쟁적으로 잘 받아먹었다. 이른 새벽 오롯이 울려 퍼지는 종달새 가족의 아름다운 화음이라니!

두 마리는 엄마와 아빠임에 틀림없었다. 번갈아 새벽 공기를 가르며 부지런히 부모 노릇 하는 종다리. 그들은 잔디밭에서 무언가를 콕콕 쪼아대다가 모과나무로 또는 새끼에게로 곧장 날아 올라갔다. 종다리 가족의 아침 식사는 한참이나 계속되었다. 드디어 배불리 먹은 모양이었다. 네 마리는 더 높은 전깃줄로 차례로 날아올라가 앉더니, 연신 쨱쨱거렸다. 대화를 나누는 것일까? 잠시 후에 그들은 저 멀리 하늘로 훌훌 날아가 버렸다.

새들이 사라진 북쪽의 빈 하늘을 쳐다보며 나는 잠시 멍하니 서 있었다. 환상적인 딴 세상에 잠깐 다녀온 것 같았다. 무언가 허탈감이 밀려왔다. 바로 그때 나의 어머니와 아버지가 아스라이 떠올랐다. 그리고 한 입, 두 입 받아먹는 아기도! 저 종다리처럼 나에게 줄곧 먹여 주셨겠지. 나는 어떤 자식이었지? 갑자기 마음이 아려왔다.

한 일간지의 기사[1]에 따르면, 충남 홍성에 사는 흰색의 믹스견 백구는 유기견이었다. 90세 할머니를 만난 지 3년이 되었고, 늘 할머니를 그림자처럼 졸졸 따라다녔다. 어느 날 할머니는 사흘째 집에 돌아오지 않으셨다. 그 사이 비까지 내렸다. 실종신고 40시간이 지난 시점에 수색팀의 열화상 탐지용 드론에 생체신호가 잡혔다. 할머니는 벼가 무성하게 자란 논 가장자리에 쓰러져 계셨고, 그 옆에

---

1 「폭우 속 할머니 지킨 '은혜 갚은 백구', 국내 첫 명예구조견 됐다」, 『한국일보』, 2021년 9월 6일 기사

는 백구가 바짝 붙어 할머니 곁을 지키고 있었다.

백구가 아니었으면 할머니는 어떻게 되셨을까? 이틀 밤을 지새우며 백구는 무엇을 생각했을까? 자기를 버렸던 나쁜 사람을 생각했을지도 모르겠다. 그래서 깨달은 것일까? 자기를 예뻐해 주던 할머니를 버리고 도망가면 배은망덕이 된다는 것을. 아니면 심성이 원래 착한 개였을까?

이 기사를 몇 번이나 읽었는지 모른다. 감동스러웠다. 발견될 당시의 백구가 머릿속에 그려졌고, 한 글자가 떠올랐다. 효(孝). 여기에서 할머니를 부축하고 있는 아들(子) 같은 존재는 백구가 아닐까? 그래서 인륜을 저버린 패륜아를 '개만도 못하다'고 하는가 보다. '孝'는 본래 아이가 노인(老)을 부축하고 가는 모습을 본뜬 글자로 효도의 뜻을 나타낸다. 즉 '孝'에는 '효도'의 의미가 내포되어 있는 것이다. 갓난이부터 시작하여 30년 이상 자녀를 보살피고 나면 대부분의 어버이는 너나없이 노령이 된다. 이 엄연한 사실을 자식들은 모두 의식하며 살고 있을까.

공자(孔子)는 "부모님께는 말씨를 부드럽게 해야 한다. 만일 내 말을 받아들이지 않아도 더 공손하게 효도하며, 힘들어도 원망하지 말아야 한다"라고 하였다. 또 "세 사람이 길을 갈 때는 반드시 나의 스승이 있으니 그중에 착한 자를 보고 본받고, 나쁜 자를 가려서 잘못을 고쳐야 한다"²라고 말했다. 사실 부모로서 자식을 양육하면서 '좋은 친구를 사귀라'는 말을 안 한 부모가 있을까? 따라서 바른 언행과 따뜻한 마음과 부드러운 표정은 '효'의 기본 조건이라고 해도 무방할 것 같다.

한편 소크라테스는 인간을 네 부류 ―거룩한 삶을 산 사람, 중간 정도로 산 사람, 교정 가능한 자, 교정이 불가한 자― 로 나누고 있었다. 그러면 패륜아는 어디에 속할까? 소크라테스는 "아버지나 어머니에게 폭력³을 행사하기는 했지만 참회하며 여생을 산 사람"은 '교정 가능한 자'에 넣었다. 단 "자식이 용서를 구하여 부모님을 설득하는 데 성공하면 고통도 끝이 나지만, 설득하지 못한다면 벌은 끝나지 않는다"⁴라고 말했다. 즉 반성도 안 하는 자는 '교정이 불가능한 자'로 취급한 셈이다. 미덕을 탐구한 소크라테스의 눈에 '불효자'가 어떻게 비쳤는지 알 것만 같다.

그러면 우리는 '효'의 실천을 위해 어떻게 처신해야 할까? 성인으로 숭앙받는 소크라테스와 공자의 가르침을 따르면 좋겠다. 스스

2   朱熹 集註, 『論語集註』, 성백효 역주, 전통문화연구회, 2006, 121면, 205면

3   폭력은 물리적 폭력(폭행, 위협, 멱살잡이, 감금, 납치, 살해, 강간 등), 언어적 폭력(욕설, 협박, 비속어, 불경한 언어 등), 대물 폭력(총, 칼, 각목 등 사용, 재산 파괴, 방화 등), 미디어 폭력(폭력이 미디어를 통해 묘사되어 제공) 등으로 나눌 수 있다(출처: NAVER 지식백과 '미디어 폭력' 항목).

4   플라톤, 『소크라테스의 변명 · 크리톤 · 파이돈 · 향연』, 203~204면

로 지혜로운 사람이 되도록 힘쓰고 좋은 친구를 사귀려고 노력하는 것. 아마 판단력이 있고 도덕관이 뚜렷하며 자존감이 높은 사람이라면, 나쁜 유혹에 빠지지 않고 상대방을 선도할 것 같다. 그러나 조심해야 할 것이다. 반대로 기본예절이 없는 자의 꼬임에 말려드는 경우를 더러 본 적이 있다.

한 보름 전쯤이다. 평소에 전도유망하다고 생각하던 유튜브 크리에이터가 강의 도중에 멋쩍게 웃으며 말했다. "요즘 부모님을 원망하는 친구들이 은근히 많아요. 그런데 저는 그렇게 살고 싶지 않아요"라고. 이런, 요즘 세태가 그렇단 말인가? 더구나 좋은 직장에 다니고 있는 친구들이라고 했다. 아마도 그럴 것이다. 재능과 실력을 겸비한 이 유튜버도 번듯한 대학을 나와 내로라하는 대기업에서 승승장구하던 직장인이었으니까.

드디어 나도 이제 혜안이 생긴 것일까. 짐작했던 대로다. 평소에도 가끔 의미 있는 말을 툭 던져 뜻밖의 감동을 주곤 하더니, 역시 꽤나 진실하고 생각이 바른 영어 선생님이었다. 남의 아들이지만 효자라서 더 좋아 보였다. 그런데 사람 보는 눈은 비슷한 것 같다. 항상 표정도 밝고 성실하여 은근히 내 마음에도 들었는데, 100만 이상의 구독자를 보유하고 있을 정도로 인기가 많은 것을 보니까.

아무튼 그날 소신, 양심, 끈기, 용기를 가진 젊은이에게서 대한민국의 희망을 보았다. 이미 성공 가도를 달리고 있지만 계속 번창하기를 진심으로 응원한다.

네가
아버지 손을 잡았다면서?

•

결혼한 지 5년쯤 지났을 무렵 아버지께서 볼일로 서울에 오셨다. 나는 도착 시각에 맞춰 서울역으로 마중을 나갔다. 아버지께서는 플랫폼을 지나 수많은 사람들 사이 출구통로를 걸어 나오고 계셨다. 나는 환영객 대기선 맨 앞쪽 중앙에 서 있었다. 그런데도 아버지의 시선은 다른 곳을 향하고 있었다. 나는 몇 발짝 달려 나가 "아버지, 저예요" 하며 아버지의 손을 왈칵 잡아끌었다. 혼잡한 곳이었기에 그럴 수밖에 없었다. 그 뒤에 엄마가 전화로 말씀하셨다.

"아버지가 서울 다녀오신 후, 굉장히 기뻐하셨다. 네가 아버지 손을 잡았다면서?"

전혀 생각지도 않았다. 딸이 아버지의 손을 잡은 일이 그렇게 기뻐하실 만한 일인가? 그러고 보니 아무리 생각해 봐도 지난날 아버지의 손을 잡은 기억이 없었다. 그때 난생처음으로 자식으로서의 나를 되돌아보았다. 한마디로 붙임성 없는 딸이었다. 그 뒤 비로소 나는 다정한 딸이 되려고 조금씩 신경을 쓰기 시작했다. 그나마 아버지의 자식으로서 조금은 후회가 덜 되는 부분이다.

나는 어려서부터 아버지와 서먹서먹했다. 이유 없이 항상 어려웠다. 하기야 내가 태어날 때는 시대적으로 아들선호사상이 극심했던 1950년대 초반이니, 사회 분위기상 그럴 만하기도 했다. 게다가 나는 종갓집 종손이신 아버지의 넷째 딸로 태어났다. 그러니 정나미가 떨어졌을 것 같기는 하다. 딸로 태어난 것이 미안해서였을까? 전통적인 가치를 중시하시는 부모님을 이해하는 마음이 원래 저변에 깔려 있었던 것 같아 스스로 생각해도 기특하다.

초등학교 중학년 때쯤으로 기억한다. 집을 향해 걸어가고 있는데 저 앞에서 누군가 오는 형체가 보이는 것 같기도 했다. 그러나 누군지는 내 눈에 들어오지 않았다. 아버지의 음성을 듣고서야 겨우 엉거주춤 멈추었다. 그날 집에 돌아오신 아버지에게 재차 꾸중을 들었다.

"너는 길에서 아버지를 보고도 모르는 체하냐?" "아녜요. 못 봤어요." "음, 저렇게 수줍어서야….." 나는 수줍어하는 아이 취급까지 받으니 창피해서 슬그머니 자리를 피했다.

이렇게 나는 평소에 아버지에게 내 감정을 적극적으로 표현하지 않았다. 아버지 곁에도 잘 가지 않았다. 물론 고맙다는 생각도 별로 안 했다. 아버지라면 마땅히 돈을 벌고, 자식을 가르쳐야 한다고 생각했다. 그래서 식구들에게 해주시는 일은 전부 당연한 일로 받아들였다. 그런데 오랜 세월이 흘러 진짜 어른이 된 후에 고마웠던 일이 어느 날 갑작스레 떠올랐다. 그날은 내 자식들에게 책을 사준 날이었다. 큰아이가 나에게 "우리가 어렸을 때는 날마다 교보문고에 가서 책을 사 왔잖아요"라고 말한 적도 있지만 날마다 간 것은 아니었고, 어쨌든 그 정도로 자주 그곳에 갔었다.

그 대형서점에 갔던 날이다. 삼 남매는 각자 흩어져 자유롭게 책을 읽었다. 각자 사고 싶은 책도 골랐다. 거기에 필독 도서까지 구입했다. 그래서 그날은 그야말로 책을 한 보따리 사 가지고 집으로 왔다. 아이들은 희희낙락했다. 나는 좀 피곤했지만 엄마의 책무를 다한 것 같아 흐뭇했다. 그런데 그날은 공치사하듯 이런 말이 절로 튀어나왔다.

"너희들은 얼마나 행복하니? 읽고 싶은 책을 맘껏 읽을 수 있으니."

그런데 이 말과 거의 동시에 내 어린 시절이 빠르게 스쳐 지나갔다.

아홉 살, 2학년 꼬마는 좁은 만화방에서 웅크리고 앉아 있다. 다른 아이들과 다닥다닥 붙어서. 그 재미있는 만화책을 죄지은 사람처럼 고개를 푹 숙이고 읽고 있다. 불안한 몸짓으로 책장을 부지런히 넘기고 있다. 그나마 그곳은 그 뒤로 두서너 번밖에 못 갔다. 학교에서 금지 구역으로 정했기 때문이다.

열네 살, 단발머리 예비 여중생은 동네 책 가게에서 헌책을 찬찬히 훑어보고 있다. 책을 고르는 기준은 무조건 제목이다. 드디어 소설책을 한 권 골라 돈을 낸다. 빌린 책을 가지고 달음질처 집에 온다. 아차, 어느 정도 읽으니 상상도 못 했던 괴상한 장면이 나온다. 어쩌지? 시간이 흘러 바꾸러 갈 수도 없다. 소녀는 어정쩡한 태도로 책을 급하게 읽는다. 엇! 언니에게 들켰다. "너 이런 책 읽니?" "아니, 이런 줄 몰랐어. 『어머니와 딸』이라는 제목이 마음에 들어서 빌린 거야." 추궁을 당하고 얼굴이 달아올랐지만 그래도 책은 끝까지 읽어 치웠다.

중학교 신입생은 도서실을 보고 설렌다. 그곳에서 책을 많이 읽을 수 있을 거라는 부푼 꿈을 꾼다. 그래서 책을 실컷 읽으려고 특활 도서부에 들어간다. 그러나 첫날부터 낡아 떨어진 책의 표지만 풀로 붙이고 있다. 1학기 내내 헝겊과 풀로 책 수선만 했다. 그래서 그 기술은 완벽하게 습득했다.

바로 그때 극적으로 되살아난 기억! 순간 가슴이 가볍게 요동쳤다. 만화책과 동네 책방에서 빌려 보던 소설책 사이에 동화책이 숨어 있었다. 아예 추억의 저편으로 사라져 버렸던 것일까. 의외로 나에게 책을 제공해 주신 분은 아버지셨다.

어느 무더운 여름날, 열 살배기 3학년 소녀에게 마음 설레는 일이 일어났다. 아버지께서 책을 사 오신 것이다. 그것도 50권짜리 세계명작동화전집! 책꽂이까지 한 세트로 장착된 멋진 책이었다. 아버지께서는 계속 구시렁거리셨다. 친구가 너무 끈질기게 조르는 바람에 할 수 없이 이 책을 가져왔노라고 하셨다. 그 당시 월부가 유행이었으니 그렇게 사신 건지도 모르겠다. 구매 사유는 나에게 중요하지 않았다. 아니 솔직히 이 책을 안 산다며 도로 가져가실까 봐 그게 걱정이었다. 나는 슬그머니 1권을 뽑아 와서 읽기 시작했다. 그날부터 나는 책을 옆에 끼고 살았다.

책의 겉표지는 총천연색으로 되어 있었다. 책 표지를 넘기니 얇은 종이는 약간 거칠었고, 옅은 누런색을 띠고 있었다. 글자는 깨알같이 작았다. 그러나 지금 돌이켜 보면 참 다행이었다는 생각이 든다. 활자의 크기가 작다는 것은 읽을거리가 그만큼 많다는 것을 의미하니까. 날마다 나는 시간 가는 줄 모르고 책을 읽었다. 책을 만난 첫날부터 꼭꼭 씹어 먹던 밥도 부랴부랴 먹었다. 무한정 책만 계속 읽고 싶었으니까.

책을 읽던 내 모습이 떠오른다. 마루 벽과 미닫이 유리 창문 사이의 길고 좁은 통로! 그 장소가 당시에는 제일 마음에 들었다. 오는 사람도 없어서 호젓했고, 밝은 데다 시원했다. 내 키에도 꼭 맞아서 몸도 편했다. 방석에 앉아 벽에 등을 기대고 무릎을 세우면 발끝은 유리 창문에 딱 닿았다.

어느덧 내가 읽은 책은 빳빳한 새 책의 맛을 조금씩 잃어 가고 있었다. 그래서 생각했다. 이제 이 책은 도로 갖다줄 수 없게 된 것 같다고. 그즈음부터 조바심은 사라졌고, 책도 느긋하게 곱씹으며 읽었던 것 같다. 소공녀, 소공자, 아라비안나이트, 이솝 우화, 안데르센 동화집, 보물섬 등등은 나에게 상상의 세계를 듬뿍 안겨 주었다. 매일 잠들기 전에 머릿속에 그렸던 수많은 책 속의 인물들. 소공녀 세라, 엘리제 공주, 효녀 심청 등. 그래서였을까? 그때는 기상천외한 꿈도 정말 많이 꾸었다.

결국, 나에게 풍요로운 10대 초반을 보낼 수 있게 해주신 분은 아버지셨다. 그러나 어디 이뿐이랴. 연이어 떠오르는 기억의 편린들,

그것은 아버지의 보호로 내가 정상적으로 성장할 수 있었다는 부인할 수 없는 사실이었다. 그리고 부모의 입장이 되고서야 뒤늦게 깨달았다. 내가 큰 것은 내가 잘나서 혼자 자란 것이 아니고 부모님의 노고 덕분이라는 명백한 사실을.

아, 얼마나 다행인가. 책으로 인해 딸로서의 나를 돌아볼 수 있었고 철없이 거만했던 지난날도 반성했으니! 이렇게 큰 깨달음은 뜻밖에도 자녀를 키우면서 우연히 왔다.

넘치지도 않고
부족하지도 않은 샘물 같은 사람

•

교대를 졸업한 후 3월에 첫 발령을 받았다. 공부에 대한 갈증을 다 풀지 못하고 새내기 교사가 된 것이다. 낮에는 가르치는 일에 모든 에너지를 쏟았다. 그러나 퇴근 후에는 분명히 마음에 무언가 모를 허전함이 깃들곤 했다. 그래서 밤늦게까지 서실(書室)에서 글씨를 썼다. 어쩌다 눈에 띈 '서예'라는 간판에 이끌려 2층에 있는 서예원 안으로 들어가 본 것이 시발점이었다.

초반부터 서예는 내 마음을 사로잡았다. 붓을 잡고 있으면 모든 잡념이 사라졌다. 시나브로 마음에 안정감도 생겼다. 3개월 정도 지났을 때 회원 중에 누군가가 내게 "서예에 대한 집념이 강하시네요"라고 말했다. 한데 집념이라기보다는 서예 선생님의 과분한 배려로 좀 일찍 작품 준비를 하게 된 것이었다. 드디어 나에게도 호[1]

---

1   호(號)는 본명이나 자(字) 이외에 쓰는 이름. 집에서 사용한다는 의미의 당호(堂號)와 시 · 서 · 화 등에 쓰는 아호(雅號)로 나누어진다.

와 전각^{2}이 필요하게 되었다.

어느 한가한 일요일, "아버지, 저 '호'를 지어야 하는데, 무엇으로 하면 좋을까요?"

아버지께 진지하게 먼저 말씀을 드린 것은 이때가 처음이었던 것 같다. 아버지께서는 종이에 볼펜으로 몇 자를 쓰셨다. "범천(凡泉), 어떠냐?" "좋은 것 같은데요." 그러자 아버지께서는 한 자씩 설명을 해주셨다.

"'凡'은 김구 선생의 호에 쓰인 한자다. 무릇 '凡', 그리고 샘 '泉' 자다. '넘치지도 않고 부족하지도 않은 샘물'이라는 뜻이다. 사람은 지나치게 겉 넘어서도 좋지 않고, 부족해도 좋지 않다. 변함없는 샘물 같은 사람이 진솔한 사람이다." "의미가 아주 마음에 들어요." 그날 부녀간의 사이는 이십 년을 훌쩍 건너뛴 것처럼 꽤 가까워졌다.

한편 아버지께서는 평소 엄마에게만은 실없는 말씀도 가끔 하셨다. 아니, 유머라고 해야 옳을 것 같다. 그렇지만 자식들에게는 그렇지 않으셨다. 그런데 그날은 이모저모 관심을 보이셨다. "학교생활은 어떠냐? 너의 제일 큰 장점은 정직이다. 남자는 너무 정직하면 직장생활을 하기 힘들지만, 너는 여자니까 괜찮다"라고도 하셨다. 사실은 아버지 자신의 직장 경험이신가 하는 생각이 들어 더 핍진하게 들렸다.

---

2   전각(篆刻)은 나무, 돌, 금속, 옥 따위에 인장을 새긴 글자이다. 서예나 그림을 그린 후에 이름이나 호를 쓰고 도장을 찍는다.

그리고 아버지께선 확신에 찬 어조로 부언하셨다. "이 세상 사람들을 다 못 믿는다고 해도 너만큼은 믿을 수 있다. 너는 미국에 데려다 놔도, 서울에 데려다 놔도 믿을 수 있다"라고. 이날 아버지의 말씀은 내 뇌리에 콕 박혔다. 나 자신의 정체성에 대해 깊이 생각해 보지도 않았었는데 그 말씀으로 나는 어느새 그런 사람이 되어 있었다. 그러니까 아버지께서 나를 바라보신 대로 나도 나 자신의 본질을 직시하게 되었다고 할 수 있겠다.

그 뒤로 아버지의 목소리는 내 마음속에서 한시도 떠나지 않았다. 그래서 나를 철석같이 믿고 계신 아버지를 절대로 실망시켜서는 안 된다고 생각했다. 특히 예측 불가능한 어려움에 처했을 때마다 아버지 말씀은 난관을 극복하는 큰 에너지로 작용했다.

그러나 근본적인 깨달음은 너무 뒤늦게 왔다. 아버지의 변함없는 사랑이 내 버팀목이 되었다는 것, 내가 내 삶의 주인공이 될 수 있도록 용기를 주셨다는 것. 나를 정서적으로 지지해 주셨던 분, 아버님, 고맙습니다!

아버지의 말씀은 종종 백아와 종자기[3]를 생각나게 하였다. 백아의 거문고 소리를 알아주는 사람은 단 한 사람, 종자기뿐이었다.

---

3   백아(伯牙, ? ?)는 중국 춘추시대 초나라 사람으로 악사이며 성은 유(俞)이다. 거문고를 잘 타는 것으로 유명했다. 종자기(鍾子期, B.C.387−B.C.299)는 춘추시대 초나라 사람으로 나무꾼이었으나 음률에 정통해 백아의 거문고 소리를 가장 잘 알아들었다.

어느 날 백아는 높은 산에 올라가는 광경을 머릿속으로 상상하며 거문고를 탔다. 그러자 종자기는 "우뚝 솟은 태산이여!"라며 알아맞혔다. 종자기는 백아가 무엇을 생각하면서 거문고를 타든지 다 맞혔다. 그러자 백아는 "그대가 있는데 내가 어찌 거문고 타기를 마다하겠소?"라고 말했다. 그래서인지 백아는 종자기가 죽자 거문고의 줄을 끊고 다시는 타지 않았다.

유백아의 예술혼의 원천은 종자기였을지도 모른다는 생각이 들게 하는 일화다. 아니면 백아의 실력이 너무 뛰어나 그 음악을 이해하려고 종자기가 연마를 거듭했던 것일까? 혹은 종자기의 청음 실력이 차원 높은 경지에 도달해 있었기 때문에 백아가 더욱 연주에 몰입했던 것일까? 그러나 아쉽다. 서로가 마음속의 소리까지 이해하는 지음인(知音人)이었지만 죽음까지도 초월한 우정이었다면 더 숭고했을 텐데 말이다.

물론 그 시대의 대다수 뭇사람들은 종자기처럼 음악에 조예가 깊지는 않았을 것이다. 그러나 음악을 통해 위로받을 수 있는 감성은 누구나 다 지니고 있는 것 아닌가? 만일 친구의 죽음을 계기로 백아가 그 당시의 민초들을 위해 음악의 생명력을 예술로 승화시켰다면, 그 길은 음악가를 영원히 살리는 길이기도 했을 텐데 말이다. 백아의 생몰년이 미상이라 든 생각이다.

그러나 백아가 살았던 춘추시대를 헤아려 보면 또 다른 생각이 들기도 한다. 전쟁이 난무하던 세상에서 재주가 뛰어난 백아가 선택한 길이 난세에 살아남는 유일한 방도가 아니었을까? 굳건히 의지하던 친구를 잃고 울증이 깊어져 고립무원의 삶이 되어 버린 것은 아니었을까?

어쨌든 자신의 가치를 알아주는 한 사람의 영향력은 더할 수 없이 큰 것 같다. 그래서 나에게 아버지는 종자기와 같은 존재로 각인되었는지도 모르겠다. 지음의 상태를 알게 해주신 아버지께서는 이미 오래전에 작고하셨다. 그렇지만 아직도 아버지의 말씀은 내 마음속에서 살아 숨 쉬고 있다. 그리고 그 유훈을 간직하고 살면서 나는 계속 인생수업을 받고 있는 중이다.

그렇다면 다른 자식들에 대해서는 어떠셨을까? 사실은 부녀간의 대화 폭이 넓어질수록 놀랐던 점이 있다. 아버지께서는 나뿐만이 아니었다. 자녀들 각각에 대해서도 그들의 고유한 개성을 낱낱이 파악하고 계셨다. 이보다 더 정확하고 냉철할 수는 없었으리라. 자식들은 각각의 거문고였다. 따라서 아버지의 사랑은 지음의 경지에 이른 부성애였다고 표현하고 싶다.

백아여! 그대는 친구가 죽자 거문고 줄을 끊어 버렸군요. 하지만 나의 아버지께서는 어떠한 역경 앞에서도 자식 생각을 끊어 버리지도, 자식을 버리지도, 자식에게서 멀리 도망가지도 않으셨어요. 일평생 온몸을 억눌렀을 삶의 무게를 고스란히 품고, 가장으로서 모든 경제적 책임을 짊어지고 동분서주하셨던 분, 아버지!

이제는 온갖 세파 잘 헤쳐 나오신 아버지에게 고마운 마음조차 전할 수 없으니 애석하기 그지없다. 정말 세월은 기다려 주지 않는다. 한없이 그리운 아버님, 존경합니다!

엄마,
옛날이야기 해주세요

•

초등학교를 갓 졸업했을 즈음의 일이다. 뜬금없이 큰언니가 웃으며 물었다.

"너는 왜 엄마라고 하니? 너부터는 엄마라고 하잖아. 언니들은 다 엄니라고 하는데, 이상하지 않니?" 사실은 나도 의아하게 생각하고 있었다.

'왜 언니들은 엄마라는 멋진 말을 쓰지 않을까? 엄니는 촌스럽잖아.'

그렇지만 속마음을 그대로 얘기할 수는 없었다. 다만 "내 친구들도 다 엄마라고 불러. 나는 원래부터 엄마라고 했어. 언니도 엄마라고 하면 되잖아"라고 대꾸했다.

그러자 "쑥스러워서 어떻게 엄마라고 하니? 어릴 때부터 계속 엄니라고 불렀는데."

사정이 이렇다 보니 한동안 언니들은 엄마라고도 못하고, 엄니라는 말조차 어색해하는 듯했다.

세월이 흐른 후에 생각해 보니 이런 현상은 불행한 암흑의 시대

상황과 무관하지 않았다. 풍전등화와 같이 위태로운 나라! 언니는 비록 어렸을 때였지만 1945년 이전의 일제강점기를 다소간 경험했다. 그리고 동족상잔의 6·25전쟁도 직접 겪었다. 언니는 부모님을 따라 피난길에 올랐는데 동생까지 업고 여기저기 장소를 옮겨 다녔단다. 더구나 피난살이는 두 곳에서 했는데 전쟁이 끝나고 집에 와 보니 살던 집은 몽땅 불에 타서 흔적도 없었다고 한다. 듣는 것만으로도 처참했다.

이에 비하면 우연히 늦게 태어난 나는 안정된 생활을 누렸다. 한 도시에서 쭉 살았으니 엄니라는 사투리를 접할 기회도 없었다. 당시에 나는 골목길에서 아이들과 정말 재미있게 놀았다. 숙제를 하자마자 밖으로 뛰어나갈 정도로. 나뿐만이 아니라 1950년대 중후반기의 아이들은 거의 매일 해지는 줄도 모르고 길에서 놀았다. 그러다가 엄마들이 집 대문 앞에서 저녁 먹으라고 부르시면 비로소 그날의 놀이를 끝냈다. 그 당시 우리 나이 또래는 동네와 학교에서 모두 엄마라는 말을 사용했다.

엄마는 은근히 엄니보다는 엄마라는 호칭을 좋아하시는 것 같았다. 나는 심심하면 "엄마, 옛날이야기 해주세요"라며 졸랐다. 그러면 엄마는 "너한테 아는 이야기는 다 해주었어"라고 하셨다. 언제부터인가 그다음 모녀간의 대화는 항상 정해져 있었다.

"그러면 '구렁덩덩서선비'[1] 해주세요."

"질리지도 않니? 다 알고 있잖아."

"괜찮아요. 재미있어요. 그냥 해주세요."

그러면 엄마는 마치 처음 들려주는 얘기처럼 다시 실감 나게 해주시곤 했다. 몇 번을 들었는지 셀 수 없을 정도다. 그래서 '구렁덩덩서선비'는 회를 거듭할수록 더 풍성한 이야기로 변해 갔다.

나의 옛날이야기 듣기는 아버지께서 사 오신 동화책을 읽기 시작하면서 자연스럽게 끝나게 된 것 같다. 그러나 구전으로 내려온 '구렁덩덩서선비'를 엄마 음성으로 듣던 그 시절 추억은 회상하는 것만으로도 가슴이 먹먹해진다. 엄마의 다정한 목소리가 그립다. 미소가 흐르던 엄마 얼굴도.

'구렁덩덩서선비'[2] 얘기를 들으며 내가 가장 이해할 수 없었던 부분은 설화 속에 등장하는 언니들의 심술이었다. 엄마도 두 언니같이 나쁜 마음씨를 가지면 절대로 안 된다는 듯이 그들의 밉살스러운 목소리를 흉내 내곤 하셨다.

이야기 속의 언니들은 동생을 질투한 나머지 구렁이 허물을 훔쳐서 태워 버렸다. 그래서 과거를 보러 간 선비는 돌아오지 않았다.

---

[1] 충남 논산시 내동에서 사람과 구렁이의 혼인과 관련하여 전해 내려오는 이야기(출처: 디지털논산문화대전 '구렁덩덩서선비' 항목).

[2] '구렁덩덩서선비'는 책에 따라 제목과 내용이 조금씩 다르지만 나의 엄마에게 들은 얘기가 그중에서 백미라고 생각한다.

나는 이 설화에 대한 의문이 한두 가지가 아니었다. 셋째 딸은 처음부터 구렁이를 보고도 놀라지 않았는데 이런 사람이 실제로 있을까? 두 언니는 나중에 잘못을 뉘우쳤을까? 동생은 언니들이 범인이라는 사실을 끝까지 몰랐을까? 셋째 딸이 선비를 다시 만나서 살게 된 곳은 혹시 저세상이 아닐까?

셋째 딸은 갖은 고생 끝에 드디어 선비를 찾는다. 엄마는 마치 고생을 직접 하고 있는 것처럼 산 넘고 물 건너 하시며 한숨까지 푹푹 내쉬셨다. 이야기의 클라이맥스는 바로 이 부분이었다. 엄마는 절대로 포기하지 않는 셋째 딸을 응원하듯 목소리에도 힘을 실어 결연한 의지를 표출하시곤 했다. 드디어 부부는 만났다. 행복한 결말이었다. 청자인 나는 마땅히 기뻐해야만 했다. 그런데 들을수록 매번 이상야릇했다. 으스스한 여운이 남는 것이 마냥 기쁘지만은 않았다. 똑같은 이야기를 계속 요구했던 것도 무의식적으로 이 궁금증을 풀고 싶어서였던 것은 아닐까?

내 생각에 선비는 이미 죽은 것 같았다. 게다가 선비는 아내를 만나고도 반가워하지 않는 것처럼 느껴졌다. 더구나 고요히 달빛이 비치고 있는 곳에 오두막집 한 채만 있다니! 그곳에서 글을 읽는 낭랑한 목소리라니! 이것은 선비가 죽어서 귀신이 되었다는 말 같았다. 분명 그곳은 우리가 사는 동네 분위기와는 영 달랐다.

"엄마, 선비는 죽었지요? 구렁이 껍질도 태웠잖아요."

내 물음에 엄마도 나중에는 "그럴지도 모르지"라며 마지못해 동의하셨다. 어린 딸의 마음 깊은 곳에 꿈과 희망이라는 씨앗을 맘껏 뿌리고 휘저어 놓지 못해 아쉽다는 듯이. 그래, 엄마의 바람은 착한 사람이 복을 받는 그런 세상이었지.

　그때는 어린 마음에 이야기 속의 인물들 때문에 많이 속상했다. 그만큼 이 설화는 뭔가 석연치 않은 암시를 주고 있었다. 그래서 착하고 영리해도 소중한 것을 잘 지키지 못한 셋째 딸이 오히려 답답했다. 그러나 지금은 아니다. 한없이 가련하다. 아! 세상인심을 알 리 없는 나는 언니들 같은 사람은 실제로는 없다고 생각했다. 남이 잘되는 것을 시기하는 사람, 남을 불행에 빠뜨리는 나쁜 사람, 반성도 안 하는 사람 등. 천진난만한 동심의 세계에서 살던 그때의 기억이 아스라이 떠오른다.

　엄마와 딸의 소통 창구! 이렇게 엄마는 옛날이야기라는 도구로 사람으로서 지켜야 할 도리를 일깨워 주셨다. 그 덕분에 선악을 구분할 수 있는 바탕이 더 일찍 형성된 것 같다. 삶의 지혜를 가득 담아 이야기를 해주시던 어머니! 호기심과 놀라움으로 숨을 죽이며 다가앉곤 하던 나! 엄마의 나직한 목소리가 아직도 귓전을 맴돈다.

　"너한테 아는 이야기는 다 해주었어."

　자라면서 나는 엄마에게 혼나본 기억이 없다. 그래서 스스로도 믿어지지 않는다. 그러나 의외의 장소에서 뜻밖에 핀잔을 들어 민망했던 적이 있다. 그날은 바로 2002년 8월 20일, 나는 교육학 석사 학위(국어교육 전공)를, 어머니께서는 명예 석사 학위를 받으신 날이다. 그렇다. 그해에는 특별히 학위 취득자 어머니들의 노고를 치하하기 위해 명예 학위를 수여한다고 했다. 나는 난생처음 엄마에게 효도다운 효도를 하게 된 것 같아 기뻤다. 그래서 미리 사각모와 가운을 어머니께 입혀 드린 후 사진도 찍었다. 전개되는 모든 일이 그저 감개무량할 뿐이었다.

그날 신촌에 있는 학교에 도착하여 졸업식장으로 가기 위해 교정의 평지를 걸을 때였다. 그러고 보니 엄마의 걸음걸이는 그간 더 나빠져 있었다. 절뚝절뚝. 엄마의 무릎 통증이 석정되었다. 그런데 이번에는 잔디밭에 박힌 돌 위를 걸어야만 했다. 혹시 돌의 모서리에 걸려 넘어지실까 염려되어 나는 얼른 엄마의 팔을 부축했다. 그러나 서너 발짝도 가지 않아 "놔라. 괜찮다." 완강하게 뿌리치시는 손! 그 힘과 노한 표정에 움찔 놀라 나는 어쩔 수 없이 손을 거두어들였다. 나는 다소 무안하고 서운했다.

그때 엄마의 연세는 팔십 대 중반이었고, 나는 최대한 효도를 다하려고 애쓰고 있는 딸이었다. 그렇지만 부끄럽게도 얼마간 자만심에 차 있기도 했었다. 따라서 몸이 불편하신데도 여전히 자존심을 세우시는 엄마가 이해되지 않았다. 그때는 미처 감지하지 못했다. 노쇠해진 몸과는 관계없이 모든 일을 스스로 해내려는 마음은 여전히 늙지 않았다는 사실을.

나의 어머니께서는 수준 이상의 사리 분별력을 지닌 분이셨다. 노화 속도는 점점 빨라져 아픈 곳은 많아졌으나 사고의 폭은 더 확장되고 있었음에 틀림없다. 아마도 딸의 도움 없이 꼿꼿하게 걷고 싶으셨으리라. 쇠약해진 자신의 모습을 어느 누구에게도 보이고 싶지 않으셨으리라. 사실 이런 생각은 어머니께서 돌아가신 후 몇 년이 지나고부터 서서히 심장에 파고들기 시작했다. 그래서 가슴을 치며 후회한다는 말들을 하는가 보다. 결국 엄마는 한 단계 차원 높아진 딸의 효도를 끝까지 받지 못하신 셈이다.

졸업식장에서도 어머니께서는 시종일관 근엄한 표정과 꼿꼿한 자세를 유지하셨다. 깊은 연륜까지 겸비한 진정한 명예 석사로서의 면모를 엿볼 수 있는 자리였다. 그날 집에 돌아와 엄마는 이런 말씀을 하셨다.

"나는 네가 딸이지만 존경스럽다. 너만 생각하면 그저 깜찍할 뿐이다. 어떻게 직장생활을 하며, 삼 남매를 낳아서 키우고, 네 공부까지 했느냐. 장하다."

어머니의 말씀은 내 머릿속의 연결망에 빈틈없이 이어져서 완전체로 존재하고 있음에 틀림없다. 어머니에 대한 그리움이 내 마음속에서 늘 잔잔히 일렁이고 있으니까. 아, 뵙고 싶은 마음은 어쩔 수 없다. 그래서 부질없는 상상도 가끔 한다. 엄마께서 단 하루라도 내 곁에 계시면 얼마나 좋을까.

명예 석사이신 나의 어머님! 외려 제가 존경합니다.

공부도 잘하고
옷도 잘 입는 아이들하고만 논다며?

•

엄마가 태어난 때는 일제강점기인 1918년 가을이다. 국내에서는 조선총독부가 이 나라를 통치하며 집요하게 착취하고 있었고, 국외에서는 제1차 세계대전이 막바지를 향하고 있었다. 또 스페인 독감[1]이 발발하여 조선에서도 큰 피해를 보았다. 그 이듬해인 1919년 3월 1일에는 항일 독립 만세운동이 일어났다. 이렇게 혹독한 격랑의 시대였는데도 엄마는 외할머니의 기지로 보통학교는 들어갈 수 있었다고 한다. 급박한 시대 상황으로 학교를 중단할 수밖에 없는 몇 번의 고비가 있었지만, 졸업은 간신히 할 수 있었기 때문에 한글, 한자, 일본어까지는 그럭저럭 어느 정도 습득할 수 있었다고 하셨다.

그러나 그 뒤 여자고등보통학교에 진학하고 싶어 계속 졸랐지만 그 뜻을 이룰 수는 없었다고 한다. 그 당시 그 마을의 여자는 다 가

---

1   스페인 독감은 1918년에 발생해서 2년간 전 세계에서 약 5000만 명의 인구가 희생된, 인플루엔자 바이러스에 의한 20세기 최악의 감염병이다(출처: 시사상식사전 '스페인 독감' 항목).

르치지 않았고 그곳 성인 여자들은 전부 까막눈이었다고 하니 시대와 생활환경의 영향을 받지 않을 수는 없었을 것이다. 어쨌든 1930년도 조선인들의 문맹률이 77%, 아동이나 청소년층은 70%에 근접했다[2]고 기록되어 있으니 여자는 대부분 글씨를 모르는 문맹자였다는 말은 사실인 셈이다.

한편 외조부께서는 두 아들은 경성제대까지 보내셨지만 딸은 진학 대신 19살의 나이에 시집을 보내셨다. 그나마 시집가지 않겠다고 계속 고집을 부려 늦게 결혼을 시킨 것이라고 했다. 엄마의 인생 제2막은 이렇게 시작되었다. 모진 풍파의 또 다른 시작인 셈이었다. 하지만 엄마는 견디고 살아남았다. 그리고 어린 생명, 나를 소중하게 품어 주셨다.

드디어 나는 엄동설한 12월에 나의 근원인 엄마의 연약한 몸을 뚫고 이 세상에 나왔다. 엄마는 거듭된 고난 속에서도 벌거숭이 갓난아기가 바로 서서, 빛을 볼 수 있게끔 기어코 키워 내셨다. 넷째 딸인데도 구박받은 기억은 없다. 이보다 더 값진 은혜가 있을까? 따라서 나는 모성애에 대한 어떤 의심도, 원망도 없다. 또 엄마를 폄하하는 모순에 빠진 적도 없었다.

초등학교 1학년 때의 흑백사진 두 장에는 여러 추억이 담겨 있다. 그중 한 장은 봄 소풍! 엄마와 나는 선생님과 사진을 찍었다. 내 앞

---

2   출처: KOSIS 국가통계포털

에는 아기 소나무가 서 있다. 소나무는 키가 작아 내 가슴에 겨우 닿을 정도다. 엄마는 옅은 미소를 짓고 계시다. 한복에 고무신을 신으셨고 치마는 짙은 색깔, 저고리는 흰색에 가깝다. 머리는 약간의 물결이 있는 단정한 파마머리인데, 귀 뒤로 넘기셨다. 나는 상큼하게 웃고 있다. 멜빵 치마를 입고 있으며, 머리는 요즘 가장 인기 있다는 자연스러운 웨이브의 뱅 단발머리다. 엄마의 감각이 놀라울 뿐이다.

1학년 교실은 서쪽 별관에 있었다. 단층의 목조건물이었는데 바람이 불면, 덜컹거리는 창문 소리가 요란했다. 하루는 쉬는 시간에 담임 선생님께서 부르셨다. 옆 반 선생님까지 대여섯 분이 교탁 주변에 서 계셨다.

"네가 입고 있는 그 간땅구,³ 누가 만들었니?" 옆 반 선생님께서 물으셨다.

"우리 엄마가요."

담임 선생님께서 말씀하셨다. "그렇다니까. 재봉틀로 옷을 다 만드신다는데, 옷이 다 예쁘다니까." 선생님들은 내 옷을 앞뒤로 한참 구경하시더니 그만 들어가라고 하셨다.

우리 집에는 엄마가 아끼는 재봉틀이 한 대 있었다. 손으로 손잡이를 돌려서 바느질을 하는 손재봉틀이었다. 아마도 엄마의 혼수품

---

3 간땅구(かんたんふく)는 원피스 따위의 간단한 여름용 여자 양장이다. 이 일본어는 1960년대까지도 널리 통용되었으나 서서히 자취를 감추었다.

제1호가 아니었을까 생각해 본다. 나는 드르르 하며, 약간은 묵직하게 돌아가는 재봉틀 소리를 좋아했다. 그래서 엄마 옆에 붙어서 구경을 하곤 했다. 엄마는 그때마다 위험하다며 떨어져 앉으라고 주의를 주곤 하셨다.

엄마의 바느질 솜씨는 일품이었다. 치수를 재지 않아도 몇 번 드르륵 박으면 뚝딱 완성품이 나왔다. 엄마는 가끔 시장에서 포플린, 융, 인조견, 광목, 소창, 삼베 등 각종 옷감을 사 오셨다. 그날은 예쁜 꽃무늬와 체크무늬의 포플린 천을 떠 오셨다. 엄마는 이것을 방바닥에 펼쳐 놓고, 내가 입던 작아진 옷을 위에 올려놓으셨다. 더 크게 그린 후 듬성듬성 바늘로 꿰매더니 가위로 자르셨다. 마름질을 다 끝내고 드디어 재봉틀로 박으셨다. 예쁜 원피스와 멜빵 치마는 이렇게 탄생되었다. 나는 우쭐했다. 내가 봐도 내 옷들은 너무 예뻤다. 아침마다 엄마는 내 머리까지 깔끔하게 빗겨 주셨다. 행복한 나날이 이어지고 있었다.

하루는 엄마가 길에서 선생님을 만나셨다며 물어보셨다.

"담임 선생님 댁이 우리 집에서 아주 가깝더라. 선생님께서 네 말씀을 하셨어. 너 쉬는 시간에 공부 잘하고 옷도 잘 입는 애들하고만 논다며? 정말 그랬니?" 사실이었다.

처음에 나는 엄마가 나를 칭찬하시는 줄 알았다. 똘똘하고 깨끗한 아이들과 논다고. 나는 자신 있게 대답했다. "네, 엄마."

그러자 "아이들을 차별하면 못써. 다 사이좋게 놀아야지"라고 하셨다.

그 시절을 회고해 본다. 여덟 살배기 아이는 엉뚱하게도 자잘한 욕심을 마음속에 한껏 품고 있었다. 예를 들면 저 예쁜 옷을 입은 아이가 내 짝이 되었으면 하는 따위다. 이런 마음은 또 다른 흑백사진에서 확인할 수 있다. 신입생 입학 기념 단체사진! 선생님께서는 내 양옆으로 마음에 들지 않는 아이 둘을 앉히셨다. 그때의 내 기분이 기억에 생생하게 남아 있어 오히려 이상할 정도다. 꼬마들의 말 없는 신경전은 앉는 순간부터 시작되었다. 양팔을 다 내놓으려고 용쓰는 표정을 지은 저 아이가 나란 말인가? 무엇이 불만인고? 결국 사진 속의 나는 기어코 양쪽 팔을 다 내놨다. 아휴, 내 좌우에 앉았던 친구여, 미안!

그러면 그 뒤로는 난 친구들을 차별하지 않았던가? 글쎄, 이후로는 그랬던 것 같다. 내 심중에 어떠한 못마땅한 기억도 저장되어 있지 않으니까. 그런데 만일 그 어린 시절에 엄마가 옆에서 제대로 바로잡아 주지 않았다면 어땠을까? 아마도 아집과 인간 차별에 대해 분명히 인식하지 못하던 그 당시의 유아적 사고방식에서 벗어나지 못했을지도 모르겠다. 따라서 사람 됨됨이보다는 성적과 겉모양만을 가치 있게 여기는 개념 없는 부모나 교사가 되지 않았을까 하는 생각마저 든다.

요컨대 성장 과정에서 부모의 현명한 사리 분별력은 그 무엇보다도 중요하다. 공부 잘하고 아름다운 외모를 가진 자녀가 너무 신통하기도 하고 흡족하기도 해서 매사에 오냐오냐한다면 가정교육이 제대로 되겠는가. 그런 의미에서 어린 딸에게 아이들을 차별하지 말고 사이좋게 지내라는 엄마의 말씀은 최상의 처방이었다는 생각이 든다.

넷째 딸로 태어났는데도 차별 없이 길러 주신 나의 어머니! 그리고 그렇게 가르쳐 주신 어머니, 고맙습니다!

과외를 안 시키면
네 앞길을 막을 것 같았어

•

초등학교 6학년 5월경으로 기억된다. 하루는 선생님께서 엄마를 학교에 오시라고 하셨다. 학교에 다녀오신 날 엄마가 물으셨다. "학급에서 네 인기가 제일 좋다고 하셨어. 정말이니?" 순간 멍해졌다. 끝내 아무 말도 할 수 없었다. 혼란스러웠다.

사실은 이런 일이 있었다. 3월에 학급의 급우 대다수가 내 이름을 부르며 임원으로 추천하였다. 그러자 담임은 내 이름을 칠판에 받아 적었다. 그러나 잠시 후 돌연 화난 음성으로 "얘는 반장 시켜도 못해"라며 분필로 쓴 내 이름을 싹 지워 버렸다. 내 얼굴은 순식간에 빨갛게 달아올랐다. P를 반장으로 만들기 위해서 그랬다는 것을 당시엔 몰랐으니 얼마나 충격이 컸겠는가. 순식간에 정적이 흘렀고 아이들은 멀뚱멀뚱 나를 쳐다보았다. 나는 너무 큰 충격을 받아 집에 가서 한마디 말도 할 수 없었다.

그때의 일을 반추해 본다. 관용구 '할 말을 잊다'는 사전적 의미로 '놀랍거나 어처구니없는 일을 당하여 기가 막히다'라는 뜻이다. 바로 내가 그랬다. 나는 그 현장의 목격자인 친구들에게도, 아무것도 모르실 엄마에게도 속을 털어놓지 않았다. 이 정도면 심각한 정신적 트라우마에 빠진 것 아닐까. 이제는 내 속마음을 가늠해 보아야겠다. 왜 나는 끝까지 아무 말도 안 했던 걸까? 담임은 내 자존감을 뿌리째 뽑으려는 행위를 공개적으로 자행했다. 그러나 내 자존심은 그것을 허용할 수 없었다. 반장 욕심은 없었다. 반장이 하는 일이 어려운 일도 아니었다. 그런데 졸지에 창피를 당했다. 그래서 지금까지도 용서하고 싶은 마음은 없다. 아마도 그때의 나의 방패는 '묵언'이었던 것 같다. 스스로 수치심을 감추고, 자신을 지키고자 하는 속마음이 없었다면 이런 일은 벌써 잊어버렸을 것이다.

그런데 6학년 소녀들은 왜 나를 좋아했을까? 나는 6학년이 될 때까지 단 한 번도 싸워 본 적이 없다. 그것이 이유였는지도 모르겠다. 그런데 담임은 다수의 의견을 왜 그렇게 묵살했을까? 시간이 지남에 따라 그 까닭이 자연스레 짐작되기는 했다. 그런데 아무 일도 없었다는 듯이 엄마 앞에서 "인기가 제일 좋다"고 칭찬했다니 뭔가 너무 이상해서 말문이 또 막혔다. 사실 그때까지도 그 일이 떠오르면 마음이 위축되고 각종 부정적인 감정에 휩싸이곤 했었다. 아! 이런 것이 또 다른 2차 가해가 아닐까.

그 당시 우리 집의 가정형편은 좋지 않았다. 1~2년 전부터 아버지의 사업이 내리막길을 걷기 시작했기 때문이다. 그래서 생활도 굴곡이 심했다. 급기야 5학년쯤부터는 나도 인생의 쓰디쓴 맛을 보기 시작했다. 선생님의 노골적인 차별로 자주 냉가슴을 앓아야 했고 의기소침에 빠져야 했다. 6학년이 되어서도 달라지진 않았다.

아니, 더 심해졌다. 담임이 바뀌지 않았으므로.

때가 그랬나 보다. 내가 초중고를 다니던 1960년대에는 엄마들이 멋지게 옷을 차려입고 수시로 학교에 오셨다. 아이들은 선생님 몰래 뒤에서 "아무개는 선생님한테 와이로를 받아"라며 속삭였다. '와이로(わいろ)'라는 말은 일본어로 회뢰(賄賂) 곧 뇌물이라는 뜻이다. 그때만 해도 일제의 잔재라고 할 수 있는 이런 말들을 아이들은 아무렇지 않게 시용했다. 즉 특성 아이에 대한 선생님의 편애를 그렇게 숙덕거린 것이다. 당시에는 중학 입시제도가 있었다. 그래서 우리는 온종일 학교에서 입시 준비에 시달려야 했다. 그런 시기이니 학부모들도 덩달아 교육열을 불태웠던 것 같다.

언제부터였을까? 나는 학교에서 일어나는 일들을 엄마에게 전혀 말하지 않았다. 우리들이 공포에 떨고 있는 일 —극소수를 빼고 반 아이들 대부분은 질책의 대상이었으며 걸핏하면 호된 체벌을 받았으므로— 은 거의 불가항력이라고 생각했던 것은 아닐까? 중학교에 진학하기 위해서는 시험을 봐야 하기 때문에 매일매일 수동적으로 움직였다. 혹시 가스라이팅을 당하여 정신적으로 현실감을 잃은 것은 아니었을까? 어쨌든 그때는 무조건 학교생활에 대해서는 함구했고 순종적인 자세로 일관했다.

담임교사는 그날 엄마에게 불법 과외 —담임이 하는 과외— 를 제안했다. 노련한 담임 앞에서 엄마도 딸을 맡긴 약자에 불과했으리라. 형편을 생각하면 당연히 거절하셨어야 했다. 그때는 다달이 기성회비도 냈다. 그런데 고액의 과외비라니! 게다가 법으로 금지하고 있지 않은가. 그러나 엄마는 승낙하셨다. 허리띠를 졸라맬 결심을 하셨으리라. 돈보다는 딸의 근본적인 가치를 더 소중하게 여겼기 때문에 나온 결정이 아니었을까 생각해 본다.

그런데 만약 거절했다면 딸이 공부나 제대로 할 수 있었을까? 합격 가능한 아이들을 뽑아서 과외를 종용한 것은 또 어떻게 생각해야 할까? 그러나 더 기가 막혔던 점은 어른이 되어 뒤늦게 통찰하게 된 일 때문이었다. 반장이 된 P에게 한 담임의 부적절한 처신! 그런 장면들이 갑자기 떠올랐고 오싹한 기분이 들었던 것이다. 과도한 보호(?)를 받던, 또래보다 조숙했던 그 친구는 어른이 된 후에 딴 생각이 안 들었을까? 처음에는 내가 편애를 안 받았으니 얼마나 다행이었나 하며 안도의 한숨이 나왔었다. 그러나 지금은 아니다. 언짢다. 되바라진 구석이라고는 없었던 그 물정 모르는 소녀에게 무슨 죄가 있느냐 말이다.

엄마는 내가 중학교에 합격하고 나서야 말씀하셨다.

"사실은 네가 과외를 안 해도 합격할 거라는 것을 알았어. 그러나 과외를 안 시키면 네 앞길을 막을 것 같은 예감이 들었단다."

어머니의 깊은 속을 어찌 알 수 있었겠는가. 지금도 그 생각을 하면 마음이 저리도록 경건해진다. 엄마의 사랑의 깊이는 얼마만큼이었을까?

안중근 · 맹자 · 이이 · 한호

•

엄마는 마치 처음인 것처럼 길거리의 점쟁이 이야기를 이따금 소환하곤 하셨다.

"아버지가 친구분들하고 길을 가고 계셨대. 그런데 길가에 앉아서 사주 보는 사람이 잘 봐 드릴 테니 보고 가시라고, 하도 졸라서 사주를 보게 되었대. 그런데 그 점쟁이가 넷째 딸이 효녀라고 했다는구나. 돌팔이인데 참 신기하다고 하셨어."

이야기의 그림이 그려졌다. 나는 매번 미소만 지었다. 지금이라면 "아이, 제가 무슨 효녀예요"라고 했을 텐데.

인간이란 존재는 왜 이렇게 자기 자신을 모르는 걸까? 하여간 번번이 긍정도 부정도 하지 않는 딸이 미덥지 않아서였을까? 내가 이야기를 들은 것은 ―아버지가 함께 계신 자리에서 엄마 입을 통해서만― 대여섯 번은 되는 것 같다. 그러면 아버지께서는 꼭 처음 들으시는 것처럼 그 이야기를 정말로 귀 기울여 듣곤 하셨다. 그리고는 이야기가 끝나면 기다렸다는 듯이 "넷째 딸이 효녀라고 했어. 허허, 참"이라고 하셨다. 안방에서 부모님과 나누던 대화는 이렇게 늘 은근하고 푸근했다.

아버지께서는 친구분이 꽤 많으셨다. 그중 몇몇 분은 서로 속사정을 잘 아는 절친이셨는데 자주 우리 집에 들르시곤 하셨다. 우리가 인사를 드리면 영락없이 우리를 유심히 바라보곤 하셨는데 사주를 보던 그때도 옆에 계셨다고 한다. 그러나 '세월 앞에 장사 없다'고 친구분들도 한 분, 두 분 세상을 떠나셨다. 그래서인지 아버지께서는 돌아가시기 1~2년 전부터 주변 정리를 하시는 모습을 가끔 보이시곤 하셨다. 아! 이런저런 부모님의 모습이 떠오르면 그저 회한만 밀려오는 요즘이다.

그래서 최근 내가 부러워하는 사람은 부모님께서 한 분이라도 살아 계신 60~70대 딸들이다. 산책로나 골목길에서 가끔 만나게 되는 그들은 아마 모녀지간일 것이다. 어르신들은 대개 무심한 표정이지만 편안해 보였고, 여인은 인정 어린 표정과 세심한 손길을 보이곤 했다. 나는 그때마다 돌아보고 또 돌아보곤 했다. 너무나 아름다운 '효'의 과정이라고 느끼며. 그나저나 점치는 사람이 한 말처럼 나는 효녀였던가? 겸연쩍다. 선현들의 발자취를 더듬어 반추해 볼 중요한 문제이기는 하다.

먼저 안중근 의사(安重根, 1879-1910)의 '효'는 어떠했던가? 다 알다시피 안 의사의 모친 조마리아 여사는 투철한 독립운동가요 애국자였다.

조 여사는 "옳은 일을 하고 받는 형이니 비겁하게 삶을 구걸하지 말고, 대의에 죽는 것이 어미에 대한 효도"라는 천고의 절언을 남겼다. 그리고 아들인 안중근 의사의 유묵 "一日不讀書口中生荊棘"(일일부독서구중생형극, 하루라도 독서를 안 하면 입에서 가시가 생긴다)과 "見利思義見危授命"(견리사의견위수명, 이익을 보면 정의를 먼저 생각해야 하고, 국가 존망의 위기를 보면 목숨을 바쳐야 한다) 등에서는 조국의 독립을 위해 불철주야 애쓴 안중근 의사의 애국혼과 효의 정신을 엿볼 수 있다.

그래서일까? 안 의사에게서는 깊히 범접할 수 없는 정갈한 기품이 느껴진다. 애국과 효의 금자탑을 세운 안 의사! 솔직히 나는 안 의사를 성현의 반열에 올려놓고 싶은 심정이다. 그래서 그분의 순국일인 3월 26일이 평화와 효행의 날로 지정되기를 바라고 있다. 순국 직전까지 저서 『동양평화론』을 집필했을 정도로 전쟁, 침략, 살상을 반대하는 입장을 고수하면서 한·중·일의 화합과 진정한 평화를 염원한 안중근 의사가 존경스럽다.

한편 '孟母三遷之敎(맹모삼천지교)'라는 고사의 당사자인 맹자[1]는 어떤 아들이었을까? 맹자는 다섯 가지의 불효를 "성실하지 않고 게을러서 부모를 돌보지 않음이 첫 번째 불효요. 놀고 술 마시기를 좋아하여 부모를 돌보지 않음이 두 번째 불효요. 재물만 좋아하며 아내와 자식만 보살피고, 부모를 돌보지 않음이 세 번째 불효요. 이

---

[1] 맹자(孟子, B.C.372-B.C.289)는 중국 전국시대의 사상가로서 인의(仁義) 정치를 권하였다. 유학에서 공자 다음가는 성인으로 불리며 『맹자』는 맹자와 그의 제자들의 어록을 엮은 경전이다.

목의 욕구만 채우면서도 부끄러운 줄을 모르고, 부모를 수치스럽게 함이 네 번째 불효요. 걸핏하면 화를 내며 잘 싸워서 부모를 위태롭게 함이 다섯 번째 불효다"[2]라고 말하였다.

이로써 맹자도 '효자 중의 효자'임이 밝혀진 셈이다. 효자가 아니었다면 '불효'에 대해 이토록 구체적으로 지적하지는 못했을 테니까. 그런데 지금은 21세기다. 따라서 요즘 세태를 반영해 다섯 가지 불효를 간결하게 의역해 보고 싶어졌다. 즉 불효자란 ① 부모님께 전화 연락도 안 하는 자, ② 놀고먹는 것만 좋아하는 자, ③ 처자식과 한통속으로 부모님 돈만 탐내는 자, ④ 책을 싫어하고 남에게 부모님을 흉보는 자, ⑤ 편협하고 인간관계가 나쁜 자라고 말이다. 약 2,300년 전쯤의 인물인 맹자의 '효'의 관점에 절로 감탄이 나온다. 과연 성선설을 주장한 사상가답다.

그러면 우리는 어떠한 부모 자식 관계를 추구하는 것이 바람직할까? 바로 안중근 · 맹자 · 이이[3] · 한호[4] 등의 인물을 모범으로 삼으면 좋을 것 같다. 이를테면 어머니가 아들을 뒷바라지하는 데 전심전력을 다 쏟았는데도 불구하고 아들이 어머니에게 감화되어 그 은

---

2   朱熹 集註, 『孟子集註』, 성백효 역주, 전통문화연구회, 2006, 361면
3   이이(李珥, 1536-1584)는 조선 중기의 학자, 문신으로 호는 율곡이다. 신사임당의 3남으로 저서에 『성학집요』, 『경연일기』 등이 있다.
4   한호(韓濩, 1543-1605)는 조선 선조 때의 서예가로 호는 석봉. 『석봉천자문』이 전한다.

공을 뼈에 새기지 않았다면 '효'는 실현되지 않았을지도 모른다는 점에서 시사하는 바가 크다. 즉 효의 실천은 같은 조건이라면 자식들 각각의 마음가짐과 실행력에 달려 있다고도 할 수 있을 것이다. 따라서 수준 높은 부모와 자식이 되려고 노력하는 일 또한 꽤 중요한 일이라고 생각한다.

덧붙여서 孟母斷機(맹모단기)[5]나 한석봉과 그의 모친이 떡 썰기와 붓글씨 쓰기로 대결을 한 일을 보면 공부하는 과정에서 끈기와 결기를 보인 쪽은 오히려 어머니들이었다. 그러나 자식들의 비장한 각오가 없었다면 모친의 가르침을 그대로 따르면서 학업에 정진했겠는가? 즉 이러한 각성은 본인들을 학문의 깊은 경지에 이르게 하였을 것이라는 점이다.

그러면 그들의 모친이 훌륭하다는 사실은 어떻게 세상에 알려지게 되었을까? 만일 자식들이 내 성공은 오로지 내가 노력한 결과라고 말했다면 그들의 모친이 뭇사람들의 숭앙을 받을 수 있었을까? 혹시 아들들이 오늘날의 내가 될 수 있었던 것은 모두 어머니 덕분이라고 알리는 역할을 한 것은 아니었을까? 그러자 비로소 그들의 어머니가 주목받고 인정을 받아 훌륭한 어머니의 표상이 된 것은 아니었을까?

실제로 율곡 이이는 16세 되던 해 5월, 어머니가 별세하자 직접

---

5   맹자가 학업을 중단하고 집으로 돌아오자 맹자의 어머니가 짜고 있던 베의 날을 끊으며 학문을 중도에 그만두는 것도 이와 같다고 훈계했다.

「先妣行狀(선비행장)」(돌아가신 어머니가 평생 살아온 일을 적은 글)을 썼다. 한 논문에서는 "율곡의 「선비행장」은 사임당의 역사에서 중요한 자료다. 사임당에 관한 모든 담론에 대한 근거는 대부분 「선비행장」의 내용을 기본으로 하고 있기 때문이다. 이 기록을 필두로 사임당에 대한 기억과 재생의 역사가 사임당을 역사 속의 대표적인 여성으로 자리매김하게 하고 있는 것이라 해도 과언이 아니다"[6]라고 피력하고 있기도 하다.

이처럼 어머니 신사임당이 오늘날 현모양처의 모범으로 숭앙받고 있고 또 화폐의 인물로 선정되는 데에도 아들 율곡의 글이 절대적인 영향을 끼쳤다는 사실을 확인할 수 있는 것이다. 그러므로 '효'란 율곡처럼 어머니의 노고를 존중하고, 그 뜻을 받들어 노력하여 자신을 완성하고, 어머니에게 받은 은덕을 많은 사람에게 전하여 미풍양속을 널리 퍼지게 하는 것이라고 할 수 있을 것이다. 따라서 자신을 위해 헌신하신 어머니의 공은 모르는 체하고, 자기 몫만 챙기면서 타인을 이용하려고만 하는 이기적인 태도는 '효'와는 거리가 멀다고 하겠다.

나는 근본적으로 자신의 인생도 찬란하게 빛내고[7] 자기 어머니의

---

6   유정은, 「율곡의 '선비행장'에 나타난 신사임당 연구」, 『율곡학 연구』 제 40권, 2019, 245면

7   '빛내고'는 역사에 이름을 남기는 것만을 의미하지는 않는다. 비록 무지 렁이라는 말을 들었어도, 무명의 의용군일지라도, 평범한 시민일지라도 제자리에서 인간답게 자기의 삶을 고결하게 꽃피운 수많은 사람들을 뜻

삶도 보람차게 만들고, 나라까지 사랑한 사람들을 존중하고 사모한다. 이제 나 자신의 물음에 대답해야겠다. 나는 효녀였던가? 아니다. 엄밀히 따져 보면, 나는 단지 부모님 속을 썩이지 않으려는 마음을 지녔을 뿐이었다. 이것은 자식이라면 마땅히 지녀야 할 기본적인 자세라고 생각한다. 그나저나 인생사가 마음먹은 대로 잘되지도 않았다. 그래서 은연중에 걱정도 끼쳐 드렸다고 생각하고 있다. 따라서 이 정도를 가지고 효녀라고 착각을 한다면 어불성설이 따로 없을 것이다.

후회스럽다. 어머니와의 전화 통화는 헤아릴 수 없을 정도로 많았다. 그러나 그뿐이었다. 멀리 떨어져서 산다는 핑계로 어머니의 우산이 되어 드리지 못했다. 그래서 스스로 무력한 딸이었음을 절절히 느끼고 있는 요즘이다. 어머니, 죄송합니다!

한다.

한평생 살아오면서
가장 잘한 일

•

엄마는 세상을 떠나시기 1~2년 전부터 그전과는 사뭇 다른 어조로 내밀한 얘기를 꺼내시곤 하셨다. 그런 때는 지난날을 관조하듯 깊이 사유하시는 모습이었다. 그러면 나도 차분한 마음이 되어 이야기에 숨죽여 귀를 기울이곤 했다.

어느 날 엄마는 담담하게 읊조리듯 "내가 한평생 살아오면서 가장 잘한 일은 아무래도 자식을 낳아 키워 낸 일인 것 같다"라고 하셨다. 갑작스러운 고백에 내 심장은 순간 멈칫 조여 오는 느낌이었다. 전혀 예상도 못 했다. 사실 엄마의 삶은 너무 고단해서 질리셨다고 해야 어울릴 것이다. 그런데 가장 잘한 일이라니! 속에서 심오한 울림이 일었다. 그렇다. 심장 깊은 곳에서 경외심이 솟아올랐다. 고마웠다. 그러나 곧 처연한 기분이 되었다. 잊고 있었던 이런저런 기억들이 헤집고 나오기 시작했다. 엄마의 희생과 인고의 세월이 없었다면, 다 불가능한 일들이었다.

MBC 「남극의 눈물」이라는 다큐멘터리는 어머니께서 작고하시고 4년 정도 지난 후에 보게 되었다. 그런데 '남극의 신사'라고 불리는 황제펭귄은 진짜 인격체로 인정하고 싶을 정도로 사람과 다를 바가 없었다. 아니, 어떤 면에서는 사람보다 더 낫다고도 할 수 있었다. 이 영상물을 보면서 전율을 느낄 정도로 진한 감동을 받은 사실을 숨기지 않겠다. 한국의 어머니들과 어린이들의 모습이 자동적으로 겹치곤 했으니까. 그러나 모성애와 부성애로 구분하고 싶지는 않았다. 인간 위주의 젠더 의식이라는 생각이 들기 때문이다.

황제펭귄 부부의 자식 사랑은 대단했다. 그들은 자란 새끼가 따뜻한 봄을 맞게 하려고 일부러 천적이 없는 겨울에 알을 낳았다. 새끼를 위해서 혹독한 환경까지도 선택하다니! 오로지 새끼를 위한 고행의 가시밭길이라고 할 만했다. 황제펭귄은 영하 50도의 혹한 속에서 한 생명이 얼어 죽지 않게 하기 위해 굶어 가며 새끼를 키워 내고 있었다. 아! 눈물겨운 광경이었다.

황제펭귄 부부를 보면서 나의 어머니 세대가 떠올랐다. 우리는 평화로운 때에 사계절이 있는 이 나라에서 우연히 태어났다. 그러나 나의 엄마는 피할 수 없는 기구한 운명을 지닌 채 태어나 험난한 시절을 보내셨다. 일제강점기, 6·25 전쟁, 피난 생활, 최빈민국으로 이어지는 불행한 환경은 그 시대를 살아 낼 수밖에 없는 사람들만의 몫이었다. 그 와중에 자식들의 목숨까지 걸머지고 말이다. 나는 부모님께서 힘껏 움켜잡으신 우산 속에서 보살핌을 받으며 성장했고 학교를 다녔다. 드디어 우리의 부모님은 비참한 시련을 이겨 내셨다. 그리고 황제펭귄이 그랬던 것처럼 따뜻한 봄볕과 풍부한 먹이가 있는 좋은 환경을 자식들에게 물려주셨다. 이보다 더 보배로운 유산이 있을까?

황제펭귄의 본능은 무척이나 성스러워 보였다. 펭귄부부는 혹한의 남극에서 한 개의 알을 부화시켜 잘 길러 내기 위해서 교대로 사투를 벌였다. 그러나 자식에 대한 희생은 엄격한 단계가 있었다. 새끼가 크고 솜털이 벗어지니 부모는 자식에게 '마지막 먹이'를 주고 한꺼번에 바다를 향해 떠났다. 냉정했다. 목숨마저 아끼지 않고 최선을 다했지만 이제 자식 농사는 여기까지라는 듯이 말이다. 그들의 품격 있는 모습은 자연의 섭리를 따르는 겸손함으로 다가왔다. 그렇다. 새끼들은 이제 자립해야 한다. 뭔지 모르게 엄숙한 기분이 엄습해 왔다. 지금부터 먹이는 새끼들이 각자 구해야 한다. 아, 우리 인간도 이래야만 되는 것 아닐까?

상상해 본다. 황제펭귄과 대화하는 나를.

"황제펭귄님, 한평생 살아오면서 가장 잘한 일은 무엇인가요?"

"내가 제일 잘한 일은 알을 낳아 새끼를 무사히 잘 키운 일이랍니다. 우리 부부는 64일 동안 발등에서 둥그런 알을 얼음 바닥에 단 한 번도 떨어뜨리지 않았습니다. 그래서 알이 얼지도 깨지지도 않고 잘 부화하여 사랑스러운 아기를 얻을 수 있었어요. 새끼들의 부드러운 솜털이 벗어질 때까지 무사히 잘 키워서 너무너무 행복합니다."

"아, 장하시네요. 나의 어머니와 똑같은 생각이네요."

나의 어머니께서도 황제펭귄처럼 부모의 책임을 다하기 위해 몸을 사리지 않으셨다. 평소에 "어차피 죽으면 다 썩을 몸이다. 제 몸만 아껴서 어디다 쓰겠니? 자기 한 몸 편안하려고, 몸 사리는 사람은 남에게 피해를 주는 사람이 되기 쉽다. 그러니 양심적으로 자기 몫을 다하는 사람이 되어야 한다"라고 이따금 말씀하셨고, 실제로 일생 근검절약을 몸소 실천하셨다.

나의 어머니에 대해 생각해 본다. 어머니께서는 남녀차별이 극심했던 시대에 여자로 태어났다. 그러나 엄마도 빛나는 개성을 지닌 한 사람의 인간이었디. 비록 여사의 길을 걸어야 했지만 영민함과 활달한 여중호걸 기질과 냉철한 판단력과 높은 자존감을 갖고 있었다. 그뿐 아니다. 어느 누구보다도 불의를 싫어하셨다. 그럼에도 불구하고 엄마는 한 가정의 울타리 안에서 아내와 어머니로서의 의무를 다하기 위해 온갖 곤경과 슬픔을 견디어 내셨다. 음식 솜씨까지도 예술이던 엄마! 육개장, 겉절이, 칼국수, 머윗잎쌈, 홍어무침, 오징어숙회, 수정과…….

어머니께서는 평생을 이선(李璿)이라는 이름보다도 엄마라는 호칭에 전 생애를 바치셨다. 잘못된 일에 대해서는 "다 내 탓이다"라며 긴 한숨을 지으셨던 분. 그러나 무조건적으로 동의할 수만은 없다. 어머니의 강인한 일평생이 가장 순수한 깨달음으로 승화된 것일 뿐. 유용한 조언도 받아들이는 사람에 따라 달라지는 법 아닌가?

조건 없는 사랑을 나에게 주신 어머니, 어머니⋯ 사랑힙니다!

에필로그

순간을 소중히

•

　글을 쓰기 시작한 지 어느덧 4년 2개월이 되었다. '코로나에 절대로 걸리지 말고, 대신 한 권의 책을 쓰자'라는 일념으로 마음을 다잡고 이 기간을 보냈기 때문일까? 팬데믹 시대의 불안한 사회 분위기 속에서도 심저에 얼마간의 여유로움은 늘 흐르고 있었던 것 같다. 분명 미래가 보이지 않던 단절의 시기였다. 그랬는데도 어느결에 꿈 같은 일이 내 곁에 슬며시 다가와 있었다. 2023년 5월 5일, 세계보건기구가 코로나19 국제 공중보건 비상사태를 해제한 것이다. 분명히 반가워해야 하는데 사뭇 미심쩍기만 했다. 그럼, 이제부터 이 질병에 걸리지 않는 일은 오직 개인 책임이 된 것일까? 한편 이즈음 나의 집필은 이제는 이런 외부 변화들과는 상관없는 것처럼 나만의 힐링 공간인 고즈넉한 서재에서 숨을 고르며 막바지를 달리고 있었다.

　니체는 "고귀한 자신과 불현듯 만나는 날이 있다. 평소의 자신이 아니라 더 맑고 고귀한 자신이 지금 이곳에 있다는 것을 깨닫는 순간이 있다. 그 순간을 소중히 여겨라"[1]라고 말했다. 정말 그랬다. 산책, 명상, 글쓰기를 일과로 삼으며 나 자신과 거의 날마다 정면으로 만났다. 글쓰기에 몰입할수록 편안해졌고, 밝고 고결한 인성이 내 심신의 여기저기 비어 있는 틈새로 서서히 스며드는 것 같기도 했다. 또 있다. 오로지 나를 위해 시간을 쓰고 있다는 생각에 자긍심마저 높아지는 것 같았다.

사실 팬데믹 전의 내 꿈은 거창했었다. 버킷 리스트도 마찬가지였다. 만일 이룬다면 입지전적인 이야기가 되었을 정도로 말이다. 그렇지만 머리말에서도 넌지시 언급했듯이 달리 보면, 나이를 생각하지 않은 헛된 꿈에 불과하다고도 할 수 있겠다. 그럼에도 불구하고 대면해야만 가능한 일들인 것만은 확실했다.

어쨌거나 세상은 순식간에 바뀌었고, 나는 비대면의 세계로 미련 없이 들어갔다. 그리고 컴퓨터를 마주했다. 다행히 쓰고 싶은 이야기는 넘쳐 났다. 하지만 과유불급이라고 하지 않던가. 과하면 십중팔구 분산되리라. 그래서 과감히 멈추었다.

모든 과정은 그럭저럭 순조로웠다. 퇴고 단계에 들어가기 전까지는. 하지만 전혀 예기치 않은 심적 갈등이 글을 다듬는 과정에서 발생했다. 내 글이 나 자신을 예리하게 직시하고 있었다. 암담했다. 끝도 보이지 않았다. 이런 심리 상태가 지속된다면 책은 아예 이 세

---

1   프리드리히 니체, 『초역 니체의 말』, 258면

상에 나오지 못할 것 같았다. 이때 내 숨통을 트이게 한 글이 있었다. 비스와바 쉼보르스카의 노벨문학상 수상 소감 연설문.

수상자는 글 속에서 한껏 낮은 자세로 말하고 있었다. "내가 연설에는 재능이 없다고 생각해 왔다. 그러므로 내 수상 소감은 그리 길지 않을 것이다. 아무리 부족하고, 불완전한 것이라 해도 한 번에 조금만 주어진다면 훨씬 견디기 쉬울 테니까"[2]라고.

바로 나에게 하는 말 같았다. 그렇다. 부족한 나는 아직도 사상누각을 그리며 헛꿈을 계속 꾸고 있었던 거다. 인생은 유한하고, 시간은 쉼 없이 흘러가고, 그렇다고 어느 시점에서 무한정 머무를 수도 없는 삶인데 말이다. 그래서 고개 숙인 벼 이삭처럼 겸허하게 마음의 짐을 내려놓고, 새로운 걸음을 떼기로 했다.

글을 쓸 때 교실의 아이들이 자주 연상되었다. 그들은 여전히 나를 응시하고 있었다. 정기가 도는 까만 눈동자를 나에게 정지한 채. "먼저 사람이 되어야 한다!"라며 번번이 열변을 토하던 선생님을 싫어하는 기색은 찾을 수 없었다. 거짓 없던 그들의 순수한 눈빛이 무척이나 마음에 들었던 시절. 그렇지만 어느 틈엔가 그들에게 향하던 말들은 나 자신에게 밀려오고 있었다. 자신에 대한 성찰은 시간이 경과할수록 더 냉엄해지는 것 같았다.

때로는 소크라테스가 그리워지기도 했다. 지혜로움의 실체를 찾

---

2   비스와바 쉼보르스카, 『끝과 시작』, 432면

아서 고단한 여정을 멈추지 않았던 철학자의 남루한 모습! 미덕과 진리에 지대한 관심을 보였던 소크라테스가 눈앞에 어른거리곤 했다. 그럴 때면 타성에 빠져 글을 쓰고 있는 것은 아닌지, 초심을 잃은 것은 아닌지 돌아보곤 했다.

한편 이 시기에 다시금 느낀 사실이 있다. 바로 어머니의 힘은 강하다는 것. 내가 현재 가장 부러워하는 사람은, 어르신을 모시고 다니는 저 이름 모를 초로의 딸이라는 것. 산책로에서 이따금 마주치는 두 사람은 필시 모녀지간일 것이다. 나는 번번이 그들의 뒷모습을 다시 돌아보곤 했다. 그러고는 아기였던 나에게 한 입, 두 입 밥을 먹여 주시는 엄마의 모습을 그려 보곤 했다. 왜 이때에 이르러서야 밥 한 숟가락의 지성이 떠오른 것일까.

세월은 정말 쏜살같다. 그러나 이제는 허무하지 않다. 나이는 숫자만 많아지는 것이 아니라는 것을 알았으니까. 이런저런 각성은 집필 기간에 왔다. 행복지수가 높아지는 것을 체감했고, 내면적 성장이 이루어지고 있음을 간파했으며, 우리 주변에도 대단한 분들이 많다는 것을 새삼 깨달았다. 그렇다. 새로 인지하는 일이 늘어 갔고, 가르침을 주는 대상도 많아지고 있었다. 나에게 정신적 위안과 희망을 주신 지혜로운 그분들 ―성함을 일일이 열거하지 못할 정도로 상당수의 인물들― 에게 골수에 새긴 고마움을 전하고 싶다.

최근 일상생활을 차츰 회복해 가고 있다. 그렇지만 훗날 어떤 일이 일어날지는 아무도 모른다. 예를 들면 요즘 나는 서울경찰청에서 보내는 '안전안내문자'를 수시로 받는다. 즉 서울시청에서 보내는 코로나 신규 확진자가 아니라 실종자를 찾는 문자 메시지다. 어제는 81세의 여성을, 오늘은 89세의 남성을 찾고 있다. 남의 일 같지 않다. 70년 이상을 살아 보니 삶이 의도대로만 되지 않는다는 것을 터득했기 때문이리라.

더구나 우리나라는 초고령 사회 진입을 앞두고 있다. 따라서 노인 문제가 어느 누구도 등한시할 수 없는 사회문제로 부각되고 있다. 만약 내가 노인성 질환으로 다른 사람의 도움을 받아야 한다면? 그런 데다가 누군가를 고생시키는 사실조차 스스로 인식하지 못한다면? 나는 마지막까지 내 의지대로 말하고, 걷고, 판단하면서 살다가 가고 싶다. 엄밀히 따져 보면 이보다 더 큰 행복이 또 있을까?

자, 이제 일단 숨을 좀 돌려야겠다. 그리고 나 자신에게 진지하게 물어보아야겠다. 앞으로 여생을 어떻게 살 것인가에 대해. 깊이 생각해 보았으나 매번 대철학자의 명언만이 머릿속에서 맴돌았다. 쇼펜하우어는 "우리의 행복에 가장 중요한 것은 건강이다. 건강 다음으로 중요한 것은 우리를 유지하게 해주는 수단, 즉 아무 걱정 없이 마음 편히 살아가는 것이다"[3]라고 말했다.

그렇다면 건강관리는 지금 이 순간부터 해야 할 것 같다. 현재는 지나가면 즉시 과거가 된다. 또 현재는 바로 앞의 미래에서 왔다.

3   아르투어 쇼펜하우어, 『쇼펜하우어의 행복론과 인생론』, 62면

따라서 매 순간 건강을 해치는 습관으로 허비한다면 미래도 과거도 쉽게 사라져 버리는 나의 삶이 될지도 모르겠다. 그래서 시간을 낭비하지 않기 위해 내 의중의 타임머신을 타고 우선 애초의 계획 중 하나를 가지고 오기로 했다.

그리고 다짐했다. 스스로 건강을 돌보고, 순간을 소중히 여기고, 자연의 순리를 따르면서 공부하는 노년기를 보내리라고. 그러자 마음이 더없이 평온해졌고 이 책이 한 알의 밀알이 되었으면 하는 소망도 우러나왔다. 부디 무수한 행복의 씨앗들이 곳곳으로 퍼져 나가 건강한 세상을 만드는 바탕이 되었으면 한다.

글을 쓰면서 엄마의 목소리와 모습과 이야기가 수시로 되살아났다. 오랜 세월이 흘렀음에도 여전히 기억이라는 이름으로 참사랑을 주시고 계신 나의 어머니께 이 책을 바치고 싶다.